新潮文庫

大いなる遺産

下巻

チャールズ・ディケンズ
加賀山卓朗訳

新潮社版

11294

大いなる遺産

下巻

30

朝、〈青猪《あおいのしし》〉亭で着替えながらよくよく考えた末、オーリックはハヴィシャム邸で責任ある仕事をまかせられるような人物ではないと、わが後見人に伝えることにした。

「もちろんそういう人物ではないさ、ピップ」とジャガーズ氏は言い、すでに頭のなかで疑いのない真理と見なしている一般論を述べた。「責任ある仕事をまかせられるのは、決してそれにふさわしい人物ではないからだ」今回、ふさわしい人物が仕事につくという例外が生じなかったことがわかると、気をよくしたらしく、私がオーリックについて知っていることを細大もらさず話すあいだ、満足げに聞き入っていた。

「よかろう、ピップ」私の話が終わると、彼は言った。「あとで行って、その友人を馘《くび》にしよう」この即決の判断に私はあわて、もう少し待ったほうがいいと思って、この友人は少々扱いが面倒かもしれないと仄《ほの》めかすことまでした。「いや、たいしたことはない」わが後見人は、またハンカチの動作で強調しながら自信たっぷりに言った。「この私と議論する気なら、見てみたいものだ」

私たちは正午の馬車でロンドンに戻ることになっていた。私は朝食時にもパンブルチュークに会うのが怖くてカップを持つ手が震えたので、どうせならと散歩に出ることにして、ジャガーズ氏には、ご用のあいだロンドン行きの街道を歩いているので、馬車で追いついたときに御者に拾わせてくださいと頼んだ。そうして朝食が終わるなり〈青猪〉亭から逃げ出すことができた。パンブルチュークの店の裏の野原に数キロほどぐるりとまわりこんで、その危ない罠《わな》のやや先で本通りに戻り、ようやく少し安全になったように感じた。

静かななじみの町を改めて歩くのは興味深かった。そこここで私だと気づかれ、じろじろ見られるのも悪い気分ではなかった。何人かの商人は店から飛び出してきて、私の少しまえを歩き、忘れ物でもしたかのように振り返って、私と正面からすれちがったが、彼らがわざとではないふりをするのと、私が見て見ぬふりをするのと、どちらのほうが下手だったろう。とにかく私は目立つ存在で、そのことにいささかの不満もなかった。ところがそのとき、運命の計らいで、あのどうしようもない悪たれのトラブの小僧が現れた。

　歩いている途中で通りの先を見ると、トラブの小僧が空っぽの青い袋を体に打ちつけながら近づいていた。ここは平然と知らぬふりで眺めやるのがいまの自分にふさわしく、小僧の邪悪な心を戒めることにもなるだろうと、私は落ち着いた表情でそのまま進み、してやったりと満足した。するとトラブの小僧は、突然膝《ひざ》を打ち合わせ、髪の毛を逆立て、帽子を落とし、体じゅうブルブル震わせて通りによろめき出ると、「誰かぼくを支えて！　怖いよう！」とまわりの人たちに叫び、堂々たる私の姿に恐怖と悔恨の発作を起こしたふりをした。こちらが眼のまえを通りすぎたときには、歯をガチガチと鳴らし、ありえないほど卑屈になって、その場に土下座した。

　これだけでも耐えがたい見世物だが、その後のことに比べればなんでもなかった。そこから二百メートルも進まないうちに、トラブの小僧がまた近づいてきて、私はたとえようもない恐怖と驚きと怒りを覚えた。小僧は青い袋を肩からかけて、狭い角を曲がってきた。眼をきまじめな勤勉さに輝かせ、陽気できびきびした足取りには、トラブの店に向かう決意が表れていた。私に気づくとぎくっとして、先ほどのような激しい発作にみまわれたが、今度は円運動で、膝をいっそう打ち当て、慈悲を乞《こ》うように両手を天に伸ばして、私のまわりをよたよたとまわりつづけた。彼の受難は、集まった見物人からやんやの喝采《かっさい》を浴び、私は穴があったら入りたい気分だった。

　そのすぐ先にある郵便局まで行かないうちに、またしてもトラブの小僧が裏道から飛び出した。今度は見た目もすっかり変わり、青い袋を私の着ている外套《がいとう》のようにはおって、得意げに通りの反対側を歩いてきた。まわりにいるうれしそうな子供たちをときどき追い払うように手を振り、「おまえなんか知らねえ！」と叫ぶ。トラブの小僧が私にもたらした苛立《いらだ》ちと痛みは、とてもことばでは言い表せない。真横をすれちがうときには、シャツの襟を立て、頭の横の髪の毛をねじり、曲げた肘《ひじ》を突き出し、これでもかと空笑いを浮かべて、肘も体もくねらせ、だらけた口調で、「おまえなんか知らねえ！　知らねえ！　どこの誰だかぜんぜんわかんねえ！」とまわりに言った。かと思うと、橋を渡る私のあとからカラスの鳴きまねを始め、わが鍛冶屋《かじや》時代を知るそのうそ寒い鳥の声で、私の恥辱はきわまった。それを手向《たむ》けに町から野原に追い払われたも同然だった。

　とはいえ、そこでトラブの小僧の命を奪えないなら、耐える以外に何ができたのか、いまもってわからない。通りで格闘しても、償いとしてやつの心臓から最高の血を支払わせるぐらいのことができないなら意味はないし、むしろ恥の上塗りだ。それに、どうやろうと、やつを痛い目に遭わせることなどできなかった。つかみようのない不死身のヘビのように、隅に追いつめられても捕獲者の股《また》のあいだをするりと逃げて、蔑《さげす》みのことばを吐き散らすのだから。だが、私は翌日トラブ氏に手紙を書いた。目下、社会貢献義務を怠って、あらゆる高潔な心の持ち主に嫌悪《けんお》の念を生ぜしめる者を雇っている店とは、今後いっさい取引いたしかねます、と。

やがてジャガーズ氏の乗った馬車が追いつき、私はまた御者横の席に入って、無事ロンドンに着いた。ただ、無傷とは言えなかった——心をなくしていたからだ。到着後すぐに、ジョーに（家を訪ねなかった償いとして）懺悔《ざんげ》のタラと牡蠣《かき》の樽《たる》を送り、〈バーナーズ・イン〉に向かった。

部屋に入るとハーバートが冷肉の夕食をとっていて、戻った私を歓迎してくれた。私は〝恨めし屋〟をコーヒーハウスにやって、追加の食べ物を持ってこさせた。その晩のうちに、わが親友にぜひ胸の内を語りたいと思っていたが、〝恨めし屋〟が廊下にいては、控えの間に鍵穴《かぎあな》でつながっているようなもので、内緒話ができるはずもない。そこで、演劇を観《み》にいかせた。こうしてことあるごとに情けない用事を作ってやっていたのが、あの親方へのひどい隷属《れいぞく》ぶりを示す何よりの証拠である。極端な場合には、時刻を知るためにハイド・パーク・コーナーまで時計を見にいかせたこともあった。

食事が終わり、ハーバートと炉《ろ》格子《ごうし》に足をのせて坐《すわ》っていたときに、私は言った。

「ハーバート、じつはきみだけに話したいことがあるんだ」

「ヘンデル、信頼に応《こた》えたいと思うよ」彼は言った。

「ぼく自身に関することだ、ハーバート。それと、もうひとりの人に」

ハーバートは足を交差させ、首を一方に傾けてしばらく火を眺めていたが、私が先を続けないのでこちらを向いた。

「ハーバート」私は彼の膝に手を置いて言った。「ぼくは愛してるんだ――崇拝している――エステラを」

呆気《あっけ》にとられる代わりに、ハーバートはさも当然というように答えた。「なるほど。それで？」

「ハーバート？　言うことはそれだけ？　それで？」

「次は何ってことだよ。だって、そのことはもちろん知ってたから」

「どこからそれを？」

「どこからって、ヘンデル、きみからに決まってる」

「ぼくは話してないぞ」

「おいおい。きみは髪を切ったっていちいち言わないだろう？　それでもぼくにはわかる。同じことだ。きみはここに来たとき、あのトランクといっしょに彼女への憧《あこが》れを持ってきた。話したとも！　いままでずっと、一日じゅう話してる。身の上話をしてくれたときにも、幼い時分に彼女をひと目見たときから好きになったと、あからさまに言ってたよ」

「ならいいけど」いま初めて聞いたが、かえって気が楽になった。「それ以来、ぼくはエステラを愛しつづけている。帰国した彼女はいっそう美しく、エレガントになった。昨日、会ってきたんだ。それまで彼女を愛していたとしても、いまはその倍も愛してる」

「だとしたら、ヘンデル、きみが彼女の将来の伴侶《はんりょ》に選ばれたのは幸運なことじゃないか」ハーバートは言った。「例の禁じられた話題に触れなくても、ぼくたちのあいだでその点に疑問はないと言っていいだろう。ところで、その愛情の問題についてエステラがどういう考えか、わかってるのかい？」

　私は暗い気持ちで首を振った。「ああ！　彼女はぼくから何万キロも離れてる」

「耐えることだよ、わがヘンデル。時間は充分ある。けど、ほかにも何か言いたいことがあるんだろう？」

「言うのは恥ずかしい」私は答えた。「でも、言ったところで、ただくよくよ考えてるより悪くなるってことはないな。きみはぼくを幸運だと言う。もちろん、幸運だ。つい昨日まで鍛冶屋の見習いだった。けどいまは——いまのぼくはどう呼べばいいんだろう——今日のぼくは？」

「いいやつ、かな。あえて言えば」ハーバートはにこにこしながら、私の手の甲をぽんと叩《たた》いた。「せっかちなのに優柔不断、大胆なのに内気、行動派なのに夢想家、それらが奇妙に同居した、いいやつだ」

　自分の性格には本当にそういうものが同居しているのか、私はしばし考えた。全体としてその分析が的を射ているとはとても言えなかったが、あえて議論しなくてもいいだろうと思った。

「いまの自分をどう呼ぼうかと問いかけること自体、考えをある程度明らかにしてるよね。ハーバート、きみはぼくが幸運だと言う。そのとおり、ぼくは何もしていないのに豊かな生活ができるようになった。ただ運に恵まれただけだ。まさにとても幸運だ。でも、エステラのことを考えたときには——」

（「いつだって考えてるじゃないか」ハーバートは茶々を入れたが、彼らしい温かな思いやりから、眼は暖炉の火に向けたままだった。）

「——考えたときには、ハーバート、どれほど頼りなく、不安な気持ちになることか。

無数の偶然に振りまわされてる気がする。きみがさっき言ったように、禁じられた話題に触れなくても、ぼくの将来の財産が、ひとえに（名前はあげない）ある人物の気が変わらないことにかかっているのは言わずもがなだ。しかも、その財産がどのくらいなのか、うっすらとしかわからないのは、控えめに言っても心許《こころもと》なくて苛立たしい！」こうして私は心の内にずっと（前日からはとくに）わだかまっていたものを吐き出した。

「なあ、ヘンデル！」ハーバートは明るく希望に満ちた調子で答えた。「きみは愛情が得られないつらさから、贈り物の馬の口のなかを虫眼鏡で見てるんじゃないか。そんな気がするよ〔訳注　〝贈り物の馬の口のなかを見る〟は贈られたものの粗探しをする意〕。検査に集中しすぎることで、馬のいちばんいいところをすっかり見逃してる気もする。きみの後見人のミスター・ジャガーズは最初から、与えられるのは遺産だけじゃないと言ってなかったか？　ぼくはそう聞いたように思うけど。もし彼がそう言ってなかったとしても――それはすこぶる大きな〝もし〟だけど――ロンドンの全市民のなかで、人もあろうにあのミスター・ジャガーズが、そんな不確かな根拠できみといまの関係を保つとでも思うのかい？」

それが重要な点であることは否《いな》めない。私は認めた。気は進まないながらも真実と正義に譲歩するように（こういう場合、多くの人はそうする）――そのじつ否定したいかのように！

「重要な点に決まってる」ハーバートは言った。「もっと重要な点を探せと言われても困るだろうよ。あとは後見人の知らせを待つしかない。そして後見人は依頼人の知らせを待つしかない。きみが二十一歳になれば自分の立場もわかるし、もっといろいろなことが明らかになるさ。いずれにせよ、そのときは近づいている。嫌でも来るしかないんだから」

「なんて楽観的な性格なんだ！」私は彼の晴れやかな態度に感謝しつつ、感心しきりだった。

「そりゃそうさ。ほかにあんまり取り柄がないからね。ちなみに、さっき言ったことに含まれる良識は、ぼくのじゃなくて父の良識だ。きみの件について父がたった一度言ったことが決定的だった――〝この件は完全に決着がついている。でなければ、ミスター・ジャガーズが関与しているはずがない〟ってね。父について、あるいはその息子についてこれ以上話して、打ち明け話のお返しをするまえに、ひとつきみにとってものすごく不愉快なことを言うよ。胸が悪くなるようなことを」

「そんなこと、ありえないさ」

「いや、あるとも！　一、二、三、いくぞ、ヘンデル、わが友」口調こそ明るいが、彼は真剣そのものだった。「こうやって格子に足をのせて話しだしてから、ずっと考えてたんだが、きみの後見人がエステラについて何も言ってないのなら、彼女はきみの遺産相続の条件じゃないぞ。ミスター・ジャガーズは、直接的にも、間接的にも彼女のことには触れてないんだろう？　たとえば、きみの恩人が最終的にふたりの結婚を望んでいると仄めかしたようなことも？」

「ぜんぜんない」

「そうか。ヘンデル、これはぼくの魂と名誉に誓って、負け惜しみで言ってるんじゃないけれど、契約上エステラに縛られてないわけだから、いっそ彼女から離れられないか？　ほら、このとおり不愉快なことを言ったろう？」

　私は顔を背けた。鍛冶場をあとにしたあの朝、霧が厳《おごそ》かに晴れ、村の道しるべに手をのせたときに私を圧倒した感情が、海から沼地に吹いてくるあの風のように、急にまた胸いっぱいに押し寄せてきたからだ。しばらくふたりのあいだに沈黙ができた。

「そう、けどな、わが親愛なるヘンデル」ハーバートは、黙っている代わりに話しつづけていたかのように、ことばを継いだ。「その感情は、生まれながらの性格と環境のせいですごくロマンチックに育った少年の胸にしっかりと根づいて、とても深刻になっている。エステラがどう育ったか考えてみなよ。ミス・ハヴィシャムのことも。

いまの彼女自身がどうなってるか、考えてみるんだ（ほら、ぼくは胸が悪くなるようなやつだろう。きみはもう忌《い》み嫌ってる）。このままだと、みじめなことになるかもしれない」

「わかってるさ、ハーバート」私はまだ顔を背けたままで言った。「でも、どうしようもないんだ」

「離れられない？」

「ああ。無理だ！」

「試してみることも、ヘンデル？」

「ああ。無理さ！」

「ふむ」ハーバートはまるで眠っていたかのように、ぶるっと大きく体を震わせて立ち上がると、火をかき立てた。「じゃあ、また感じのいい人間に戻るとしよう！」

彼は部屋をひとまわりして、カーテンを広げ、椅子《いす》の位置を直し、散らかっていた本やら何やらを片づけ、廊下を見、郵便受けを確かめ、ドアを閉めて、炉辺の椅子に戻ってきた。そこに坐ると、両手で左脚を抱えた。

「ぼくの父とその息子について、ひと言ふた言話そうと思ってたんだ、ヘンデル。息子のぼくが言うまでもなく、父の家政の切り盛りは優秀からほど遠い」

「ものはいつもたくさんあると思うけどな、ハーバート」私は彼を勇気づけたくて言った。

「もちろんさ！　屑屋《くずや》だって大まじめでそう言うだろう。裏通りの船具店だってそう言う。これはね、ヘンデル、本当に真剣な話なんだ。ぼくと同じくらい、きみもわかってるはずだ。父にもまだあきらめてない時期はあったと思う。けど、あったとしても、その時期は去ってしまった。ひとつ訊《き》いてもいいだろうか。きみの故郷では、ぎくしゃくした夫婦の子供ほど、決まってやたらと結婚したがるということはない？」

　あまりにも奇妙な質問だったので、私は逆に訊いた。「そうなのか？」

「わからない。知りたいんだ。なぜって、まさにうちの家族がそうだから。ぼくのすぐあとに生まれた妹のシャーロットは、かわいそうに、十四歳になるまえに亡《な》くなったが、その典型だった。その下のジェインも同じだ。シャーロットは結婚にすごく憧れてたから、家庭での幸せだけを考えて短い人生を終えたのだろうと思う。子供服を着た小さなアリックでさえ、すでにキュー〔訳注　ロンドンの南西の地区〕にいるお似合いの女の子と婚約している。つまり、ぼくたちは赤ん坊を除いてみんな婚約してるんだ」

「すると、きみも？」

「ああ」ハーバートは言った。「でも、秘密だよ」

私は、秘密は守ると約束し、もっとくわしいことを聞かせてほしいと言った。彼が私の弱さについて思いやり深く、親身に話してくれたから、私は彼の強さについて知りたいと思ったのだ。

「名前を訊いても？」

「名前はクララ」

「ロンドンに住んでいる？」

「ああ。だが、言っておくべきだろうね」ハーバートはこの興味深い話題になってから、不思議と沈んでおとなしくなっていた。「彼女は、うちの母の馬鹿《ばか》げた家族の考え方によると、基準に満たないそうだ。父親は昔、旅客船の食料供給の仕事をしていてね。パーサーの類《たぐ》いだったと思う」

「いまは何を？」

「病気で寝たきりだ」

「生活は――？」

「二階で」ハーバートは言った。その答えは見当ちがいで、私は、生計をどうやって立てているのかと訊いたつもりだった。「彼とは会ったことがない。ぼくがクララと知り合ってからこっち、ずっと上の階にいるからね。でも音は絶えず聞こえる。とにかく大騒ぎなんだ——大声をあげたり、なんか怖《おそ》ろしい道具で床をガンガン叩いたり」ハーバートは私を見て大笑いし、いっときいつもの陽気さを取り戻した。

「そのうち会うんだろう?」私は言った。

「ああ、もちろん。いつ会ってもおかしくない」ハーバートは答えた。「あの音を聞いたら、いまにも天井が抜けて落ちてくるかと思うさ。垂木がいつまでもつだろうね」

そしてもう一度大笑いしたあとは、またおとなしくなって、資本の見込みがつき次第、その若い女性と結婚するつもりだと言った。が、消沈した様子で、自明の理としてつけ加えた。「でもほら、まわりを見ているあいだは結婚できないものだよね」

ふたりで暖炉の炎を見ながら、私は、資本というものを作るのがときにどれほどむずかしいかを考え、両手をポケットに入れた。するとその片方に、たたんだ紙が入っていた。開いてみると、ジョーからもらった演劇のチラシで、ロスキウスの再来と言われる地方出身アマチュア俳優を売りこんでいる。「なんと」私は思わず声に出していた。「今晩じゃないか!」

それで一気に話題が変わり、私たちはあわてて観劇に出かけることにした。私はハーバートの恋愛をあらゆる実行可能、実行不可能な方法で励まし応援すると誓い、ハーバートは、許婚《いいなずけ》には私の話をすでにしてあるから、近いうちに紹介すると言い、私たちは相互の信頼を喜ぶ温かい握手を交わして、蠟燭《ろうそく》を吹き消し、火に炭を足し、ドアに鍵をかけて、ウォプスル氏とデンマークの探求〔訳注　ここでは『ハムレット』の観劇を指す〕に出かけた。

31

デンマークに着くと、台所のテーブルにのせた二脚の肘かけ椅子に当国の王と妃《きさき》が坐り、謁見《えっけん》の儀をとりおこなっていた。そこにはデンマークじゅうの貴族が参集していた。すなわち、巨人の先祖の持ち物だったセーム革のブーツをはいた貴族の少年、平民階級から格上げされたばかりに見える汚い顔の老貴族、そして髪に櫛《くし》を差し、白いシルクの靴下をはいて、全体的に女性のように見えるデンマークの騎士だ。才能あふれるわが同郷人は、少し離れたところに、暗い面持ちで腕を組んで立っていた。あの巻き毛と額がもっとそれらしく見えればいいのに、と私は思った。

劇が進むにつれ、そこかしこで少々奇妙なことが起きた。先のデンマーク王は亡くなる際に咳《せき》に悩まされていたようだが、それを墓場にまで持っていき、この世に持ち帰っていた。王の亡霊はまた、霊界の台本を錫杖《しゃくじょう》に巻きつけて、ときどきそれを読んでいるらしく、口調は不安げで、読む箇所を見失いがちなところが、いまなお人間のようだった。だから彼は、観客から「ページをめくれ！」と野次を飛ばされ、著しく気分を害していたのだろう。さらにこの偉大な亡霊は、悠久の時空を越えてきたようななりをしていながら、いつ見てもすぐそこの壁から出てくるので、戦慄《せんりつ》を覚えさせるどころか、失笑を買うだけだった。デンマーク王妃はたいへん豊満な貴婦人で、歴史上も鉄面皮《ブレイズン》だったのはまちがいないが、観客の眼には、真鍮《ブラス》を身につけすぎているように思われた。顎《あご》と王冠をつないでいるのは幅広の真鍮の帯で（きらびやかな歯痛を抱えているかのように）、腰にも両腕にも真鍮の帯を巻いているので、観客席からは「真鍮太鼓」の声があがった。巨人族のブーツをはいた貴族の少年は七変化で、あるときには有能な船乗りだったかと思えば、次の瞬間には旅芸人になり、墓掘人、牧師、ついには宮廷の剣術試合でもっとも精妙な技を眼光鋭く見きわめる最高権威者になり変わった。見ていた観客は徐々に我慢できなくなり、彼が聖職者として葬儀の執行を拒んだときには、客席の至るところから怒りのナッツが舞台に投げられた。オフィーリアが狂気に陥る場面では、音楽がやけに間延びしてしまい、ついに彼女が白いモスリンのスカーフをはずしてたたみ、地中に埋めると、苛立ちで火照《ほて》った鼻を桟敷《さじき》席《せき》最前列の鉄の手すりにずっと当てて冷ましていた仏頂面《ぶっちょうづら》の男が、「さあ、赤ん坊も寝たし、晩飯にすっか！」とだみ声で言った。それは控えめに言っても場ちがいなかけ声だった。

　こうした出来事が積み重なって、わが不幸な同郷人は滑稽《こっけい》な見世物になった。優柔不断な王子が問いを発したり、疑いを口にしたりすると、観客が手伝う。たとえば、心のなかで耐えるのが尊いのかという問いには、何人かがイエスと叫び、別の者たちがノーと叫び、どちらとも判断がつかない者は「コインを投げて決めろ」と言って、さながら討論会の様相を呈した。天と地のあいだを這《は》う自分のような人間に何をしろと言うのか、と彼が問いかけると、「そうだ、そうだ！」とみなが大声で叫び、彼がストッキングをだらしなくはいて登場すると（そのだらしなさは、当時の慣例でストッキングのいちばん上の部分を丁寧に折りたたむことによって表現されていた。つねにアイロンをかけて仕上げていたのだろう）、桟敷席では彼の脚の青白さを気遣い、あれは亡霊が現れたせいだろうかという話し合いが始まった。彼が縦笛を手にすると――つい先ほどオーケストラで使った小さな黒いフルートを舞台袖《そで》のドアから渡したようだった――『ルール・ブリタニア』をやれという満場の声があがった。彼が旅芸人に、そうやってのこぎりで空《くう》を引くようなまねをするなと言ったときには、例の仏頂面の男が「おまえこそ。おまえのほうがよっぽどひどいじゃねえか！」と叫んだ。そして悲しいかな、こういうことがあるたびに、ウォプスル氏には大笑いが浴びせられたのだった。

　しかし、彼にとって最大の試練は墓地の場面だった。そこは太古の森のようなところで、舞台の片側に教会の小さな洗濯小屋らしきもの、もう一方の側には街道の料金所があった。大きな黒い外套を着たウォプスル氏が料金所から出てくると、墓掘人に、「気をつけろよ！　葬儀屋がおまえの働きぶりを確かめにきたぞ」と親切な声がかかった。頭蓋骨《ずがいこつ》を手に思索し、それを墓掘人に返したら、胸のポケットから取り出した白いナプキンで指をぬぐうのは近代国家の常識だろうと思うが、そんな罪のない不可避の行為にさえ、「給《きゅう》ー仕《じ》ー！」のかけ声は避けられなかった。埋葬されるオフィーリアの遺体が届くと（黒い棺の蓋《ふた》がずり落ちたが、なかは空っぽだった）、観客はいっせいに沸き返り、担《かつ》ぎ手のなかに何度もちがう役柄で出てくる男がいるとわかるや、歓喜はいや増した。オーケストラの端と墓穴のあいだでレアティーズと闘うウォプスル氏には終始歓声が送られ、それは彼が現国王を台所のテーブルから引きずり落とし、毒が足首から少しずつまわって死ぬまでまったく衰えなかった。

　私たちは最初、ウォプスル氏にいくらかでも拍手を送ろうとしたが、あまりにもむなしい努力で、長続きしなかった。気の毒だと思いながら、大口を開けて笑ってしまった。すべてが可笑《おか》しすぎて、劇のあいだじゅう笑いを抑えようにも抑えられなかった。ただ、ウォプスル氏の台詞《せりふ》まわしには、たしかにすぐれたところがあるという印象は受けた。昔のよしみでそう言うのではなく、非常にゆっくりで、物悲しく、大げさな抑揚があって、現実世界であれ死後の世界であれ、何かについて、何者かに語りかけるいかなる状況でもありえないような表現方法だった。悲劇の幕がおり、ウォプスル氏がカーテンコールで囃《はや》したてられたとき、私はハーバートに「すぐ出よう。でないと彼に会ってしまう」と言った。

　できるだけ急いで階段をおりたが、それでも遅すぎた。ドア口に、不自然なくらい眉毛《まゆげ》の濃いユダヤ人の男が立っていて、近づく私と眼を合わせ、こちらが外に出ようとしたときに言った。

「ミスター・ピップとご友人で？」

　そうです、と私たちは白状した。

「ミスター・ウォルデンガーヴァーがぜひお目にかかりたいとのことです」

「ウォルデンガーヴァー？」私がくり返すと、ハーバートが耳元でささやいた。「たぶんウォプスルだよ」

「ああ！」私は言った。「そうでしたか。案内していただけますか？」

「すぐそこです」横の通路に入ると、男は振り向いて訊いた。「あのかたの衣装はどうでした？　じつは私が衣装担当でして」

彼の衣装のことなど記憶になかった。唯一《ゆいいつ》、葬儀の場面で大きなデンマークの太陽か星らしきものを青いリボンで首からさげていて、どこかの妙ちきりんな火災保険をかけられているように見えたことだけ憶《おぼ》えていた〔訳注　顧客の家のドアに太陽をかたどった飾り板をつけ、消防車に守るべき家を知らせる保険会社があった〕。だが私は、とても見映えがしたと答えた。

「墓場に現れたときには、外套を見事に着こなしていたでしょう」案内人は言った。「ですが、舞台袖から見ていたところ、女王の部屋で亡霊と会ったときにはもう少しストッキングを見せてもよかったように思いました」

私は慎《つつ》ましく同意した。汚れた小さなスイングドアを抜けると、そこは荷造り用の箱のような蒸し暑い部屋で、ウォプスル氏がデンマークの服を脱いでいるところだった。私たちが互いの肩越しに、開いたドア（または箱の蓋）からなかをのぞきこむだけのスペースしかない部屋だった。

「皆さん」ウォプスル氏が言った。「会見が叶《かな》ってじつに誇らしい。ミスター・ピップ、お呼びたてしたことをお赦《ゆる》しください。ありがたくも昔からの知己でしたし、演劇界がかねて高貴で裕福なかたがたの支援を要求してきたことは周知の事実ですから」

そう言いながら、ウォルデンガーヴァー氏は汗だくで王子の喪服を脱ごうとしていた。

「ストッキングは皮をはぐように願いますよ、ミスター・ウォルデンガーヴァー」その持ち主が言った。「でないと破れてしまう。破れたら三十五シリングが消えます。シェイクスピアの劇でこれほどすばらしいストッキングが使われたことはありません。ここは私にまかせて、椅子に静かに坐っていてください」

そうして彼は両膝をつき、獲物の皮はぎにかかった。片方のストッキングが脱げたときに、ウォルデンガーヴァー氏は椅子ごとうしろにひっくり返りそうになったが、倒れるだけのスペースがなかったのが幸いだった。

私はそのときまで、劇については怖くて何も言っていなかった。しかし、ついにウォルデンガーヴァー氏が満足げにこちらに顔を上げて言った。

「皆さん、前列から見ていかがでした?」

ハーバートが私のうしろから（同時に私をつつきながら）「見事でした」と言ったので、私も「見事でした」と言った。

「私の役柄の解釈はどう思われました？」ウォルデンガーヴァー氏は、訊かれて光栄でしょうと言わんばかりの態度だった。

ハーバートがうしろから（また私をつついて）「圧倒的で、明快でした」と言ったので、私はさも自分が言いだしたかのように、これだけは指摘したいという口調で、「圧倒的で、明快でした」と言った。

「お褒めいただき、うれしく思います」ウォルデンガーヴァー氏は、ちょうど壁に押しつけられて椅子にしがみついているところだったが、威厳たっぷりに言った。

「ですが、ミスター・ウォルデンガーヴァー」膝をついている男が言った。「解釈にひとつだけ、まちがいがありました。よろしいですか、誰がなんと言ったって、私はハムレットが脚の横を客に見せるという解釈はまちがってると思うんです。先日私が衣装を担当したハムレットも、やはり下稽古で同じまちがいをしていたので、両方の向こうずねに大きな赤い封じ糊《のり》の印をつけてやったんです。そして、その最後の下稽古で私が一階席の正面うしろから見てまして、ハムレットが横向きになるたびに〝印が見えない！〟と叫びました。その甲斐《かい》あって夜の本番での解釈は完璧《かんぺき》でした」

ウォルデンガーヴァー氏は、忠実に働く男だから愚見は見逃してやる、と言うかのように私に微笑《ほほえ》み、次いで声に出して、「私の考え方は、ここの観客には多少古典的で深遠すぎるかもしれないが、彼らもいずれ学ぶでしょう。きっと学びます」と言った。

ハーバートと私は声をそろえて、ええ、もちろん学びますよと応じた。

「お気づきになりました？」ウォルデンガーヴァー氏は言った。「私の説教、もとい演技を愚弄《ぐろう》しようと張りきっていた男が桟敷席にいましたね」

いたような気もします、と私たちは卑劣な答えを返した。「酔っ払っていましたね、まちがいなく」私はつけ加えた。

「いや、ぜんぜん素面《しらふ》でした」ウォプスル氏は言った。「そこはやつの雇い主が気をつけていました。酔っ払うなんてことを許したはずはありません」

「雇い主をご存じなのですか？」私は言った。

ウォプスル氏は眼を閉じ、また開けた――どちらも儀式のようにゆっくりと。「ご覧になったでしょう。あのだみ声で悪人面の厚顔無恥な下《げ》衆男《すおとこ》、デンマーク王クローディアスの役《ロール》（フランス語で失礼）を一応最後までやった――演じたとはとても申せません――あの男、あれがやつの雇い主なのです。役者というのはなんという商売でしょう！」

ウォプスル氏が絶望していればもっと気の毒に思ったかもしれないが、まあ気の毒ではあったので、私は彼がうしろを向いてズボン吊《つ》りをつけているあいだに——その間われわれは部屋の外に押し出された——ハーバートに、彼を夕食に誘ってもいいかと訊いた。ハーバートがそうしてあげようと賛成したので、私は招待し、ウォプスル氏は眼の下まで服にくるまって〈バーナーズ・イン〉についてきた。私たちは彼を精いっぱい歓待した。ウォプスル氏は夜中の二時まで居坐って己の成功を振り返り、将来の計画を語った。内容については忘れたが、まず彼が演劇を復興させ、彼の死によって演劇が存続の機会も希望もなく潰《つい》えてしまうという話だったとおぼろげに記憶している。

　長い一日の終わりに、私はみじめな気分でベッドに入った。エステラのことをみじめに考え、みじめな夢を見た——遺産の話はすべて取り消され、私はハーバートの恋人のクララと結婚して、ミス・ハヴィシャムの亡霊とともにハムレットを演じるのだが、二万人の観衆のまえで台詞は二十語も憶えていなかった。

32

読書とポケット氏による指導で忙しくすごしていたある日、手紙が届き、私は封筒を見ただけで激しく動揺した。宛名《あてな》の文字に見憶えはなかったが、誰の筆跡であるかは明白だった。〝親愛なるピップ様〟、〝親愛なるピップ〟、〝親愛なるサー〟――とにかく〝親愛なる誰それ〟というお決まりの前置きはなく、次のように書かれていた。

明後日の正午の馬車でロンドンに参ります。迎えにきてくださることになっていますね？　とにかくミス・ハヴィシャムはそう思っていますので、一応お伝えしておきます。ミス・ハヴィシャムからよろしくとのことです。

かしこ　エステラ

もし時間があれば、この機に何着かスーツを注文していただろう。しかし時間がないので、手元にある服でやりくりするしかなかった。食欲は一気に消え失《う》せ、当日が来るまで心の安まるときがなかった。もっとも、当日休まったわけでもない。むしろ心のざわつきはひどくなり、馬車がわが町の〈青猪〉亭を発《た》ってもいないうちから、チープサイドのウッド・ストリートの馬車駅前をうろうろする始末だった。早すぎるのは当然わかっていたが、駅から五分以上眼を離しては危ない気がした。理性を失ったそんな状態で、四、五時間の待機の最初の三十分がすぎたころ、ウェミックとばったり出会った。

「おや、ミスター・ピップ」ウェミックは言った。「ごきげんよう。ここがあなたの縄張りだとは思いませんでした」

　私は馬車で来る客人を待っているのだと説明し、〝城〟とお年寄りについて尋ねた。

「おかげさまで、どちらも良好です。とくに年寄りのほうは文句なしに元気で、次の誕生日で八十二になります。大砲を八十二回撃とうかと思っているんです。近所から苦情が入らず、私の大砲がそれだけの圧力に耐えられるならね。ですが、ロンドンでこんな話をしちゃいけません。私はどこに行くと思います？」

「事務所ですか？」その方向だったので、私は言った。

「まあ、それに近いんですが、ニューゲイトです。銀行の小包の盗難事件をやってまして、いまこの先の犯行現場を見てきたところなんですが、これから依頼人とちょっと話しにいきます」

「あなたがたの依頼人が盗んだんですか？」

「とんでもない。ちがいます」ウェミックはにこりともせずに言った。「ですが、その疑いをかけられているのです。あなただって、私だってそうなるかもしれません。いつ容疑をかけられるかもしれない」

「どちらもそうなっていませんが」

「ああ！」ウェミックは人差し指で私の胸に触れて言った。「あなたは深いおかただ、ミスター・ピップ！　ニューゲイトをのぞいてみませんか、もしお時間があれば？」

時間はいくらでもあったので、心の底に駅から眼を離したくない気持ちはあったものの、その提案は魅力的だった。散歩に行ける時間があるか調べてくると断って、私は駅の事務所に入り、駅員を大いに苛立たせた末、馬車がいちばん早く着くとしたら何時になるかを正確に確かめた――確かめるまえから私も駅員も知っていたのだが。そしてウェミック氏のところに戻り、時計を見て、いま得た情報に驚いたふりをしながら、彼の提案に乗ることにした。

そこから数分でニューゲイトに着き、収監規則が書かれたむき出しの壁に足枷《あしかせ》がいくつかぶら下がった番小屋を通りすぎ、監獄のなかに入った。当時、監獄はないがしろにされていた。公《おおやけ》の制度の失敗に対するきわめて大きな反動の時代は――まさにそれが制度の失敗のもっとも苛《か》酷《こく》で長い懲罰なのだが――まだずっと先の話だった。よって、犯罪者が兵士より（救貧院の貧困者は言うに及ばず）ましなベッドと食事を与えられるわけもなく、スープの味を改善しろという、わからないでもない理由で監獄に火を放つこともめったになかった〔訳注　一八六一年二月、チャタム監獄の囚人が食事の不満から暴動を起こした〕。ちょうど面会時間で、ビール売りが獄内をまわり、中庭の鉄格子の向こうにいる囚人たちがビールを買ったり、友人と話したりしていた。それはだらしなく、見苦しく、無秩序で憂鬱《ゆううつ》な光景だった。

　囚人たちのあいだを歩いていくウェミックは、さながら植物を見てまわる庭師のようだった。夜のあいだに出た新芽を見つけたかのように、「おや、キャプテン・トム？　あなたですか？　これは驚いた」とか、「水槽のうしろにいるのはブラック・ビル？　二カ月見なかったと思ったら。調子はどうだい？」と声をかけているのを見て、まずそう思ったのだ。同様に、ウェミックが格子のまえで立ち止まり、つねにひとりずつ、不安そうにささやきかける囚人の話に耳を傾け、郵便ポストの口をしっかり閉じて相手を見つめる様子は、公判で満開になるべき花がこのまえからどのくらい育っているかを注意深く観察しているようにも思えた。

　ウェミックは大人気だった。ジャガーズ氏の仕事のなかで親しみのある分野を担当していたのだろう。ただ彼にも、ある一線からの進入は許さないジャガーズ氏に似た雰囲気はあったが。次々と現れる依頼人にうなずき、両手で帽子の位置をちょっと直し、ポストの投函口《とうかんぐち》を引き結び、両手をポケットに突っこんでいた。一、二度、弁護料の引き上げについてもめたときには、差し出された不充分な金からできるだけあとずさりして言った。「いや、これじゃだめだよ。私はただの下働きだ。それは受け取れない。下働きにそう訴えないでくれ。必要な額を払えないなら、大元の親分に言ってもらわないと。この仕事には親分がたくさんいる。ひとりが引き受ける価値なしと思っても、別のひとりは価値ありと思うかもしれない。それが下働きとしてできる、あんたへの助言だ。無駄な方法は使わないように。そんなことをして何になる？　さて、次は誰かな？」

　こんなふうにウェミックの温室を歩いていくと、彼がこちらを向いて言った。「これから握手する人を見ておいてくださいよ」それまで彼は誰とも握手していなかったから、言われなくても私はよく見たはずだった。

　ウェミックがそう言うなり、背筋をぴんと伸ばした太り肉《じし》の男が格子の隅に現れた。オリーブ色のよれよれのフロックコートを着、奇妙に青ざめた赤ら顔で、眼はどこかに視線を定めようとしても、よそを見てしまう（こうして書いていても、あの姿が眼に浮かぶ)。冷めた肉汁《ブロス》のように脂《あぶら》ぎった生地の帽子に手をやり、半分ふざけたような軍隊式の敬礼をした。

「大佐ですか！」ウェミックは言った。「調子はいかがです、大佐？」

「まずまずだよ、ミスター・ウェミック」

「できることはすべてやりましたが、証拠が強力すぎました、大佐」

「そう、強力すぎた。まあ、どうでもいいことだ」

「ええ、そうですね」ウェミックは冷たく言った。「あなたにはどうでもいいことでしょう」そして私のほうを向いて、「この人は国の軍隊にいたのです。兵士として最前線で戦いましたが、金を払って除隊した」

　私が「本当に？」と言うと、男がこちらに眼を向け、私の頭越しの遠くと、私のまわりを見て、唇をなで、笑い声をあげた。

「月曜にはここから出られそうだ」男はウェミックに言った。

「おそらくね」わが友人は言った。「ですが、わかりませんよ」

「別れの挨拶《あいさつ》ができてよかった、ミスター・ウェミック」男は鉄格子のあいだから手を伸ばした。

「それはどうも」ウェミックは彼と握手した。「こちらも同じ気持ちです、大佐」

「逮捕されたときにつけていたのが本物だったら、ミスター・ウェミック」男は手を離そうとせずに言った。「もうひとつ指輪を進呈したんだがね、気遣ってくれた感謝の印に」

「お気持ちだけいただきます」ウェミックは言った。「それはそうと、鳩《はと》の飼育に力を入れておられましたね」男は空を見上げた。「すばらしい血統の宙返り鳩を育てておられるとか。もし可能なら、どなたかお友だちを通して、私につがいをひと組譲っていただけませんか？　今後いらなくなるのであれば」

「そうしよう」

「ありがたい。きちんと世話はしますよ。ではごきげんよう、大佐。さようなら！」

ふたりはまた握手した。その場から立ち去りながら、ウェミックは私に言った。「贋《にせ》金《がね》造りなんです。非常に腕のいい職人でしたが、裁判官の報告書が今日出ますから、月曜にはまちがいなく死刑になるでしょう。それでも、鳩のつがいは動産ですからね」そしてうしろを振り返り、枯れた花にうなずいて、中庭を出ながらあたりを見まわした。代わりにどの植木鉢を置くのがいちばんいいだろうと検討しているかのように。

番小屋のまえを通って監獄の外に出るときには、わが後見人が囚人だけでなく門番からも重要人物と思われていることがわかった。「ああ、ミスター・ウェミック」門番は、鋲《びょう》と忍び返しのついたふたつの門のあいだに私たちが入ると、一方にしっかり鍵をかけてからもう一方を開けて言った。「あの川縁《かわべり》の殺人事件でミスター・ジャガーズはどうするんです？　過失致死とか？　どうするの？」

「ご本人に訊きなさいよ」ウェミックは答えた。

「そりゃそうだ！」門番は言った。

「ここの連中はみなこういう調子なんです、ミスター・ピップ」ウェミックは私のほうを向き、投函口を広げて言った。「下働きの私にはなんでも遠慮なく訊くのに、先生に直接質問するところは見たことがない」

「その若い紳士は事務所の見習いですか？　研修生とか？」門番はウェミックの不満顔ににやりとして訊いた。

「ほらまた！」ウェミックは叫んだ。「言ったでしょう！　一問目の舌の根も乾かないうちに二問目だ。ミスター・ピップが研修生だったら、どうだというんだ？」

「それなら」門番はまたにやにやして、「ミスター・ジャガーズがどういう人か知ってるってことでしょう」

「まったく！」ウェミックは叫び、いきなり門番を殴るまねをしておどけた。「うちの先生がいるときには、その鍵みたいに黙りこくってるくせに。さあ古狐《ふるぎつね》、ここから出してくれ。でないと不当勾留《こうりゅう》で先生に訴えてもらうぞ」

　門番はからからと笑い、挨拶して通らせてくれたあと、私たちが階段をおりて通りに入るまで忍び返しつきの門の向こうで笑っていた。

「いいですか、ミスター・ピップ」ウェミックは内緒話をするために私の腕を取り、耳元で真剣にささやいた。「ミスター・ジャガーズは最高のやり方で高い地位を保っていると思いますね。つねに手の届かないところにいるんです。それが先生の並はずれた能力のひとつで、あの大佐もあえて先生に別れの挨拶をしようとは思わないし、門番だって事件に対する先生の心づもりを訊いたりはしない。高みにいる自分と彼らのあいだに下働きをすべりこませる——わかります？——そうやって彼らの身も心もつかんでしまうのです」

　私はわが後見人の巧みな手腕に改めて敬服した。と同時に、正直に告白すると、もっと能力に欠ける人が後見人だったらよかったのにと改めて心の底から思った。

　リトル・ブリテンの事務所のまえでウェミック氏と別れた。例によって、そこにはジャガーズ氏の注意を惹《ひ》きたい請願者がうろついていた。私は駅のある通りの見張りに戻り、馬車が到着するまでの三時間ほど、ずっと考えごとをしていた——監獄や犯罪の染《し》みが自分から消えないのはなんと奇妙なことだろう。それは幼年時代の冬の夕方、故郷の寂しい沼地で初めて出てきて、薄れても完全に消えない汚れのように、そのあと二回現れ、いまもこのように私の新しい幸運と出世のなかに染み出している。そんなことを考えながらも、自分のほうへ近づいてくる、誇り高く上品で、美しく若々しいエステラのことを思った。彼女と監獄の落差を考えると怖気《おぞけ》が走った。ウェミックに会わなければよかった、誘われたからといって、のこのこついていかなければよかった、と後悔した。そうすれば、よりによって一年のこの日に、吐く息と着ている服にニューゲイトのにおいを漂わせなくてすんだのに。私はうろうろ往《い》き来《き》しながら、監獄のほこりを靴から落とし、服から払い、肺から監獄のにおいを吐き出した。待ち人のことを思い出し、自分がひどく穢《けが》れたように感じていると、馬車が早めに到着した。ウェミック氏の温室の忌まわしい意識がまだ残っているうちに、馬車の窓にエステラの顔が見え、彼女が私に手を振った。

　その瞬間、またしても通りすぎたあの言い知れぬ影は何だったのか。

33

旅行用の毛皮のコートを着たエステラは、私の眼にすら過去のどんなときより繊細で美しく見えた。態度もそれまで会ったどんなときより親しみやすく、おそらくミス・ハヴィシャムの影響なのだろうと思われた。

私たちは宿屋の中庭に立っていた。エステラが自分の荷物を指差し、それが残らず集められたところで、私は彼女の行き先について何も知らないことに気づいた。彼女以外のあらゆることを忘れてしまっていたのだ。

「リッチモンドに行くのよ」エステラは言った。「聞いた話では、リッチモンドはふたつあるそうね。サリーと、ヨークシャーに。わたしが行くのはサリーのほう。ここから十五キロほどよ。馬車であなたに連れていってもらいます。これがわたしの財布。ここから代金を払ってね。いいえ、受け取って！　あなたにもわたしにも選択の余地はないの、指示にしたがうだけ。好きなようにはできません、あなたもわたしも」

私はこちらを見て財布を差し出す彼女のことばに、隠された意味があることを願った。人を軽んじているような口調だが、不満そうではなかった。

「馬車を呼びますから、ここで少し休んでいてもらえます？」

「ええ、ここで少し休んで、お茶を飲んでいます。あなたはその間、わたしの面倒を見てください」

　エステラは、こうしなければいけないというふうに私の腕を取った。私は、生まれて初めて見るもののように馬車をしげしげと眺めていた給仕に、個室に案内してほしいと頼んだ。給仕はナプキンを取り出し——それがないと二階への上がり方がわからない魔法の手がかりなのだろうか——私たちを暗い洞穴のような部屋に案内した。室内には、ものを小さく映す鏡（洞穴自体が小さいのだから無用の代物《しろもの》）や、アンチョビソース入れや、誰かの木靴があった。こんな狭苦しい部屋は断ると言うと、別の部屋に連れていかれた。三十人がけの食卓があり、暖炉には大量の炭塵《たんじん》が積もって、なかに習字帳の焼け焦《こ》げた一ページが埋もれていた。給仕はこの大火の名《な》残《ごり》を見て首を振ると、私から注文を取った。といっても、「このご婦人にお茶を」のひと言だったので、すっかり意気阻喪して出ていった。

　厩《うまや》とスープ種が混じったような強いにおいのする部屋だった。馬車の商売がうまくいかないので、商魂たくましい亭主が馬肉を煮て食事に出しているのではないかと思ったほどだ。いまでもそう思う。もっとも、そこにエステラがいるだけで、私には充分満足だった。彼女といっしょなら一生この部屋にいても幸せだと思った（が、あの部屋にいた私はちっとも幸せではなく、そのことは自分でも承知していた）。

「リッチモンドのどこへ行くんです？」私はエステラに訊いた。

「ある婦人のお宅に高いお金を払って住まわせてもらうの。ご本人が言うには力のあるかたで、わたしをいろいろなところに連れていき、誰彼に紹介し、みんなに見せ、みんなをわたしに見せてくださるそうよ」

「いろいろ見物できて、あちこちで褒められれば愉《たの》しいでしょうね」

「ええ、そう思う」

あまりに素っ気なく答えるので、私は言った。「他人事《ひとごと》みたいに自分のことを話すんですね」

「わたしが他人《ひと》のことを話すのをどこで聞いたの？」エステラは明るく微笑んで言った。「ねえ、いい、わたしがあなたから学ぶとは思わないでね。わたしは自分で話したいように話します。ミスター・ポケットのところではうまくやってる？」

「愉快に暮らしてますよ、少なくとも――」このチャンスに言っておかなければと思った。

「少なくとも？」エステラがくり返した。

「あなたがいないところで愉快になれる範囲で」

「馬鹿な坊や」エステラは平然と言った。「どうしてそんな馬鹿げたことが言えるの？　お友だちのミスター・マシューは家族のなかでも立派な人？」

「とても立派ですね。敵がひとりもいなくて——」

「自分以外、なんて言わないでね。そういう人は嫌いだから。でも、ミスター・マシューは本当に私心がなくて、つまらない嫉妬《しっと》や意地悪とは無縁なかただと聞いたわ」

「まさしくそうです」

「彼の一族のほかの人たちについては、まさしくそうじゃない」エステラは深刻でありながらからかうような表情を浮かべて、私にうなずいた。「みんなしてあなたを貶《おとし》める悪口や当てこすりを言って、ミス・ハヴィシャムを困らせてる。あなたを見張り、あなたに関するでたらめを吹聴《ふいちょう》し、手紙を書くの（ときには匿名《とくめい》で）。あなたは彼らの眼の上のたんこぶで、あの人たちは毎日そのことしか考えられないみたい。どれほど憎まれてるか、あなたにはとうてい想像できないでしょうね」

「害を及ぼされることはないと思うけど？」

　答える代わりにエステラは笑いだした。そのことがとても奇妙に思えたので、私は途方に暮れて彼女を見た。笑い声がやむと——憂《うれ》いのない、じつに愉しそうな笑いだった——私はいつもの遠慮がちな口調で言った。

「万一ぼくが害を及ぼされたときに、あなたが喜ばないといいな」

「もちろん喜ばないわ。いま笑ったのは、あの人たちがうまくいっていないから。ミス・ハヴィシャムに取り入ろうとして、あの苦しそうなことといったら！」エステラはまた笑った。笑う理由を説明してもらっても、私にはやはり奇妙に思えた。本気で笑っているのは確かだが、あまりに場ちがいという気がした。何か私の知らないことが隠されているにちがいない。そんな考えを読んだのだろう、エステラはこう答えた。

「あの人たちがつまずくのを見てわたしがどれほどうれしいか、あなたでも理解するのはむずかしいでしょうね。あの人たちが笑い物にされたとき、どれほど可笑《おか》しくて愉しいか。あなたは赤ちゃんのころからあの奇妙な家で育てられていないから——わたしみたいに。あなたは、やさしい慰めや同情や憐《あわ》れみを装《よそお》って裏で陰謀を仕掛けるあの人たちの圧力を感じて、身を守るすべもなく、子供ながらに感覚を研ぎすましたことがないから——わたしみたいに。あなたは幼いころに丸い眼を少しずつ見開いて、夜中に起きたときのために心の平和をちまちま蓄えておく女詐欺師《さぎし》の本性を見抜いたことがないから——わたしみたいに」

エステラにとって、これはもはや笑いごとではなかった。心の浅いところから出てきた記憶でもない。どれだけ遺産を積まれようと、彼女にこんな表情をさせる原因にはなりたくなかった。

「あなたにふたつ教えてあげる」エステラは言った。「まず、点滴石を穿《うが》つという諺《ことわざ》があるけれど、あなたとミス・ハヴィシャムの信頼関係をあの人たちが多少なりとも切り崩すことはありえないから――それは百年かかっても無理――安心していいわ。もうひとつ、わたしはあなたに感謝してるの。あの人たちが必死で悪知恵を働かせてもうまくいかないところを見物させてくれるから。お礼の印に、この手を」

彼女がふざけるように手を出したので――暗い気分は一瞬で消えていた――私はそれを取って唇に持っていった。「おかしな坊や」エステラは言った。「忠告を聞かなかったの？　それとも昔、頬にキスさせてあげたときのような気持ちでこの手にキスをした？」

「気持ちって、どんな？」

「ちょっと考えさせて。おべっか使いや策謀家を軽蔑《けいべつ》する気持ちかしら」

「それにイエスと答えたら、また頬にキスさせてくれますか？」

「手にキスするまえにも訊いてほしかった。でも、いいわ、そうしたいなら」

私は身を屈《かが》めた。彼女の落ち着いた顔は彫像のようだった。「さあ」エステラは私の唇が頬に触れるなり身を離して言った。「お茶をお願いね。それからリッチモンドまで連れていって」

私たちは交際を無理強いされた操り人形だと言わんばかりの口調にエステラが戻ったので、私の胸は痛んだ。しかし思えば、彼女とのやりとりは胸が痛むことばかりだった。私に対する口調がどうであれ、信用できないし、希望も持てない。なのに私は信用し、希望を持ちつづけた。なぜいつまでも続ける？　昔からずっとそうだった。

私はベルを鳴らしてお茶を催促した。給仕があの魔法の手がかりとともに現れ、軽食にともなう品を少しずつ五十ばかり運んできたが、肝心のお茶はいっこうに出てこなかった。盆、カップと受け皿、取り皿、ナイフとフォーク（肉切りナイフまで）、スプーン（さまざまな種類）、塩入れ、頑丈な鉄の蓋の下にさも大切そうに押しこめられた、みじめなくらい小さなマフィン、パピルスの籠《かご》に隠されたモーセ〔訳注　出エジプト記第二章第三節〕を思わせる、大量のパセリの上にのせた柔らかいバター、髪粉のように粉を振りかけた白パン一斤《きん》、台所の炉《ろ》格子《ごうし》の焼き跡が二本ついた三角パン、そして最後に家族用の湯沸かしを、重い責務と苦難を与えられた面持ちでよろめきながら抱えてきた。もてなしがここまで進むと、長く間があき、ようやく給仕が何やら高級そうな箱を持って戻ってきた。なかに小枝が入っていて、私はそれを湯につけ、エステラのためにカップ一杯の怪しげな飲み物を作った。

代金を支払い、給仕にも馬丁にも客室係のメイドにも忘れず心づけをし、要するに宿じゅうの人に金を渡してエステラの財布をかなり軽くしながら軽蔑と反感を買ったあと、私たちは馬車に乗って出発した。チープサイドに入ってニューゲイト・ストリートを走ったため、ほどなく私が恥ずかしくてたまらない建物の下まで来た。

「この建物は？」エステラが訊《き》いた。

私はくだらなくも最初気づかないふりをしたあとで、監獄だと教えた。エステラは建物を眺め、窓から首を引っこめて、「哀れな人たち！」とつぶやいた。どう見ても、訪問したことがあるなどとこちらから打ち明ける状況ではなかった。

「ミスター・ジャガーズは、あの陰鬱な場所の秘密をロンドンじゅうの誰よりもよく知っているという評判ですよ」私は監獄の話題をうまく誰かに押しつけたくて言った。

「あの人は、どんな場所の秘密だって誰よりもよく知っていると思う」エステラが小声で言った。

「彼とはたびたび会っているんですね？」

「たびたび会ってるわ、物心ついてからいままで、しばらく会わない時期もあったけれど。でも、ようやく口が利《き》けるようになった幼いころと同じように、いまもあの人のことがわからない。あなたはどう？　あの人と仲よくなった？」

「人を信じない彼の態度に慣れてからは、とてもうまくやってますよ」

「親密な関係？」

「自宅に呼ばれて食事をしたこともあります」

「さぞ奇妙な場所だったでしょう」エステラは身をすくめるような仕《し》種《ぐさ》をした。

「奇妙な場所でした」

たとえ相手がエステラでも、わが後見人のことを話すのには慎重であるべきだったが、私はそのままジェラード・ストリートの家でご馳《ち》走《そう》になったことを話しそうになっていた。そのとき突然、ガス灯のまばゆい光が窓から射《さ》しこんだ。それに照らされているあいだ、以前抱いたことのある説明しがたい感覚が、明るく生き生きと甦《よみがえ》ったようだった。光の外に出てからも、私はいっとき稲妻に打たれたように呆然《ぼうぜん》としていた。

話題はほかのことに移った。おもに馬車の経路、ロンドンのこちら側には何があり、あちら側はどうなっているといったことだった。エステラは、ロンドンのことはほとんど知らないと言った。フランスに行くまでミス・ハヴィシャムの屋敷の近所しか出歩いたことがなく、ロンドンも行き帰りに通りすぎただけだから、と。こちらにいるあいだ、ジャガーズ氏の世話になるのかと訊くと、「まさか！」と激しく答え、そこから黙りこんだ。

私はエステラが気を惹こうとしているのに気づかずにはいられなかった。たとえ努力を要しても、自分の魅力で私を落とそうとしている。けれども、私はちっとも幸せな気分になれなかった。かりにエステラの口調から、私たちの運命は他人の手にゆだねられているということが感じ取れなかったとしても、彼女が意志の力で私の心を奪おうとしているのがわかったからだ。私の心を打ち砕いて放り捨てても、エステラとしては痛みを感じないだろう。

ハマースミスを通りすぎたとき、私はマシュー・ポケット氏の住まいを指差し、リッチモンドからさほど遠くないので、ときどき会えるとうれしいと言った。

「ええ、もちろん、来てくださることになってるわ。都合がいいときに来てください。あちらの家には話しておくから——というより、もう話してあるの」

私は、そこの家族は多いのかと尋ねた。

「いいえ。お母さんと娘さんのふたりだけ。お母さんはそれなりの身分のご婦人だと思うけれど、収入が増えるのは差し支えないみたい」

「それにしても、ミス・ハヴィシャムは、ずいぶん早くあなたをまた外にやる気になりましたね」

「これもミス・ハヴィシャムがわたしのために立てた計画の一部なの、ピップ」エステラは疲れたようにため息をついた。「再々手紙を書いて会いにいくことにもなっています。どう暮らしているか報告するために——わたしと宝石がね。もう宝石はほぼすべて、わたしのものだから」

　エステラが私の名前を呼んだのは初めてだった。むろんありがたく思われることを見込んだうえで、わざと呼んだのだ。

　リッチモンドへは早く着きすぎたくらいだった。目的の場所は緑地《グリーン》のそばにある落ち着いた古い家で、往時には幾度となく、フープスカート、白粉《おしろい》、つけぼくろ、刺繍《ししゅう》入りの上着、きちんと上まではいたストッキング、ひだ飾りや剣が披露されたのだろう。前庭の古い木々は、フープやかつらや固いスカートのように格式張った不自然な形に刈られているが、死者の長い列に予約された場所はそう遠くなく、ほどなくそこに加わって、ほかのものたちと静かに進むことになりそうだった。

　かつては緑のペチコートや、柄《つか》にダイヤモンドをあしらった剣、赤いヒールの靴、青いクラバットの来訪を家人に告げた呼び鈴の古めかしい音色が、月明かりのなかで重々しく響いた。頰を赤く染めたメイドふたりが走り出てきて、エステラを迎えた。

荷物が家のなかに消えると、エステラは手を差し出して微笑み、おやすみなさいと言って、同じように消えた。それでも私は立ったまま家を眺め、彼女といっしょにここに住めたらどんなに幸せだろうと考えた。いっしょにいても決して幸せにはなれず、みじめになるばかりだというのはわかっていたが。

ハマースミスに戻る馬車に乗りこんだ。そのときにも胸は痛んだが、おりたときにはもっとひどくなっていた。玄関先で、たまたま内輪のパーティから帰宅した小さなジェイン・ポケットと鉢合わせした。小さな恋人にエスコートされていて、その彼はフロプソンにいろいろ命じられていたが、私から見るとうらやましかった。

ポケット氏は講演で外出中だった。彼は家政学のすぐれた講演者で、子供と使用人の管理に関する論文はその分野の最高の教科書と見なされていた。一方、ポケット夫人は家にいて、少々困ったことになっていた。ミラーズが何用かで留守のあいだ（親《しん》戚《せき》の近衛《このえ》歩兵といっしょにいるらしい）、赤ん坊をおとなしくさせておくために針入れを与えたのだが、これほど幼い患者が鍼《はり》治療をするにしろ、気つけに内服するにしろ、安全と見なされる以上の本数が見当たらなくなっていたからだ。

ポケット氏はすぐれて実用的な助言をし、物事を明晰《めいせき》かつ健全に認識し、きわめて思慮深いことで有名だったので、私は自分の胸の痛みについて折り入って相談しようかとも思った。しかし、ふと眼を上げると、ポケット夫人が赤ん坊の特効薬として〝ベッド〟を処方したあと、いつもの貴族名鑑に没頭している。私は、やはり相談はやめておこうと思った。

34

財産を譲られることに慣れてくると、自分とまわりの人に及ぶその影響が、ごくわずかずつ見えてきた。私自身の性格に及んだ影響からはできるだけ眼をそらしていたが、すべてがよいものではないことは当然知っていた。ジョーに対する態度については、心の安まるときがなく、ビディについても良心が咎《とが》めた。夜中に目覚めると――カミラのように――気持ちが沈んだ。ミス・ハヴィシャムの顔など一生見ずに、懐《なつ》かしいあの正直な鍛冶場《かじば》でジョーと組んで大人になったほうがずっと幸せでよかったのではないだろうか。夜ひとりで坐《すわ》って暖炉の火を眺めていると、結局あの鍛冶場の火と台所の火ほどすばらしいものはないと、つくづく思うのだった。

とはいえ、エステラは私の焦《あせ》りや不安と切り離せない存在になっていて、そうした感情のどこまでが自分自身に由来しているのかと考えると、頭はすっかり混乱した。つまり、かりに財産がなく、エステラを思う気持ちだけがあったとしたら、いまよりずっとましな状態なのかどうかわからなかった。一方、まわりの人に与える影響については、それほど悩まなかった。漠然とではあれ、誰にとっても有益ではないと思っていた——とりわけハーバートに。私の浪費癖のせいで、気安い彼は無理な出費を続け、質素な生活を台なしにし、心配と後悔に苛《さいな》まれることになった。ポケット一族のほかの面々が、思いがけずつまらない策を弄《ろう》するようになったことについては、まったく胸は痛まなかった。そういう卑小さは彼らの本来の性質であり、私がいなくてもかならず誰かに刺激されて目覚めることになっただろうから。けれども、ハーバートは別である。家具もまばらだった彼の部屋に不似合いな装飾品をたくさん持ちこんだり、カナリア色のチョッキを着た〝恨めし屋〟を自由に使わせたりして、ハーバートを悪い習慣に染めたと思うと、たびたびつらい気持ちになった。

　小さな快楽を大きな快楽にする確実な手法として、私は借金をするようになった。私が始めればハーバートも始めざるをえず、すぐについてきた。私たちはスタートップに勧められ、〈森のツグミ〉なるクラブに入れてもらうことになった。会の趣旨はよくわからないが、とにかく隔週で豪勢な食事をし、食後はできるだけ激しく口論し、六人の給仕を階段で酔いつぶれさせていた。この満足のいく社交上の目標はつねに達成されるので、ハーバートも私も、集まりの最初の乾杯の挨拶――「諸君、森のツグミたちの揺るぎなき友情が永久《とこしえ》に保たれますように」――は、そのことを指しているのだろうと思った。

ツグミたちはあきれるほど金遣いが荒く（食事の場所はコヴェント・ガーデンのホテル）、私が森に入る誉れを得て最初に出会ったツグミは、ベントリー・ドラムルだった。当時、ドラムルは自家用馬車に乗って街をふらふらと走りまわり、通りの角の街灯に多大な損害を与え、ときには頭から馬車の泥よけのまえに飛び出していた。一度〈森〉の玄関先に、その不本意な方式で石炭のように放り出されるのも見たことがある。しかし、これは少し先の話だ。私はクラブの神聖な決まりによって、成年に達するまでツグミになれなかったからだ。

私は入ってくる財産を当てにして、ハーバートの出費も進んで負担したかったのだが、誇り高い彼にこちらからそういう提案をするわけにもいかなかった。結果、ハーバートはあらゆるところに借金を抱え、いつもきょろきょろと打開策を探していた。ふたりでだんだん夜《よ》更《ふ》かしをするようになると、朝食時には暗く沈んだ眼できょろきょろし、午《ひる》ごろになると少し希望に満ちてきてきょろきょろ、だが夕食時にはまたしょげ返り、食後はそれでも遠くにはっきりと〝資本〟が見え、夜中にかけてそれを手にしたも同然となるが、午前二時ごろまたひどく落ちこみ、ライフル銃を買ってアメリカに渡り、バッファローを撃ってひと儲《もう》けしてやるなどと大雑把なことを言いだすのだった。

私はだいたい週の半分をハマースミスですごし、ハマースミスにいるときにはリッチモンドに入り浸り、やがてリッチモンドだけに行くようにもなった。私がハマースミスにいると、よくハーバートが訪ねてきた。あのころ彼の父親は、息子が探しているチャンスはまだ見つかっていないと折に触れて感じていたようだが、転がって成長する一族のひとりとして、ハーバートもやがては人生においてどうにかどこかに転がり出ることになっていた。その間、ポケット氏は白髪を増やし、その髪をつかんで自分を混乱から引き上げようとする回数も増える。ポケット夫人は足のせ台で家族をつまずかせ、貴族名鑑を読み耽《ふけ》り、ハンカチをなくし、私たちにお祖父《じい》さんの話をし、子供の心に芽吹《シュート》き方を教える〔訳注　ジェイムズ・トムソンの詩「四季」の一節〕。もっとも彼女の場合、それは赤ん坊に気づくなりベッドに放《シュート》りこむことなのだが。

いま私は、今後の話を進めやすくしようと、この時期の生活をざっと説明しているが、それには〈バーナーズ・イン〉でのふだんの暮らしや習慣について書きかけたことを最後まで書いてしまうのがいちばんだと思う。

　私たちは最大限の金を遣い、見返りに気が向いた人から最小限のものをもらった。程度の差はあれ、つねにみじめで、ほとんどの知人も同じ状態だった。いつも愉快にやっていると互いに思いこもうとしていたが、むき出しの真実は愉快どころではなかったのだ。それについて言えば、私が知るかぎり、大方の人々とさして変わらなかった。

　毎朝ハーバートは気分を一新して、チャンスを探しにシティに出かけた。私は彼の暗い奥まった仕事部屋を何度も訪ねた。ハーバートは、私が見たときにはいつも、インク壺《つぼ》、帽子かけ、石炭箱、紐《ひも》の箱、年鑑、机と腰かけ、定規に囲まれて、きょろきょろしているだけだった。みんながハーバートのように熱心にやるべきことをやれば、いまごろルソーの〝美徳の共和国〟に住んでいるかもしれない。ハーバートは気の毒に、毎日午後のある時間に〝ロイズ保険会社に行く〟仕事しかなく、それも雇用主である社長に形式上顔を見せにいくだけだったのだろう。私が見たところ、ほかにロイズとのかかわりは何もなかった――そこから戻ってくることを除いては。いよいよ緊急事態になって、どうしても突破口を見つけなければならないと感じたときには、忙しい時間帯の証券取引所へ出向き、集まった財界の大物たちのあいだを、陰気なカントリー・ダンスの踊り手よろしく出たり入ったりする。「なぜって、真実に気づいたんだよ、ヘンデル」そういう特別な日には、帰宅して夕食をとりながら言った。「チャンスは待っててもやってこないってね。こっちから取りにいかなきゃ。だから行ってきた」

　私たちがあれほど仲よくなかったら、毎朝いがみ合っていたにちがいない。あの悔恨の時期、私は〈バーナーズ・イン〉の部屋が大嫌いで、〝恨めし屋〟のお仕着せを見ると虫酸《むしず》が走った。それは一日のどんなときより朝に、高価で分不相応に見えた。借金の深みにはまるにつれ、朝食はますますむなしい日課になった。ある朝食時、わが地元紙が好む言いまわしを用いれば〝宝石類とあながち無関係とも言いきれない〟件について告訴するという脅しの手紙が届いたときには、私は手前勝手にロールパンを運んできた〝恨めし屋〟の青い襟をつかんで、ブーツをはいたキューピッドのように宙に浮くまで、ぐらぐらと揺さぶってやった。

　別のときには――といっても、ふたりの気分次第だから、いつと決まってはいなかったが――私のほうからハーバートに、初めて発見したかのようにこう言った。

「親愛なるハーバート、どうも金まわりがよくないね」

「親愛なるヘンデル」ハーバートはまじめくさって答えた。「信じられないかもしれないけど、たまたまぼくもまったく同じことを言おうとしてた」

「ならハーバート、いまの経済状況を調べてみようじゃないか」

私たちはそのために時間を割いて、いつも大きな満足を覚えた。私はつねづね、これこそビジネスであり、困難に立ち向かうこと、敵の喉首《のどくび》を絞め上げることだと思っていた。ハーバートも同じ考えだった。

強い気持ちで事に臨み、好結果を出すために、夕食時に特別料理を注文し、ワインも同様、ふだんとはちがう高級品にした。食事が終わると、ペンをひと束、大量のインク、便箋《びんせん》と吸取紙を山ほど用意した。文房具がどっさり並んでいると、とてもいい気分になったからだ。

そして私は紙を一枚取り、そのいちばん上にきれいな文字で〝ピップの借金に関するメモ〟と見出しを書き、〈バーナーズ・イン〉の住所と日付を慎重丁寧につけ加える。ハーバートも一枚取って、同じ形式で〝ハーバートの借金のメモ〟と書く。

それからおのおの、自分の横に雑多な書類を積み上げる。抽斗《ひきだし》に突っこまれていたり、ポケットのなかでこすれて穴があいていたり、明かりの蠟燭《ろうそく》で半分焼けていたり、何週間も鏡に貼《は》りつけてあるような書きつけを確認するのだ。ペンが紙の上を走る音は胸がすくほど爽《さわ》やかで、この自己啓発の作業によって実際に金を返済していると勘ちがいしそうになることもあった。どちらも同じくらい立派な行為に思えたのだ。

しばらく書いたあと、私はハーバートに調子はどうだと尋ねる。すると彼はだいたい、ふくれ上がる数字を眺めて後悔しきりという表情で頭をかいている。

「どんどん増えてるよ、ヘンデル。本当に、どんどん増えてる」

「しっかりしろ、ハーバート」私は自分のペンをあくまで勤勉に走らせながら言う。「事実を正面から見すえて、調べ上げる。相手が降参するまで睨《にら》みつけてやれ」

「そうしたいとこだけど、相手のほうがぼくを睨みつけるんだ」

しかしながら、私の断固たる態度が奏功して、ハーバートはまた作業に戻る。ところが、しばらくたつと、コブだかロブだかノブだかの請求書が見つからないと言って、また投げ出してしまう。

「それならハーバート、見積もるんだ。大まかな見積もりでいいから、それを書きこむ」

「きみの才能はすばらしいな！」わが友は感心して答える。「そのビジネス能力はたいしたものだ」

私も同感だった。こういうことをやらせたら迅速で決断力があり、精力的で明晰で冷静な一流のビジネスマンだという名声を、自分のなかで確立していた。債務を残らず書き出すと、それぞれを請求書と照らし合わせて印をつけていく。ひとつずつ確認するときの満足感たるや、うっとりするほどだった。それが終わると、請求書一枚一枚の裏に説明を書き、きちんとたたんでひとつに束ねる。同じことをハーバートにもしてやり（きみのような事務処理能力がなくてね、と彼は謙虚に言う）、本人のために現状をつまびらかにした気になるのだ。

　私の商才にはもうひとつすぐれた点があり、私はそれを〝余裕を見る〟と称していた。たとえば、ハーバートの借金が百六十四ポンド四シリング二ペンスだったとする。私は、「余裕を見て、二百ポンドと書いておこう」と言う。あるいは、自分の借金が彼の四倍だったら、余裕を見て七百ポンドと書いておく。この〝余裕〟という知恵をきわめて高く評価していたが、いま振り返ると、金のかかる考え方だったと認めざるをえない。ふたりとも、たちまち余裕の限度まで新たな借金をするのが常で、ときにはそれで自由に使える金ができた気になり、さらにはるか上の余裕を見なければならなくなったからだ。

　とはいえ、自分たちの財務状況を調べたあとには、平穏で心安らぐ気高い静寂が訪れ、しばらく自分の評価も高くなった。己の努力と手際《てぎわ》のよさ、ハーバートのお世辞に気をよくして、文房具といっしょに机に置いてあるふたりの書類の束を眺めていると、ひとりの人間ではなく銀行か何かになったような気分だった。

この厳《おごそ》かな作業のあいだは、邪魔が入らないように表のドアを閉めていた。ある夜、例のごとく清閑の境地に入っていると、ドアの郵便用の隙間《すきま》から手紙が入れられて床に落ちる音がした。取りにいって戻ってきたハーバートが、「きみ宛《あて》だよ、ヘンデル。悪い知らせでなければいいけど」と言った。封筒に黒い封印と黒い縁取りがあったからだ。

差出人は〈トラブ商会〉で、その簡潔な内容は、去る月曜午後六時二十分にJ・ガージェリー夫人が逝去《せいきょ》された、来《きた》る月曜午後三時からの葬儀においでいただきたく、ご遺族からの依頼で謹んで申し伝える、というものだった。

35

私の人生の途上に墓穴が口を開けたのは、このときが初めてだった。なめらかな地面にできたその穴には驚いた。台所の暖炉のまえに坐った姉の姿が、昼も夜もつきまとって離れず、姉のいないその場所は想像することもできなかった。姉について考えることなどめったになくなっていたというのに、このときには、彼女が通りで私のほうに歩いてくるとか、もうすぐ家のドアをノックするといった奇妙な考えを抱いた。姉とはなんのかかわりもない自分の部屋でも、うつろな死の気配と同時に、彼女がまだ生きていてたびたび訪れていたかのように、その声や、振り向いた顔や姿が感じられた。

　自分の運命がどうなったとしても、姉をやさしい気持ちで思い出すことはできなかっただろう。しかし、やさしい気持ちが足りなくとも、強烈な後悔は存在しうる。その影響で（そしておそらく、やさしさが足りないことの埋め合わせとして）、私は姉をあれほど苦しめた襲撃者に対する怒りをたぎらせ、充分な証拠さえあれば、それがオーリックだろうと誰だろうと、最後の最後まで執念深く追いつめてやるのにと思った。

　手紙でジョーを慰め、葬儀に出ることを知らせたあと、出発までの日々を、いま少し述べた奇妙な精神状態ですごした。当日は早朝に出たので、〈青猪《あおいのしし》〉亭で馬車をおりたときには、鍛冶場までゆっくり歩いていける時間があった。

　この日も夏の好天だった。歩いているうちに、自分が無力な子供で、姉が容赦なかったころの記憶がまざまざと甦った。ただそれは柔らかな色合いに変わっていて、くすぐり棒《ティックラー》の先さえさほど痛くなかった。というのも、やがて陽光のなかを歩く人々が私のことを思い出して心和む日がかならず来る、と空豆やクローバーの息吹《いぶき》がささやきかけてきたからだ。

　ついに家が見えるところまで来ると、トラブ商会が家全体を葬儀の遂行で差し押さえていた。玄関先にばかばかしいほど陰気な男がふたり立って、黒い布を巻いた杖《つえ》を見せびらかし――そんな道具が誰かの心の慰めになるとでも思っているのだろうか――よく見ると、そのひとりは〈青猪〉亭を馘《くび》になった御者だった。酔ったあげくに馬の首に両手でしがみついて馬車を走らせ、その朝結婚したばかりの新郎新婦を木挽《こび》き穴に落としてしまったからだ。村じゅうの子供と大半の女が集まり、この喪服姿の番人たちや、家と鍛冶場の閉ざされた窓を眺めて感心していた。私が近づくと、番人のひとり（御者のほう）がドアを叩《たた》いた――私が悲嘆のあまり衰弱し、ノックする力もなくなったと言いたかったのだろう。

　もうひとりの番人（こちらは大工で、賭《か》けをしてガチョウを二羽食べたことがある）がドアを開け、家でいちばんの客間に私を案内した。部屋では、自在板をすべて起こして大きくした最上のテーブルにトラブ氏がつき、大量の黒いピンを並べて黒物のバザーを開いていた。私が入ったときには、ちょうど誰かの帽子を黒く長い布でくるんで、アフリカの赤ん坊のようにしたところだった。トラブ氏は私の帽子もそうしようと手を差し出したが、私は状況が理解できず、親愛の情をたっぷり表して握手した。

　かわいそうなジョーは、窮屈そうな黒いマントを顎《あご》の下の大きな蝶《ちょう》結びでとめて、人々から離れた隅の上座に坐っていた。喪主はそこへ、とトラブ氏に指示されたのだろう。私が身を屈めて「ジョー、どうしてる？」と声をかけると、「やあ、ピップ、おまえは姉さんが美人だったころを知ってるよな――」と言って私の手を握り、あとはことばが出てこなかった。

　ビディはとても品よく慎《つつ》ましやかに見える黒いドレス姿で、静かにあちこちに移動して人々を手伝っていた。私はビディに声をかけたが、話をしている暇はなさそうだったので、ジョーのそばに坐り、家のどこに彼女――私の姉――が安置されているのだろうと考えはじめた。甘いケーキのにおいがして、軽食のテーブルはどこだと見まわすと、暗がりに眼が慣れるまでわかりにくいものの、切り分けたプラムケーキとオレンジ、サンドイッチ、ビスケット、デカンタふたつが置いてあった。部屋にそのデカンタが飾られていたのは知っていたが、実際に使われるのを見たのは生まれて初めてだった。一方にはポートワイン、もう一方にはシェリーが満たされていた。そのテーブルのまえに立っていたとき、黒いマントを着て帽子に何メートルもの喪章をつけた卑屈なパンブルチュークが、腹に食べ物を詰めこむのと、私の注意を惹こうとへいこらするのを交互にくり返していることに気づいた。気づくなり彼は近づいてきて（シェリーとケーキのにおいをさせながら）、「よろしいですか、サー？」と低い声で言い、私の手を握った。ハッブル夫妻もいて、夫人のほうは部屋の隅でしとやかに何も言わず泣きじゃくっていた。私たちは〝並んで歩く〟ことになり、ひとりずつ（トラブ氏によって）喪章を巻きつけられて滑稽《こっけい》な包みになった。

「つまりだ、ピップ」私たちがトラブ氏の言う〝整列〟でふたりずつ客間に並ばされているときに——まるでこれから陰鬱《いんうつ》なダンスでもするかのようだった——ジョーが私にささやいた。「つまり、サー、おれは本当のところ、あいつを自分で担《かつ》いでいきたかったんですよ。喜んで手伝おうっていう三、四人の友だちといっしょに。けど、それじゃ近所から見下されるとか、故人への礼儀に欠けるなんてことを言われて」

　そのとき、トラブ氏が沈んだ商売口調で、「ハンカチを出してください、皆さん！」と叫んだ。「ハンカチをお手元に！　出発します！」

　私たちは鼻血でも出たかのようにおのおの顔にハンカチを当て、ふたりずつ外に出た——ジョーと私、ビディとパンブルチューク、そしてハッブル夫妻。哀れな姉の亡《なき》骸《がら》は台所の勝手口から運び出されていた。葬儀の決まりごととして、六人の担ぎ手はぞっとする黒ビロードの棺覆《おお》いの下で窒息し、眼も見えなくなる。全体としては、人間の脚を十二本持った盲目の怪物が、ふたりの番人（御者とその同志）に導かれてよたよたと覚束《おぼつか》なげに歩いているように見えた。

しかし、近所の人々はこの葬列が大いに気に入り、村を通り抜ける私たちを褒めそやした。なかでも元気のいい若者たちは、ときどき飛び出してきて列のあいだを駆け抜け、ここぞというところに先まわりして待ち伏せした。とびきり威勢のいい者たちは、狙《ねら》いどおりの角から葬列が現れると、興奮して「来たぞ！」とか「ほら来た！」と叫び、拍手喝采《かっさい》しそうな騒ぎだった。進む途中、私は腰巾着《こしぎんちゃく》パンブルチュークに嫌というほど悩まされた。彼はうしろを歩いているあいだじゅう、垂れ下がった私の喪章を丁寧に整えたり、マントのしわを伸ばしたりしていたからだ。別格の葬列に加わったと悦に入って偉ぶるハッブル夫妻の度はずれた慢心も、気になってしかたがなかった。

やがて私たちのまえに沼地がくっきりと広がった。川に浮かぶ船の帆が、そこから生えているように見えた。葬列は教会の墓地に入り、私の知らない両親、当教区の故フィリップ・ピリップ、および上の者の妻ジョージアナの墓に近づいた。姉が静かに地中に横たえられたときには、天高くヒバリたちがさえずり、そよ風が雲や木々の美しい影を墓の上に散らした。

その間の俗物根性丸出しのパンブルチュークの行動については、すべて私だけに向けられていたということしか言いたくない。人間がこの世に何ももたらさず、この世から何も持ち去らず、影のように消えて、ひとところに長くとどまらないことを思い出させる尊い祈禱文《きとうぶん》が読み上げられているときにも、パンブルチュークは咳《せき》払いをして、ここに思いがけず巨万の富を手にした若い紳士がいるではないかと異を唱えた。家に戻ると、厚かましくも、私からこれほど栄誉を与えられたことを姉自身が知っていればよかったのにと言い、死ぬこととひきかえにその栄誉が得られたとしても本望だったろうと仄《ほの》めかしたあと、残っていたシェリーをすべて飲んでしまった。ポートワインの残りはハッブル氏が飲み、ふたりはあたかも故人とは別人種の名高い不死身の男であるかのように話していた（のちに知ったのだが、ああいう場ではそれがふつうのようだ）。そしてようやく、パンブルチュークはハッブル夫妻と辞去したが、かならずや〈陽気な艀《はしけ》乗り〉亭に立ち寄って浮かれ騒ぎ、私の幸運の礎《いしずえ》を築いただの、私の子供時代の恩人だのと自慢したことだろう。

来客がいなくなり、トラブと店員たち――例の小僧は、探したが見つからなかった

――も虚礼の道具を袋に詰めて帰っていくと、わが家はいくらか健康になったように感じられた。ほどなくビディとジョーと私は簡単な食事をすませたが、昔の台所ではなく、いちばんの客間で食べた。ジョーがナイフやフォーク、塩入れなどの使い方をあまりにも気にするものだから、みなが窮屈な思いをしたが、食後にジョーにパイプを勧め、ふたりで鍛冶場のまわりを歩いて外の大きな岩の上に腰かけたときには、和んだ雰囲気になった。葬儀のあとでジョーは服を着替え、外出用の服と仕事着の中間のような恰好《かっこう》をしていた。そのせいでこの懐かしい友だちは、いつもの彼らしく自然に見えた。

昔の小さな部屋で寝てもいいかと私が訊くと、ジョーはとても喜んだ。私もすばらしいお願いだった気がして、うれしかった。夕闇《ゆうやみ》が迫るころには、ビディと少し話がしたいと思い、いっしょに庭に出た。

「ビディ」私は言った。「この悲しい出来事を手紙で知らせてくれてもよかったのに」

「そうでしたの、ミスター・ピップ？」ビディは言った。「そうとわかっていれば、書いたんですけど」

「冷たく当たるつもりはないけど、ビディ、そこはわかってくれてもよかったと思うよ」

「そうでしたの、ミスター・ピップ？」

ビディはとてもおとなしく、しとやかで、善良で、かわいらしかった。ここでもう一度泣かせたくなかったので、伏し目がちに横を歩く彼女をしばらく見たあと、私はこの話題を打ち切ることにした。

「うちで暮らしつづけるのはむずかしくなったね、ビディ？」

「ああ、そうですね、ミスター・ピップ」残念そうな口調だが、静かな決意も感じられた。「そのことについてはミセス・ハッブルと相談していて、明日も話しにいきます。ミスター・ガージェリーが落ち着くまで、何かお世話をしてあげられるといいんですけど」

「これから生活はどうするの、ビディ？　もしお金が――」

「生活をどうするか？」ビディはさっと顔を赤らめ、同じことばで私をさえぎった。「ひとつあるんです、ミスター・ピップ。もうすぐここにできる学校で先生として雇ってもらえないかと思って。まわりの人たちも推薦してくれるでしょうし、まじめに辛抱強く働いて、子供に教えながら自分も学べればいいなと。つまり、ミスター・ピップ」と私の顔に眼を上げて、微笑《ほほえ》んだ。「新しい学校は昔の学校とはちがうでしょうけど、わたしはあれ以降、あなたからたくさん学んだし、向上する時間もあったから」

「どんな状況でもビディは向上すると思うよ」

「あら。でも、わたしの人間性の悪い面は別ですけど」ビディはつぶやいた。

それは非難というより、考えていたことがつい口に出た感じだった。それなら、この話題もやめにしよう。私はうつむいた彼女を黙って見ながら、しばらく並んで歩いた。

「姉さんが亡《な》くなったときのことを、まだくわしく聞いてないんだ、ビディ」

「といっても、ほとんどないんですよ、お気の毒に。このところ、どちらかというと回復していたのに、四日ほど具合が悪い日が続いて、そしたら夕方のお茶の時間に〝ジョー〟とひと言だけおっしゃって。ことばを口にされたのは久しぶりだったから、急いでミスター・ガージェリーを鍛冶場から呼んできたんです。奥さんは、ミスター・ガージェリーを隣に坐らせてとわたしに手ぶりで伝えて、そのあと自分の手をあのかたの首にまわしてって。そうしてあげると、頭をミスター・ガージェリーの肩にのせて、心から満足した様子でした。そしてまた〝ジョー〟、それから〝赦《ゆる》して〟、〝ピップ〟と一度ずつ言って、もう頭を起こすことはなかった。ちょうど一時間後にベッドに移しました。亡くなられたことがわかったので」

ビディは泣いた。暗くなってきた庭も、小径《こみち》も、空に現れはじめた星も、私の眼のまえでぼんやりと霞《かす》んだ。

「事件については何も見つからなかったんだね、ビディ？」

「何も」

「オーリックがどうなったか知ってる？」

「服の色を見ると、石切場で働いているみたい」

「なら彼を見たわけだ――どうして小径のあの暗い木を見てるんだい？」

「あそこに彼がいたから。奥さんが亡くなった夜に」

「それが最後じゃなかったんだね、ビディ？」

「ええ。いまわたしたちが歩いているときにも、あそこにいた――無駄です」走りだそうとした私の腕に手を当てて言った。「わたしがあなたに嘘《うそ》をつかないのはわかっているでしょう。あそこには一分もいなかった。もういません」

　ビディが相変わらずつきまとわれているのがわかって、また猛烈な怒りが燃え盛った。あの男の存在自体が許せなかった。ビディにもそう告げ、どれだけ金がかかろうと、どれほど苦労しようと、やつをこの土地から追い出してやると言った。ビディは会話ができるようになるまで私を少しずつ落ち着かせ、ジョーがいかに私を愛しているか語った。不満ひとつもらさないし——私への不満だとは言わなかったが、言われなくてもわかった——強い手と、閉じた口と、やさしい心で日々の務めを果たしている、と。

「本当に、ジョーのことはいくら褒めても褒めたりないよね。それと、ビディ、これからぼくたちは、もっとこういうことを話すようになるよ。ぼくがしょっちゅう家に戻ってくるから。かわいそうなジョーをひとりにしておけないだろう」

　ビディは何も言わなかった。

「ビディ、聞こえなかった？」

「聞こえました、ミスター・ピップ」

「その〝ミスター・ピップ〟というのは趣味が悪いけど、まあいいや——どういう意味だい？」

「どういう意味って？」ビディはこわごわ訊いた。

「ビディ」私は善人ぶった押しの強さで言った。「これはどういう意味かって訊いてるんだ」

「これって？」

「くり返さないで」私は言い返した。「昔はそんなふうにくり返さなかったじゃないか、ビディ」

「昔は！」ビディは言った。「ああ、ミスター・ピップ！　昔は！」

　だったらこの話題も打ち切りだと思ったが、黙って庭をもうひとまわりしたあと、私は肝心な点に立ち戻った。

「ビディ、これからしょっちゅうジョーに会いに家に戻るという話をしたよね。でも、ビディは聞いたきりずっと黙ってる。どうして、ビディ？　理由を教えてほしい」

「それなら本当にしょっちゅう、あのかたに会いにくるつもりなんですね？」ビディは庭の狭い道で足を止め、星空の下、澄んだ正直な眼で私を見て訊いた。

「なんて言い種《ぐさ》だ！」私は、もうあきらめて相手と縁を切らざるをえなくなったかのように言った。「これこそ人間性の悪い面じゃないか！　お願いだからもう何も言わないでくれ、ビディ。本当にショックだよ」

　このもっともな理由によって、私は夕食のあいだもビディと距離を置いていた。心にわだかまりを抱いたまま昔の自室に上がるときには、その日に墓地やほかの場所であったことの思い出を台なしにしない範囲で、めいっぱい堂々と彼女に就寝の挨拶《あいさつ》をした。そして夜中に寝返りを打つたびに——つまり十五分おきに——これほどまで私を傷つけるビディはなんて意地悪で理不尽なのだろうと心のなかで反芻《はんすう》していた。

翌朝は早く発《た》つことになっていた。朝まだきに外へ出て、鍛冶場の木の窓からこっそりなかをのぞいた。そこにしばらく立ったまま、すでに仕事を始めているジョーを眺めた。輝くその顔は健やかでたくましく、未来の明るい太陽に照らされているかのようだった。

「さようなら、大好きなジョー！――いや、ぬぐわないで――いいから、その黒い手のままで！――またすぐに来るよ。たびたび顔を出す」

「いつでもどうぞ、サー」ジョーは言った。「何度でもな、ピップ！」

勝手口でビディが搾《しぼ》りたての牛乳とパンを持って待っていた。「ビディ」私は別れ際に手を差し出して言った。「ぼくは怒ってないよ、傷ついたけど」

「どうか傷つかないで」ビディは悲しげに懇願した。「傷つくのはわたしだけでいいんです、わたしが心の狭いことをしたのなら」

家から遠ざかるこのときも、また霧が晴れようとしていた。霧は私に、おまえは戻ってこない、ビディは完全に正しいと知らせたがっているように思えてならなかった。だとしたら、霧も完全に正しかったと言うしかない。

36

借金を増やし、現状を確認し、余裕を見るハーバートと私の模範的な行動は、悪化の一途をたどった。時はそれと関係なく淡々と流れ、私は成年に達した。自分がどこにいるのかもわからないうちに成人になるという、ハーバートの予言どおりだった。

ハーバート自身は私の八カ月前に成人していたが、たんにその歳《とし》が来ただけなので、〈バーナーズ・イン〉でことさら祝ったりはしなかった。しかし、私の二十一歳の誕生日はふたりとも愉《たの》しみにしていた。その機会にわが後見人がかならずや決定的なことを言うだろうと、あれこれ推測し、期待していたからだ。

私は念のため、リトル・ブリテンの事務所に誕生日をしっかり知らせておいた。誕生日の前日、ウェミックから、その喜ばしい日の午後五時にジャガーズ氏を訪ねられたしという正式な通知が届いたときには、ついに重大発表があるにちがいないとふたりで確信を深めた。指定時間きっかりに到着するように、わが後見人の事務所に向かった私は、異様なほど興奮していた。

外の部屋でウェミックはおめでとうと言ってくれ、はからずも鼻の横をたたんだ薄紙でふいた。幸先《さいさき》がよいように思われたが、彼はそれについて何も言わず、ジャガーズ氏の部屋のほうにうなずいた。十一月だったので、わが後見人は暖炉の火のまえに立ち、炉棚に背中をもたせかけて、両手を上着のうしろの裾《すそ》の下に入れていた。

「やあ、ピップ。いや、今日からミスター・ピップと呼ばなければな。おめでとう、ミスター・ピップ」

私たちは握手し——彼の握手の時間はいつも驚くほど短い——私は感謝のことばを述べた。

「坐ってくれたまえ、ミスター・ピップ」わが後見人は言った。

私は坐った。彼のほうは立ったまま、眉《まゆ》をひそめて自分のブーツを見ていたので、私は立場が弱くなったように感じ、昔、墓石の上にのせられたときのことを思い出した。棚に置かれたふたつの怖《おそ》ろしい石膏像《せっこうぞう》も彼の近くにあって、馬鹿《ばか》らしくも私たちの会話を聞こうとするあまり卒中を起こしそうに見えた。

「さて、わが若き友人」ジャガーズ氏は、私が証人席にいるかのように切り出した。

「ひとつふたつ話しておきたいことがある」

「どうぞ、サー」

「どう思う?」ジャガーズ氏は前屈《まえかが》みになって床を見、次に頭を振り上げて天井を見ながら言った。「きみはどういう調子で暮らしている？」

「調子とはなんでしょう、サー？」

「どういう」まだ天井を見ながら、「調子だね？」そこで部屋を見まわし、ハンカチを鼻に持っていこうとした手を途中で止めた。

　私は自分の財務状況を調べすぎて、それがいまどうなっているのか皆目つかめなくなっていたので、しかたなく、その質問には答えられませんと告白した。ジャガーズ氏はその答えが気に入ったらしく、「だろうとも！」と言って、満足そうに鼻をかんだ。

「さて、わが友人、私のきみへの質問はすんだ」ジャガーズ氏は言った。「きみのほうから私に質問があるかね？」

「はい、いくつか質問できればすっきりします、サー。もちろん、禁じられた質問のことは憶《おぼ》えていますが」

「ひとつ訊《き》いてみなさい」ジャガーズ氏は言った。

「ぼくの恩人が誰か、今日明かされるのでしょうか」

「いや。次の質問」

「その秘密は近いうちに明かしてもらえるのですか」

「それにはいま答えられない」ジャガーズ氏は言った。「次の質問」

私はまわりを見たが、この質問を避ける方法はなさそうだった。「あの――何か――受け取るものはありますか、サー？」するとジャガーズ氏は勝ち誇ったように、「そう来ると思った！」と言い、ウェミックにあの紙を持ってこいと声をかけた。ウェミックが現れ、それを手渡して出ていった。

「さて、ミスター・ピップ」とジャガーズ氏。「心して聞いてくれたまえ。きみはずいぶん自由に金を引き出しているな。ウェミックの出納帳にはきみの名前が再々出てくる。だが、借金を抱えているんだろう？」

「それにはイエスと答えるしかありません」

「イエスと答えるしかないのはわかってるんだな？」

「イエス、サー」

「いくら借りているかは訊かない。どうせ知らんだろうし、知っていても私には言わんだろう。あるいは、過少報告するか。いやいや、わが友人」ジャガーズ氏は人差し指を振り、反論しようとした私を大声で制した。「そんなことはしないと思っとるんだろうが、するのだよ。申しわけないが、私のほうがそのへんはわかっておる。この紙を受け取りなさい。いいかね？　よろしい。では開いて。それは何かな？」

「銀行券です」私は言った。「五百ポンドの」

「銀行券だ」ジャガーズ氏はくり返した。「五百ポンドの。かなりの金額だと思うが、どうだね？」

「ほかにどう思えばいいのですか？」

「なるほど。だが質問に答えなさい」

「まちがいなくそうです」

「まちがいなく大金だと思うわけだ。その大金は、ピップ、きみのものだ。将来与えられる財産の手付金として、本日きみに贈られた。全財産の贈与者が姿を現すまで、きみは毎年この額を上限として生活する。すなわち、今後は自分で金の管理をするのだ。きみが〝泉の源〟と直接やりとりをするようになって、代理人が不要になるまで、四半期につき百二十五ポンドをウェミックから引き出しなさい。以前言ったように、私はただの代理人だ。指示されたことを実行して、その報酬を受け取る。今回の指示は、私には無分別に思えるが、意見することは顧問契約に含まれていない」

　これほど寛大な計らいをしてくれる恩人に礼を述べようとしたところ、ジャガーズ氏は止めて、素っ気なく言った。「きみのことばを伝えることも、顧問契約に含まれていない」そしてこの話題を切り上げる合図なのか、上着のうしろの裾をたくし上げ、靴が自分を陥《おとしい》れる陰謀をめぐらしていると言わんばかりに、しかめ面《つら》で足元を見て立っていた。

　ややあって、私は探りを入れてみた。

「先ほど、いまは答えられないとおっしゃった質問がありました、ミスター・ジャガーズ。あれをもう一度訊いても差し支えないでしょうか」

「なんだね？」

　ジャガーズ氏が協力してくれないことは察していたかもしれないが、これが初めてであるかのようにまた質問し直さなければならなくなって、私はたじろいだ。「こういうことはないでしょうか、ミスター・ジャガーズ」ためらったあとで言った。「いま〝泉の源〟と言われたぼくの恩人が、近いうちに――」そこで慎み深くことばを切った。

「近いうちに、なんだね？　質問になっとらんじゃないか」

「――ロンドンに来られるとか」適切なことばを探してから言った。「ぼくをどこかほかの場所に呼び出すといったことは？」

「いいかね」ジャガーズ氏は初めて、落ち窪《くぼ》んだ黒い眼で私を見すえた。「きみの村で最初に会ったあの夜を思い出してもらわねばならん。あのとき私はなんと言った、ピップ?」

「こう言われました、ミスター・ジャガーズ。その人物が現れるのは何年も先になるかもしれないと」

「そのとおり。それが私の答えだ」

互いに見つめ合ううち、私は彼からもっと聞き出したくてたまらず、呼吸がせわしなくなるのを感じた。しかし、そう感じると同時に、ジャガーズ氏もそれを感じ取ったのがわかると、ますます聞き出せる見込みはなくなった気がした。

「まだ何年も先になると思われますか、ミスター・ジャガーズ?」

ジャガーズ氏は首を振った――いまの質問にノーと答えているのではなく、そもそも答えを得ようと考えること自体がまちがっていると言いたいのだ。ふと私の眼が棚のほうにさまようと、ゆがんだ顔の怖ろしい石膏像ふたつも、耳をそばだてる極度の緊張でくしゃみでもしそうに見えた。

「よろしいか!」ジャガーズ氏は温まった手の甲で脚のうしろを温めながら言った。「はっきり言おう、わが友人ピップ。それは私にしてはならない質問だ。こう言えばわかりやすいだろうが、その質問によって私自身が面倒な立場になるかもしれんのだ。いいな! だが、きみのためにもう少しだけ話してやろう」

そこでものすごく屈んでブーツにしかめ面を近づけ、しばし黙ってふくらはぎをさすっていた。

「その人物が現れれば」ジャガーズ氏は背を起こして言った。「きみの問題はすべて、きみとその人物が取り扱うことになる。その人物が現れれば、本件に関する私の役割は完全に終了する。その人物が現れれば、私は本件についていっさい知る必要がなくなる。話せるのはここまでだ」

私たちはまた見つめ合った。しばらくして私は眼をそらし、床を見つめて考えた。いまの彼の発言から、ミス・ハヴィシャムはなんらかの理由で、またはとくに理由もなく、私とエステラを結びつける計画についてジャガーズ氏には打ち明けていないと私は推論した。ジャガーズ氏はそのことに腹を立て、猜疑《さいぎ》心《しん》を抱いている。あるいは、その計画に反対で、いっさいかかわりたくないのか。考えながら眼を上げると、相手が先ほどからずっと鋭い眼で私を見ていることに気づいた。

「そこまでしか話せないということでしたら」私は言った。「こちらからも言うことはありません」

ジャガーズ氏は同意してうなずき、泥棒が怖れる例の時計を取り出して、夕食はどこで食べるのかと訊いた。部屋に戻ってハーバートと食べますと答えたが、その場の流れで、よろしければごいっしょにいかがですかと提案すると、彼は即座に招待に応じた。ただ、私が特別な準備をしなくていいように、いっしょに歩いていくと主張し、そのまえに手紙を一、二通書いて、（当然ながら）手を洗いたいと言うので、私は部屋の外でウェミックと話していますと答えた。

じつは五百ポンドが懐《ふところ》に入ったときに、ある考えが頭に浮かんだのだ。以前からたびたび考えていたことだが、その相談相手にウェミックはふさわしい気がした。

彼はすでに金庫に鍵《かぎ》をかけ、家に帰る支度をしていた。机から離れ、事務用の脂《あぶら》じみた蠟燭二本を蠟燭消しと合わせてドアのそばの厚板に並べ、これから火を消すところだった。暖炉の火もかき出し、帽子と外套《がいとう》を用意して、終業後の体操よろしく金庫の鍵で胸じゅうを叩いていた。

「ミスター・ウェミック」私は言った。「意見をうかがいたいのですが。ある友人を支援したいのです」

ウェミックは、その種の致命的な弱さは断固受けつけないというふうに、郵便ポストの口を固く閉じ、首を振った。

「その友人は」私は続けた。「商売を始めようとしているのですが、元手がなくてなかなか着手できず、がっくりきています。そこで、なんとか始めさせてやれないかと思いまして」

「元手を提供して？」ウェミックはどんなおが屑《くず》より乾いた声で言った。

「多少の元手を」私は〈バーナーズ・イン〉で眼のまえに置いたふたつの書類の束を思い出し、不安になってきた。「多少の元手と、将来もらえる財産からも多少まわせればと」

「ミスター・ピップ」ウェミックは言った。「よろしければ、ここからチェルシー・リーチまでの橋を指折り数えてみましょうか。さて、まず一にロンドン、二にサザーク、三にブラックフライアーズ、四にウォータールー、五にウェストミンスター、六にヴォクソール」金庫の鍵の柄で掌《てのひら》を叩きながら、順に数えていった。「六つもある。どれにします？」

「意味がわかりません」

「好きな橋を選ぶんです、ミスター・ピップ。それからそこを歩いて、まんなかまで行ったところであなたの金をテムズ川に捨てる。それですっきりなくなります。友人を支援するのも同じで、これもすっきりなくなりますが、橋から捨てるより不愉快で利益にもなりません」

そう言ったあと、ウェミックは新聞を放りこめるくらい口を広げていた。

「気が滅入《めい》る話ですね」私は言った。

「そのつもりで言っています」

「すると、あなたの考えでは」私はいささか機嫌を損ねて訊いた。「決して――」

「――友人に動産を投資してはならない？　まさにそのとおり。その友人を失いたくなければね。つまるところ、その友人を捨てるのに値する動産はどのくらいかという問題です」

「それがよく考えた末の結論なんですね、ミスター・ウェミック？」

「それがよく考えた末の結論です――この事務所にいる私の」

「ああ！」抜け穴が見つかった気がしたので、私はもうひと押しした。「でも、ウォルワースでの意見はどうですか？」

「ミスター・ピップ」彼は重々しく答えた。「ウォルワースとこの事務所は別です。うちの年寄りとミスター・ジャガーズがちがうようにね。混同してはいけない。私のウォルワース的意見は、ウォルワースで聞いていただかないと。この事務所では公式見解しか申し上げられません」

「なるほど」私はほっとして言った。「それなら、ウォルワースにうかがいます、かならず」

「ミスター・ピップ、いつでもどうぞ、内々の個人的な立場で」

私たちは低い声で会話していた。わが後見人の耳がこの上なく鋭いことをよく知っていたからだ。その彼がタオルで手をふきながら戸口に現れると、ウェミックは外套を着て、蠟燭の火を消した。三人で外に出たところから、ウェミックは彼の道を、私とジャガーズ氏は私たちの道を進んだ。

その夜は一度ならず、ジェラード・ストリートのジャガーズ氏の住まいにも、お年寄りや大砲のようにしかめ面をゆるませる人やものがあればいいのに、と思わずにはいられなかった。彼のように守りが堅く疑り深い世界に生きるのなら、成人する価値はあまりなさそうだ、と二十一歳の誕生日に考えるのは嫌なものだった。ジャガーズ氏はウェミックの千倍は知識豊富だし、賢くもあるが、食事には彼よりウェミックを千倍招待したかった。ジャガーズ氏のせいでひどく気鬱になったのは私だけではなかった。なぜなら、彼が辞去したあと、ハーバートも暖炉の火をじっと見つめて、きっと自分は大罪を犯して事の詳細を忘れてしまったにちがいない、これほどみじめで罪深い気分なのだから、とひとりつぶやいていたのだ。

37

ウェミック氏のウォルワース的意見を聞くには日曜が最適だろうということで、私は次の日曜の午後を〝城〟の巡礼にあてた。胸壁まで来ると、国旗がはためき、跳ね橋が上がっていたが、この挑戦と抵抗の意思表示にひるまず門の呼び鈴を鳴らすと、お年寄りがきわめて平和的に出迎えてくれた。

「せがれは、あなたが来られるかもしれないと思っていたようです」老人は橋を固定したあとで言った。「午後の散歩からすぐに戻ると言い残していきました。時間にはとても几帳面《きちょうめん》でして、うちのせがれは。まあ、なんにでも几帳面です」

私は、ウェミックだったらこうするだろうというふうにうなずき、家のなかに入って、暖炉のそばに腰かけた。

「あなたがせがれと知り合ったのは事務所でございますな？」老人は火で両手を温めながら、陽気な声で言った。私がうなずくと、「なるほど！　あれはたいそう仕事ができると聞いとりますが、どうなんでしょう」私は激しくうなずいた。「やっぱり。人づてに聞いたもので。せがれの仕事は法律ですか？」私はもっと激しくうなずいた。

「そりゃ、なおのこと驚きだ」老人は言った。「法律をやるようには育てませんでしたから。ワインの樽《たる》詰めをやらせるつもりだったんです」

この老紳士がジャガーズ氏の評判をどう知らされているのか興味が湧《わ》いたので、大声で名前を伝えてみた。すると彼は大声で笑い、じつに快活に、「いや、まさに、そのとおり」と答えたので、私はすっかり当惑した。いったい何が言いたかったのか、私がどんな冗談を言ったと勘ちがいしたのか、いまに至るまでわからない。

ほかのことで興味を惹《ひ》かず、永遠にうなずいているわけにもいかないので、ご自身の職業もワインの樽詰めだったのですかと大声で訊いてみた。息が苦しくなるほどその質問をくり返し、老紳士の胸をとんとん叩いて、あなたのことですよとわからせた結果、ようやく意味を伝えることができた。

「いや」老紳士は答えた。「倉庫業。倉庫業です。まずあそこに」と煙突を指差したが、リヴァプールだと言いたかったらしい。「それから、ここロンドンのシティに。けど、体が弱りましてな――なんせ、耳が遠くなったもんで、サー――」

私は身ぶり手ぶりで最大の驚きを表現した。

「――いや、このとおり耳が遠くなって、そんなふうに弱ったもんだから、せがれは法律のほうに進んで、あたしを世話してくれました。でもって、この上品できれいな場所を少しずつ作ったんです。ですが、ほれ、さっきあなたの言ったことに戻ると」老人はまたいかにも愉快そうに笑って、「つまりですな、いや、まさに、そのとおり」

　私がどれだけ創意工夫の才を発揮しても、このありもしない冗談の半分も彼を愉しませることができただろうか、と謙虚に考えていたとき、ふいに暖炉の横の壁でカチリと音がして、〝ジョン〟と上に書かれた小さな木の扉が幽霊めいた動きでパタンと開いたので、私は肝をつぶした。老人は私の視線を追って、勝ち誇った声で「せがれが帰ってきた！」と叫んだ。私たちは外の跳ね橋まで迎えに出た。

　ウェミックが濠《ほり》の向こうから手を振って挨拶しているのは、千金に値する見物《みもの》だった。なにしろ、両側から手を伸ばせば簡単に握手できる距離なのだ。お年寄りがたいそう喜んで跳ね橋を操作しているので、私は手を貸しましょうかとは言わず、ウェミックがこちらに渡ってくるまでじっと立っていた。彼は連れてきたミス・スキフィンズという女性を私に紹介した。

　ミス・スキフィンズは無表情で、付き添いのウェミックと同様、郵便局の一員に見えた。彼より二、三歳若かったのかもしれない。動産はしっかり所有しているようだった。腰から上の服の作りのせいで、まえから見てもうしろから見ても、子供の揚げる凧《たこ》とそっくりで、ドレスは少しオレンジ色がきつすぎ、手袋は緑色が目立ちすぎた。

とはいえ、性格のいい人らしく、お年寄りをきちんと敬っていた。彼女が〝城〟をたびたび訪れていることはすぐにわかった。みなで家に入って、お年寄りに帰宅を知らせる巧みな仕掛けについて私がウェミックを褒めたたえると、彼は、暖炉の先ほどとは反対側の壁を見ていてくださいと言って、姿を消した。すると、またカチリと音がして、今度は別の小さな扉がパタンと開き、そこには〝ミス・スキフィンズ〟と書いてあった。そして〝ミス・スキフィンズ〟が閉まり、〝ジョン〟が開いて、次に〝ミス・スキフィンズ〟と〝ジョン〟の両方が開き、最後に両方とも閉まった。私は、仕掛けを動かして戻ってきたウェミックに最大級の賛辞を贈った。彼は言った。「まあ、ほら、うちの年寄りにとっても、愉しくて、役に立ちますからね。そう、ついでに申し上げれば、わが家を訪ねる人のなかでこの仕掛けの秘密を知っているのは、年寄りとミス・スキフィンズと私だけなのです！」

「ミスター・ウェミックが作ったんですよ」ミス・スキフィンズが言い添えた。「ご自身の頭で考えて、ご自身の手で」

ミス・スキフィンズが帽子を脱いでいるあいだに（緑の手袋はその夜のあいだじゅう、人前にいることの〝眼に見える印〟〔訳注　イングランド教会の祈禱書の文句〕として、ずっとはずさなかった）、ウェミックは、外を散歩して冬の島の様子を見にいきませんかと私に持ちかけた。これはウォルワース的意見を聞かせてくれるつもりだろうと思い、私は〝城〟から出るなりその機会に飛びついた。

内容については念入りに考えてあったので、まず、これまで一度も触れたことのない話題であるかのように切り出した。ハーバート・ポケットのためになることをしてやりたい、とウェミックに告げ、最初に出会ってボクシングをしたいきさつを話した。ハーバートの家庭や性格、父親がくれる金以外には収入がなく、その金も不定期で当てにならないことをざっと説明し、私が無知な田舎者だった最初のころからずいぶん世話になっているのに、充分恩返しをしていない気がすると打ち明けた。ハーバートにしてみれば、いっそ私に会わず、私の財産の話などなかったほうがよかったかもしれない、と。ミス・ハヴィシャムの話からはできるだけ遠ざかっていたが、それでも、私と競合することでハーバートの将来展望が損なわれた可能性があること、にもかかわらず、彼は卑劣な不信感とか報復とか悪巧みとはまったく無縁で、まちがいなく寛大な心の持ち主であることは暗に伝えた。そうした理由もあるし、そもそもハーバートは私の仲間であり、友人で、彼のことが大好きだから、自分の幸運の光で多少なりとも彼を照らしてやりたい。ついては、自分の資産を使ってハーバートのいまの収入をいくらか増やし、ゆくゆくは何かの共同経営者にするのにいちばんいい方法は何か

——たとえば、希望と善良な心を保てるように、年に百ポンド渡すとか——人間にも世事にもくわしいあなたの経験と知識から助言していただけないだろうか。締めくくりに私は、この支援についてハーバート自身に知られたり、訝《いぶか》しまれたりすることはなんとしても避けたい、この世にこんな相談ができるのはあなたしかいないのだ、とウェミックに頼み、彼の肩に手を置いて言った。「面倒だと思われるのはわかっていますが、あなたに打ち明けずにはいられないのです。でも、もとはと言えば、あなたも悪いんですよ、ぼくをここに招いたんですから」

ウェミックはしばらく黙っていたが、やがてはっと気づいたように言った。「しかしまあ、ミスター・ピップ、これだけは言っとかなきゃなりません。あなたはなんていい人なんだ」

「では、いい人でいるために手助けしてください」

「まいりましたな」ウェミックは首を振りながら言った。「それは私の仕事じゃありません」

「ですが、ここはあなたの仕事場ではないでしょう」

「そのとおり。ずばり核心を突いています。ミスター・ピップ、じっくり考えてみますかね。あなたの願いを叶《かな》えるには、少しずつ実行していけばいい気がします。ミス・スキフィンズのお兄さんが会計士で、代理業もやっていますから、明日会いにいって、あなたのために交渉してみましょう」

「本当にありがとうございます」

「こちらこそ」ウェミックは言った。「あなたに感謝します。こうやって厳密に内々の個人的な話をしていても、ニューゲイトの蜘蛛《くも》の巣はうるさくまとわりついてきます。たまに動けば、それが取り払われますからね」

もう少し同じ会話を続けてから〝城〟に戻ると、ミス・スキフィンズがお茶の用意をしていた。トーストを焼く仕事はお年寄りにまかされ、すばらしい老紳士はあまりに真剣に取り組むものだから、そのうち眼が溶けてしまうのではないかと思うほどだった。私たちが作っている食事は名ばかりではなく、気迫に満ちた本物だった。お年寄りは炉《ろ》格子《ごうし》のいちばん上に引っかけた鉄製のスタンドに、バターを塗ったほかほかのトーストを干し草の山のように積み上げて、本人の姿が見えなくなるほどだし、ミス・スキフィンズもお茶を大量に沸かしすぎて、家の裏にいる豚が大興奮し、その愉しい催しに加えてくれとしつこく要求するほどだった。

いつもの正確な時刻に旗がおろされ、大砲が鳴ると、まるで濠の幅も深さも十メートルあるかのように、ウォルワースのほかの部分から隔離されて心地よかった。ときどきパタンと開く〝ジョン〟と〝ミス・スキフィンズ〟の扉を除けば、〝城〟の静寂を破るものは何もなかった。小さなふたつの扉は慢性的に発作を起こすようで、私も慣れるまで気の毒で落ち着かなかった。てきぱきと立ち働くミス・スキフィンズの様子から、毎週日曜の夜にこうしてお茶の支度をしていることが察せられた。鼻がまっすぐすぎるあまり美人ではない女性の横顔と、ごく細い月を象《かたど》った古風なブローチをつけていたが、おそらくウェミックから贈られた動産だったのだろう。

　私たちはトーストをひとつ残らず食べ、それに見合う量のお茶を飲んだ。食後にはみながすっかり温まってバターまみれになり、見ていて愉しかった。ことにお年寄りは、どこかの蛮族にいる、オイルを塗られたばかりの老いた小ぎれいな族長といっても通りそうだった。短い休憩のあと、ミス・スキフィンズが食器を洗った――日曜の午後は小間使いの娘が家族とすごしていて留守らしい。上流階級の婦人がちょっとやってみましたというような、素人《しろうと》らしい手つきだったので、私たちも気は咎《とが》めなかった。それが終わると彼女はまた手袋をはめ、みなで暖炉を囲んだときに、ウェミックが言った。「さあ、年寄り父さん、新聞を読んでください」

　老紳士が眼鏡を取り出すあいだ、ウェミックは私に、いつもこうする習慣で、この年寄りは新聞記事を読み上げるのが何よりも好きなのですと教えてくれた。「大目に見てやってください。ほかに愉しみがあまりないもので——ですよね、年寄り父さん？」

「いいとも、ジョン、いいとも」老人は話しかけられているのに気づいて答えた。

「新聞から眼を上げたときに、ときどきうなずいてもらえれば充分です。王様みたいに幸せになりますから。さあ、みんな聞いていますよ、年寄り父さん」

「いいとも、ジョン、いいとも！」陽気な老人は答えた。うれしそうにいそいそと準備しているのが微笑ましかった。

　お年寄りの朗読を聞いて、私はウォプスル氏の大おばの授業を思い出したが、この朗読のほうが、鍵穴を通して聞こえてくるように奇妙でもっと愉しかった。お年寄りは蠟燭《ろうそく》を近くに寄せたがり、新聞か彼自身の頭にいつ火が移ってもおかしくない状態だったので、火薬工場よろしく片時も眼が離せなかった。とはいえ、そこはウェミックがあくまでやさしく監視役を果たし、お年寄りは、何度も命拾いしたとは露知らずに新聞を読みつづけた。私たちは、彼が顔を上げてこちらを見るたびに最大限の関心と驚きを示し、また朗読が始まるまでうなずきつづけた。

　ウェミックとミス・スキフィンズは並んで坐《すわ》り、私は薄暗い部屋の隅にいたので、ウェミック氏の口が次第にゆっくりと横に広がり、相応じるように彼の腕がゆっくりとミス・スキフィンズの腰のうしろにまわるのが見えた。やがて手の先がミス・スキフィンズの体の反対側に現れたが、その刹那《せつな》、彼女は緑の手袋をはめた手で制止し、ウェミック氏の腕を服の帯か何かのようにほどいて、非常にゆっくりと眼のまえのテーブルに置いた。そうするときのミス・スキフィンズの冷静沈着な態度は、それまで目にした光景のなかでも特筆ものだった。あれを無意識の行動と考えることができるなら、ミス・スキフィンズはまさに機械的に動いていたということになる。

ウェミックの腕はまた次第に隠れはじめ、私の視界から消えていった。まもなく彼の口がまた横に広がりだした。ほとんど苦痛に感じるほど興味が湧いて、どきどきしながら見ていると、また彼の手の先がミス・スキフィンズの体の反対側に現れた。即座に彼女は、それを落ち着いたボクサーさながらぴたりと止め、先ほどと同じくガードルかヴィーナスの腰帯《ケストゥス》のようにはずして、テーブルの上に置いた。テーブルを美徳の道とすれば、お年寄りの朗読のあいだじゅう、ウェミックの腕は美徳の道からさまよい出ては、ミス・スキフィンズに引き戻されることをくり返していたと言ってよかろう。

ついにお年寄りは朗読しながらうとうとしはじめた。そこでウェミックは小さなやかんと、盆にのせたグラス、コルク栓のてっぺんが陶製の黒い壜《びん》を出してきた。その壜の形は、愛想のいい赤ら顔の高位の聖職者を思わせた。こうした道具を使い、ほどなく目覚めたお年寄りも加えて、みなで温かいものを飲んだ。ミス・スキフィンズは飲み物を混ぜ、ウェミックとひとつのグラスから飲んでいた。むろん私は、ミス・スキフィンズを家まで送っていこうと申し出るような野暮なことはしなかった。こういう状況では、まず先に辞去するのがいちばんだと思ったので、お年寄りに心のこもった別れの挨拶をして、立ち去った。じつに愉しい夜だった。

一週間とたたないうちに、ウォルワースからウェミックの手紙が届いた。例の内々の個人的な話に関していくらか進展があったので、相談するためにまたお越しいただけますかということだった。そこで私はウォルワースにまた出かけ、またまた出かけ、シティでも何度か約束して会ったが、この件についてリトル・ブリテンのなかや近所で彼と話し合うことはいっさいなかった。結局、立派な若い商人がひとり見つかった。仕事を始めて間もない船の仲買人で、優秀な人間と資金を必要としていて、いずれ商売が軌道に乗った折には共同経営者が欲しいと思っていた。私はハーバートに関してこの人物と秘密の契約を結び、まずいまある五百ポンドの半分を前金として、ほかにもいろいろと支払うことにした。決まった期日に私の収入のなかから払ったり、遺産が手に入った段階で払ったりする。具体的な交渉はミス・スキフィンズのお兄さんがしてくれた。ウェミックは全般を取り仕切ったが、交渉そのものには出てこなかった。

　これらすべては巧みに管理され、ハーバートが私の関与を疑うことはついぞなかった。ある日の午後、すばらしい知らせがあるぞと彼が顔を輝かせて帰ってきたことが忘れられない。クラリカーという人物（それが若い商人の名前だった）とたまたま知り合い、ずいぶん気に入られた、ついに突破口が見つかった、とハーバートは言った。日を追うごとに彼の希望はふくらみ、表情も明るくなった。それほど喜ぶ姿を見て、私は達成感の涙をこらえるのに必死だったから、ハーバートにはますます心やさしい友人だと思われたにちがいない。

　ようやくすべて片がついて、ハーバートが〈クラリカー商会〉に入り、あふれる歓喜と達成感でひと晩じゅう私にしゃべりつづけた日には、私もやっと自分の遺産が誰かの役に立ったという思いから、ベッドに入って大いに泣いた。

　このとき、わが人生の一大事、生涯の転機となる出来事が目前に迫っていた。が、そこからのさまざまな変化について述べるまえに、エステラに一章を割かなければならない。あれほど長きにわたって私の心を占めてきたテーマだから、一章ではとても書ききれないのだが。

38

私の死後、リッチモンドの緑地《グリーン》のそばにある例の落ち着いた古い家に幽霊が取り憑《つ》くことがあったとしたら、それはまちがいなく私の幽霊だ。エステラが住んでいたあいだ、私の騒々しい魂がどれほど多くの昼と夜、あの家につきまとったことか！　体がどこにいても、魂はつねにあの家のまわりをさまよい、さまよい、さまよって戻らなかった。

エステラが世話になった女性は、ブランドリー夫人という寡婦《かふ》で、そこのひとり娘はエステラよりいくつか年上だった。母親は若く、娘のほうは老《ふ》けて見えた。母親の顔色はピンクで、娘は黄色。母親は浮ついた雰囲気、娘は神学好きという感じだった。母娘はいわゆる高い身分にあって、多くの人と交流していた。エステラと気持ちがつうじ合うことはほとんどなかったが、エステラが自分たちを必要としていて、自分たちもエステラが必要であることは互いに理解していた。ブランドリー夫人は、ミス・ハヴィシャムが屋敷に引きこもるまえの友人だった。

ブランドリー夫人の家の内外で、私はエステラからありとあらゆるつらい仕打ちを受けた。親しいけれど愛情のない彼女との関係のせいで、頭がおかしくなりそうだった。エステラはほかの崇拝者をじらすために私を用い、親しいことにつけこんで、私の献身的なふるまいを絶えず小馬鹿にした。たとえ私がエステラの秘書、執事、腹ちがいの弟、貧しい親戚《しんせき》、果ては彼女の許嫁《いいなずけ》の弟であったとしても、あれほど彼女の近くにいながら希望からほど遠いところにいるとは感じなかったことだろう。互いにファーストネームで呼び合う特権すら、そういう状況では私の苦悩を深めるばかりだった。ほかの求愛者も気がふれんばかりになっていたと思うが、私自身の気がふれそうなことは何よりも確かだった。

　エステラの崇拝者は引きも切らなかった。私自身が嫉妬《しっと》心《しん》に駆られて、彼女に近づく男がみな崇拝者に見えたということもあるが、それ抜きで考えても、多すぎるほどだった。

　私はリッチモンドで何度もエステラと会い、街で何度も彼女の噂《うわさ》を聞き、彼女とブランドリー母娘を何度も川に誘ってボートを漕《こ》いだ。ピクニック、饗宴《きょうえん》、演劇、オペラ、コンサート、パーティ、その他あらゆる愉しい催しに出かけて、エステラを追いかけたが、すべてみじめな結果に終わった。彼女といっしょにいても、幸せなときは一時間と続かず、それなのに、死ぬまで彼女といる幸せを寝ても覚めても思い描いた。

この時期のつき合いのあいだじゅう——あとで説明するとおり、当時は長い時間に感じられた——エステラはことあるごとに、私たちの関係は無理強いされたものだという例の口調に戻った。かと思うと、そうした調子がふいに消え、ただ私を憐《あわ》れんでいるように見えることもあった。

「ピップ、ピップ」彼女はある夕暮れ、暗くなってきた窓辺にふたりで離れて坐っていたときにそうなった。「あなたは警告されても聞かないの？」

「どんなことを？」

「わたしのこと」

「あなたに惹かれてはいけないってことですか、エステラ？」

「ことですかって、そんなこともわからないなら、眼が見えてないわ」

愛は盲目と言うでしょう、と答えるべきだったのだろう。しかし——これが私の大きな不幸のひとつだったのだが——ミス・ハヴィシャムの指示にしたがうしかないエステラの状況を知ったうえで、私自身を押しつけるのは狭量《きょうりょう》だとつねづね思っていたので、自制した。私がいつも怖れていたのは、ミス・ハヴィシャムへの絶対服従でエステラの自尊心が傷つき、そのせいで私がひどく不利な立場に置かれること、彼女の心のなかの反乱の標的になることだった。

「いずれにせよ」私は言った。「今回は警告されていない。来てほしいとあなたが手紙を書いたんですからね」

「それはそうね」エステラは、つねに私の背筋を寒からしめる冷たく素っ気ない笑みを浮かべた。

いっとき外の黄昏《たそがれ》を眺めたあと、彼女は続けた。

「ミス・ハヴィシャムから〈サティス〉に来てほしいと言われているの。よろしければ、わたしをあちらに連れていって、また連れ帰ってください。ミス・ハヴィシャムはわたしをひとりで旅行させたくないの。わたしのメイドも家に入れたくないんですって。ああいう人たちに噂されるのが怖くてしかたがないのよ。連れていってくださる？」

「わざわざ訊くんですか、エステラ！」

「ならいいのね？　明後日《あさって》なの、じつは。費用はすべてわたしの財布から払ってください。旅行の条件はわかった？」

「したがわざるをえません」私は言った。

訪問の準備として私に与えられた情報は、これだけだった。ほかのときも同じで、ミス・ハヴィシャムから手紙が来たことは一度もなく、私は彼女の筆跡すら目にしたことがなかった。私たちは翌々日に出かけた。ミス・ハヴィシャムは、私が最初に彼女を見た部屋にいた。サティス・ハウスに変化がなかったことは言うまでもない。

ミス・ハヴィシャムは、私がふたりを最後に見たときよりはるかにエステラをかわいがり、そのさまはぞっとするほどだった。あえてこのことばを使ったのは、ミス・ハヴィシャムの力のこもった表情や抱擁には本当にぞっとするものがあったからだ。彼女はエステラの美しさに、ことばに、仕種《しぐさ》にすがりつき、エステラを見て、震える指を嚙《か》みながら坐っていた——自分が育てた美しい生き物を貪《むさぼ》り食っているかのように。

ミス・ハヴィシャムはエステラから私に眼を移した。その視線は私の心をこじ開け、傷を探っているようだった。「この子はあなたをどんなふうに使っている、ピップ？どう使っているの？」エステラ自身も聞いているというのに、魔女のような執着でくり返した。とはいえ、ミス・ハヴィシャムがもっとも異様だったのは、夜、ちらつく暖炉の火のまえに三人で坐っていたときだった。エステラの腕を小《こ》脇《わき》に抱えるように引き寄せ、その手をしっかりと握って、エステラが手紙で定期的に書いてきたことを振り返り、彼女が魅了した男の名前と暮らしぶりを次々と聞き出すのだ。そうしつつ、回復しようもなく傷つき病んだ心の激しさで、もう一方の手を杖《つえ》の頭に置き、顎《あご》をのせて、青白く明るい眼で私を睨《にら》みつけるその姿は、幽霊そのものだった。
そのとき私にはわかった。己の非力を思い知らされて、ひどくみじめな気持ちになり、穢《けが》れた気すらしたが、エステラはミス・ハヴィシャムの男性に対する復讐《ふくしゅう》を一定期間果たすまで、私のものにはならないのだ。彼女があらかじめ私に割り当てられた理由もわかった。エステラは男たちを魅了し、苦しめ、傷つけるために送り出されたが、ミス・ハヴィシャムは彼女をすべての讃美《さんび》者《しゃ》の手の届かないところに置き、彼女に自分の運を賭《か》けようという者がかならず敗北するように、意地悪く確実な手立てを講じたのだ。そして、たとえ私自身に褒美《ほうび》が約束されているとしても、そのゆがんだ企《たくら》みのために塗炭の苦しみを味わわされることもわかった。これほど長く待たされている理由も、わが後見人が私たちの結婚の計画を表立って認めようとしない理由も。要するに、最初からずっと眼のまえにあったミス・ハヴィシャムの正体を見定めた。彼女の人生を太陽から隠している暗く不健康な屋敷の影も、いまやはっきりとわかった。

　部屋を照らす蠟燭は、壁の張り出し燭台《しょくだい》に立っていて、床から高い位置にあり、ほとんど換気のない室内に人工的な鈍い光を静かに投げかけていた。蠟燭と、その青白い薄明かりを見、止まった時計や、机や床の上に散らばる花嫁衣装のしなびた装飾品を見、ミス・ハヴィシャムの怖ろしい姿と、暖炉の火で天井や壁に大きく広がったその亡霊のような影を見て、それらすべてに自分の出した結論がくり返され、こちらにはね返ってくるのがわかった。支度の整った食卓がある、階段の向こうの大きな部屋に思いを馳《は》せると、中央の飾り台から滝のように垂れた蜘蛛の巣にも、テーブルクロスの上を這《は》いまわる蜘蛛や、小さな心臓をドキドキさせて壁板のうしろに逃げこむネズミの通り道や、床の上を動いたり止まったりするゴキブリにも、その結論が書かれていた。

　この訪問時、エステラとミス・ハヴィシャムのあいだに激しいことばのやりとりがあった。私はふたりが対立するところを初めて見た。

　先に述べたとおり、私たちは暖炉のそばに坐っていた。ミス・ハヴィシャムはまだエステラの腕を脇に抱え、その手を握りしめていたが、エステラは徐々に体を引き離した。それまでにも気位の高さから何度か苛立《いらだ》っていて、ミス・ハヴィシャムの激しい愛情を受け入れて応《こた》えるというより、じっと耐えていたのだ。

「どうしたの！」ミス・ハヴィシャムは彼女に鋭い眼を向けて言った。「わたしのことが嫌いになったの？」

「ほんの少し自分が嫌いになっただけです」エステラは答え、腕を完全にはずして大きな暖炉に近づくと、立ったまま火を見おろした。

「本当のことを言いなさい、この恩知らず！」ミス・ハヴィシャムは怒りをこめて杖を床に打ちつけた。「わたしのことが嫌になったんでしょう」

エステラは落ち着き払って彼女を見やり、また火に眼を落とした。その優美な姿と麗《うるわ》しい顔には、ミス・ハヴィシャムの激高に対する端然とした無関心が表れ、ほとんど冷酷に思えるほどだった。

「この人でなし！」ミス・ハヴィシャムは叫んだ。「なんて心が冷たいの！」

「え？」エステラは無関心な態度のまま暖炉に寄りかかり、眼だけを動かしていた。

「冷たいことでわたしを責めるのですか？　あなたが？」

「だったらあなたは冷たくないと言うの？」ミス・ハヴィシャムは激しく言い返した。

「おわかりでしょう」エステラは言った。「このわたしを作ったのはあなたなのですから。称賛も非難も、すべてあなたのもの。成功も失敗もすべて。つまり、わたしをこのまま受け入れるしかない」

「ああ、この子を見て！　見て！」ミス・ハヴィシャムは悲痛に叫んだ。「育ててもらった暖炉のまえで、これほど冷たく恩知らずになれるこの子を！　傷ついて血を流していたこの哀れな胸に抱いて、長年こんなに惜しみなく愛情を注いできたというのに！」

「少なくとも、わたしは取り決めの当事者ではありませんでした」エステラは言った。「その取り決めができたとき、やっと歩いたり話したりできるようになったころだったのですから。いったい何がお望みなんですか？　これまでずっと親切にしてくださって、いまのわたしがあるのは、すべてあなたのおかげです。この上何をお望みなんでしょう」

「愛情よ」ミス・ハヴィシャムは答えた。

「それはもう得ているわ」

「いいえ」

「お養母《かあ》様」エステラはくつろいだ優美な態度を少しも崩さず、相手に合わせて声を荒らげることもなく、つい怒ったり情にほだされたりする様子もまるで見せずに応じた。「いまのわたしがあるのは、すべてお養母様のおかげだと言いました。わたしが持っているものは、すべてあなたのものです。いただいたものはどれでも、言っていただければすぐにお返しします。ほかにわたしの所有物はありません。ですが、あなたに与えられなかったものは返しようがありません。どれほど感謝し、恩義を感じていても、できないものはできないのです」

「わたしはこの子に愛情を与えなかった？」ミス・ハヴィシャムは急に私のほうを向いて叫んだ。「いつも嫉妬や鋭い痛みと表裏一体の燃えるような愛情を与えてきたのに、この子はこんなことを言う！　いっそわたしは狂っていると言えばいいわ。狂っていると！」

「どうしてそんなことを言わないといけないの？」エステラは答えた。「ほかならぬこのわたしが？　あなたが定めた目的をわたしの半分でも知っている人間がいますか？　あなたがどれほどはっきりした記憶をお持ちか、わたしの半分でも知っている人間がいるでしょうか？　いまもあなたのそばにある足のせに坐って、この炉端であなたにいろいろ教わり、あなたの不可解な顔を怯《おび》えながら見上げていたこのわたしが、どうしてそんなことを言うんです？」

「すぐに忘れたじゃない！」ミス・ハヴィシャムはうめくように言った。「すぐに忘れてしまった昔のことだわ！」

「いいえ、忘れていません」エステラは言い返した。「忘れるどころか、大切な思い出になっています。わたしがあなたの教えにいつ背きました？　わたしがいつここに」と自分の胸に手を当てて、「あなたが入れるなと言ったものを入れました？　どうか公平に見てください」

「なんて高慢な！」ミス・ハヴィシャムは、両手で白髪をかき上げながらうめいた。

「高慢になることを教えたのは誰でした？」エステラは言った。「それを学んだときに褒めてくれたのは？」

「なんて冷たいことを！」ミス・ハヴィシャムはまた髪をかき上げてうめいた。

「冷たくすることを教えたのは誰でした？　それを学んだときに褒めてくれたのは？」

「わたしに対して高慢で冷たいと言っているの！」ミス・ハヴィシャムは金切り声をあげて両手を突き出した。「エステラ、エステラ、エステラ、このわたしに対して高慢で冷たいなんて！」

　エステラは一瞬、穏やかに驚いたような表情でミス・ハヴィシャムを見たが、それ以外に動じた気配はなく、その一瞬がすぎるとまた暖炉の火を見おろした。

「久しぶりにお顔を見に戻ってきたのに、なぜそんな理不尽なことをおっしゃるのかわかりません」沈黙ができたあと、眼を上げて言った。「わたしはあなたが受けた不当な仕打ちも、その原因も忘れたことがありません。あなたにも、あなたの教育にも、一度だって不実だったことはないし、自分を責めなければならないような弱みを見せたこともありません」

「わたしの愛情に応えることが弱みなの？」ミス・ハヴィシャムは大声で言った。

「でもそう、そうよ、この子ならそう言うでしょう！」

「どうしてこんなことになるのか、わかってきたと思います」エステラはまた一瞬、穏やかに驚いたあとで、じっと考えながら言った。「あなたは養女をこういう完全に閉ざされた部屋で育て、陽の光などというものがあることも教えず、その光のもとであなたの顔を見させることもなかった。そうしておきながら、今度はある目的のために養女に陽の光を理解させ、そのすべてをわからせたくなった——かりにそうだとしたら、養女に対して失望したり怒ったりできるでしょうか？」

ミス・ハヴィシャムは両手で頭を抱え、低くうなりながら椅子《いす》の上で体を揺すっていたが、何も答えなかった。

「あるいは」エステラは続けた。「こちらのほうが現実に近いわ。養女が物心ついたときから、陽の光というものがあるけれど、それはあなたの敵であり破壊者だから、つねに背を向けていなければならない、と全身全霊で教えこんだとしたら？　自分は陽の光のせいでしおれてしまったし、あなたもしおれてしまうのよ、と。そうしておいて、今度はある目的のために養女が陽の光を自然に好きになることを望み、それが叶わなかったときに、失望したり怒ったりできるでしょうか？」

ミス・ハヴィシャムはじっと坐って聞いていた（少なくともそう思われた。私から顔は見えなかったのだ）が、相変わらず返事はしなかった。

「ですから」エステラは言った。「そんなふうに作られたわたしを受け入れていただくしかありません。成功も失敗もわたしのものではありませんが、その両方がわたしを作っているのです」

ミス・ハヴィシャムは、いつの間にか、床の上に散らばる色褪《あ》せた婚礼用品に囲まれて坐りこんでいた。私はその機に――最初からそういう機会を探していた――エステラに手を振ってミス・ハヴィシャムのことはまかせ、部屋から出た。エステラはまだ大きな暖炉のまえに立ったままで、ミス・ハヴィシャムの白髪は床に流れ、婚礼の残骸《ざんがい》に混じって見るも哀れな光景だった。

私は打ち沈んだ気持ちで、星空の下、中庭や醸造所、廃《すた》れた庭のあたりを一時間以上歩いた。ついに勇気を出して部屋に戻ると、エステラがミス・ハヴィシャムの膝元《ひざもと》に坐り、ばらばらになった古い花嫁衣装を針で繕っていた。後年、大聖堂に垂れ下がるぼろぼろの色褪せた古い旗を見ると、よくあのドレスを思い出したものだ。その後、エステラと私は昔のようにカードで遊んだ。ただ、ふたりとも腕が上がっていたので、フランスのゲームをした。そうして夜はすぎ、私は就寝した。

泊まったのは中庭の先の離れだった。サティス・ハウスで一夜をすごすのは初めてだったので、なかなか寝つけなかった。千人のミス・ハヴィシャムが私に取り憑いていた。枕《まくら》のこちら側にも、反対側にも、ベッドの頭のほうにも、足元にも、化粧室の半分開いたドアの向こうや、化粧室のなか、階上《うえ》の部屋、階下《した》の部屋にも――あらゆるところに彼女がいた。時が這うようにすぎて夜中の二時に近づいたころ、ここではどうしても寝られない、起きるしかないと感じた。そこで、表の庭を歩いて心を落ち着かせようと、ベッドから出て服を着、中庭を横切って、長い敷石の通路に入ったが、とたんに蠟燭を吹き消すことになった。通路の先でミス・ハヴィシャムが低くうなりながら、幽霊のように歩いていたからだ。距離を置いてついていくと、彼女は階段を上がっていった。おそらく自分の部屋の燭台から持ってきたのだろう、裸蠟燭の光に照らされたその姿は、この世ならざるもののようだった。階段の下に立っていると、彼女がドアを開けるところなど見えもしないのに、饗宴の間のかび臭い空気が流れてくる気がした。彼女がそこを歩き、自分の部屋に戻り、また饗宴の間に入って、その間ずっと低くうなっているのが聞こえた。ややあって、私は闇《やみ》のなかでまた外に出て離れに引き返そうとしたが、朝の光がいくらか射しこんで手を置く場所がわかるまでは、どうしようもなかった。そのあいだも、階段の下に行くとかならずミス・ハヴィシャムの足音が聞こえ、蠟燭の明かりが階上を通りすぎるのが見えた。彼女の低いうなり声がやむことは最後までなかった。

翌日私たちが出発するまで、ミス・ハヴィシャムとエステラの対立は再燃しなかった――私の記憶ではその後四回あった似たような機会にも。エステラに対するミス・ハヴィシャムの態度もまったく変わらなかったが、それまでの態度にどことなく恐怖のようなものが入りこんだように思われた。

ここでベントリー・ドラムルの名前を記さずに、わが人生のページをめくることはできない。記さずにすむのなら、喜んでそうするのだけれど。

森のツグミたちが大勢集まり、いつもながら誰もほかの人の意見に賛成しない和やかな雰囲気になっていたときだった。議長役のツグミが森の面々に静粛を命じ、ミスター・ドラムルがまだ淑女に乾杯していませんと指摘した。クラブの厳粛な規則にしたがって、その日はあの獣の順番だったのだ。デカンタがみなにまわされているあいだに、ドラムルが私に嫌な流し目を送ってきた気がしたが、もとから互いに好意など抱いていないから、さして意外でもなかった。だからこそ、彼が一同に乾杯を求める相手として「エステラ！」と言ったときの私の怒りと驚きはいかばかりだったか！

「エステラ誰だって？」私は言った。

「おまえの知ったことか」ドラムルは言い返した。

「どこのエステラだ？　どこなのか言う義務があるぞ」それはツグミの会則で決まっていた。

「リッチモンドのエステラだ、諸君」ドラムルは質問した私のほうを向かずに答えた。

「あの比類なき美女の」

比類なき美女の何を知っているというのだ、あの卑劣でみじめな馬鹿者《ばかもの》が！と私はハーバートにささやいた。

「その女性なら知っている」乾杯が捧《ささ》げられたあと、ハーバートがテーブル越しに言った。

「おまえが？」とドラムル。

「ぼくもだ」私も顔を赤らめて言い添えた。

「おまえも？」ドラムルは言った。「いやはや、まいったね！」

あの愚鈍な男が言い返せるのは――グラスや陶器を投げることを除けば――これだけだったが、私はそこに機知の棘《とげ》がついていたかのように無性に腹が立った。すかさず立ち上がり、われらが森におり来《きた》りて――クラブではいつも、国会で用いそうなこういう美辞麗句を連ねたのだ――見ず知らずの女性のために乾杯するなど、いかにもこの誉れあるツグミらしい軽率な行為ではないか、と言ってやった。これにドラムルもぱっと立ち上がり、どういう意味だと訊《き》いてきた。そこで私は、会いたければこっちの居場所は知っているだろう〔訳注　決闘を申しこむときの文句〕と過激な返事をした。

キリスト教国にあってこれで血が流れずにすむだろうかという点については、ツグミたちの見解が分かれた。議論が過熱するあまり、途中で少なくとも六人の誉れあるツグミが、別の六人に向かって、こっちの居場所は知っているだろうと告げるはめになった。とはいえ、最終的には（〈森のツグミ〉は騎士裁判所でもあったので）、ドラムル氏が当該女性と光栄にも知り合いであることを示す、それなりの証拠を提出することができれば、ピップ氏は紳士かつツグミとして〝一時の感情で暴言をなした〟ことに反省の意を表すべしという裁定が下った。証拠提出期限は翌日（遅滞により会の名誉が傷つけられてはならない）とされ、その日にドラムルは、エステラが〝このかたと何度かダンスをする栄誉を得ました〟と丁寧にしたためた紙を持ってきた。こうなっては私としても〝一時の感情で暴言をなした〟ことを謝り、こっちの居場所は知っているな、などという売りことばを不当な失言として全面撤回するしかなかった。ドラムルと私は一時間にわたって互いに鼻で嗤《わら》い合い、森のツグミたちは相手かまわず反論し合って、ついには驚くべき速さで会全体に和やかな雰囲気が醸成された。

いま軽い調子で述べているが、私にとっては軽い問題ではなかった。ふつうの人間よりはるかに下劣で、不器用で、不機嫌なまぬけにエステラが多少なりとも好意を示したと考えるだけで胸がどれほど痛んだか、とてもことばでは言い表せない。あんな卑劣漢にまでエステラが身を落とすという考えに耐えられなかったのは、彼女に対する私の愛情が寛大で公平無私で純粋な炎だったことの表れだと、いまでも信じている。彼女が誰に好意を示しても私自身がみじめな気持ちになったことはまちがいないが、相手がもっと立派な人間だったら苦しみの種類も程度もちがっていたはずだ。

ドラムルがこのところエステラにつきまとい、彼女もそれを認めていることを探り出すのは簡単で、すぐに確認できた。しばらくすると、彼女を追いかけまわしているドラムルと毎日出会うようになった。ドラムルは例の鈍重なしつこさでエステラにしがみついていた。エステラも彼を遠ざけず、勇気づけたり、がっかりさせたり、おだて上げたり、露骨に見下したり、かなり親しげにふるまったかと思うと、誰だかも思い出せないというふうによそよそしくなったりした。

しかし、ジャガーズ氏の言う〝蜘蛛〟は待ち伏せを得意とし、その種族らしい忍耐力を備えていた。加えて、己の財産と家柄に馬鹿げた自信を持っていて、それがときおり集中力と決意の代わりに有利に働いた。そうしてこの蜘蛛はエステラを粘り強く監視し、もっと賢い数多《あまた》の昆虫を差し置いて、ここぞというときに手足を広げて獲物に飛びかかったのだ。

　リッチモンドの市民舞踏会で（当時はほとんどの町で市民舞踏会が催されていた）、エステラがほかの美女たちに勝る輝きを放っていたとき、例によって愚鈍なドラムルがあまりにもエステラから離れず、彼女のほうもずいぶん大目に見てやっていたので、私はドラムルのことを話しておこうと決意した。その機会は、エステラがブランドリー夫人に連れて帰ってもらおうと支度をすませ、飾りの花のところで坐って待っていたときに訪れた。こういう場所の往《い》き来《き》にたいてい同行していた私は、彼女といっしょにいた。

「疲れましたか、エステラ?」

「ええ、そうね、ピップ」

「疲れたはずだ」

「疲れたはずはない、と言ってほしいわ。寝るまえにサティス・ハウスに手紙を書かなきゃいけないから」

「今宵《こよい》の勝利を報告するために?」私は言った。「ほとんど成果はなさそうでしたけど」

「どういう意味？　成果なんてひとつもなかったでしょう」

「エステラ、隅にいるあの男を見て。あそこからわれわれのほうを見ている」

「どうしてあの人を見なきゃいけないの？」エステラは代わりに私のほうを向いて言った。「あなたの言う、隅にいるあの男にどんな見るべきものがあるの？」

「それこそぼくの訊きたいことです。だって、彼はひと晩じゅうあなたのそばをうろついていたから」

「蛾《が》とか、その種の醜い生き物は」エステラは彼のほうを一瞥《いちべつ》して答えた。「火のついた蠟燭のまわりをうろつくものよ。蠟燭にどうにかできて？」

「できない」私は言った。「でも、エステラならどうにかできるのでは？」

「まあ！」彼女は一瞬ののち、笑いながら言った。「できるかもね。たしかに。あなたが望むことをなんでも」

「でも、エステラ、よく聞いてください。あなたがドラムルのような嫌われ者を励ますのを見ていると、すごくみじめな気持ちになる。彼がみんなに軽蔑《けいべつ》されているのは知ってるでしょう」

「そう？」

「あの男の内面が外面と同じように醜いことも。あれは欠点だらけで、癇癪《かんしゃく》持ちで、辛気くさくて愚かな男です」

「そう？」

「取り柄といったら財産と、まぬけな先祖が並ぶくだらない家系だけ。ねえ、わかってるでしょう？」

「そう？」彼女はまた言った。言うたびに、きれいな眼がだんだん大きく見開かれた。

　その短い返答の先をどうにかして引き出そうと、私は彼女のことばをくり返して強調した。「そう！　だからぼくはみじめなんです」

　エステラが私をみじめにするためにドラムルを贔屓《ひいき》にしていると信じることができたら、まだ気は楽だった。だが、彼女はいつもどおり私のことなどはなから相手にしていないので、信じるわけにもいかなかった。

「ピップ」エステラは部屋をざっと見渡して言った。「あなたが悩む必要はないの。そんな馬鹿なこと、およしなさい。ほかの人は悩むかもしれない、もとからそのつもりでもあるし。とにかく、議論する価値なんてないわ」

「あります」私は言った。「〝彼女はあの品位と魅力を、人もあろうにただの山出しの品性下劣な男に無駄遣いしている〟なんてみんなが言うのは、聞くに耐えませんから」

「わたしは平気よ」

「ああ！　気位が高すぎる、エステラ。そんなに意地を張らないで」

「今度はわたしのことを気位が高くて意地っ張りだと言うわけ！」エステラは両手を広げて言った。「品性下劣な男に魅力を無駄遣いしていると言ったばかりなのに！」

「だって、まちがいないでしょう」私は少しあわてて言った。「現に今夜も、彼に秋波や笑みを送ってたじゃありませんか。ぼくにはあんな眼つきや笑顔、見せたこともない」

「つまり」エステラは急に怒ったと言わないまでも、真顔になってこちらを見すえた。「あなたはわたしにだまされ、罠《わな》にかけてもらいたいということ？」

「あなたは彼をだまし、罠にかけているのですか？」

「ええ、ほかの人もたくさん――あなただけを除いて。あ、ミセス・ブランドリーだわ。おしゃべりはここまで」

　さて、私の胸をふさいでいたテーマ、わが心に再三再四痛みを与えたテーマについて一章を割いたので、ここからは躊躇《ちゅうちょ》なく、もっと長いあいだ私に差し迫っていた出来事について語りたい。この世にエステラという人がいることを私が知るまえ、ミス・ハヴィシャムの衰えゆく手が赤ん坊の彼女の知性をゆがめはじめたころに、その準備が始まった出来事だった。

勝利に酔いしれて寝ていた魔法使いのベッドに、重い石板が落ちてくる東洋の物語がある〔訳注　ディケンズが少年時代に愛読していたリドリー著『魔神物語』〕。その石板は手間暇かけて石切場から切り出され、ロープで少しずつ引き上げられて、魔法使いの寝室の屋根に固定される。ロープのもう一方の端は、岩盤を何キロも掘って作ったトンネルを通ってじわじわと引っ張られ、大きな鉄の輪にくくりつけられる。仕掛けのすべてが多大な労苦の末に整い、時が満ちると、君主《スルタン》が真夜中に起こされ、鉄の輪からロープを切り離す鋭い斧《おの》を渡される。そしてスルタンが斧を振るうと、切れたロープがトンネル内を走り、寝室の天井が落ちる。私の場合も同様で、目的に向かってあらゆるところで準備が完全に整っていた。そこに斧の一撃が加えられ、要塞《ようさい》の天井が私の上に落ちてきたのだ。

39

私は二十三歳だった。受け取る見込みの財産に関してはこれっぽっちも新しい情報がないまま、二十三歳の誕生日を迎えて一週間がすぎた。ハーバートと一年以上前に〈バーナーズ・イン〉の部屋を引き払って、テンプル法曹院に移り住み、今度の部屋はテムズ河畔のガーデン・コートにあった。

　ポケット氏と私は、少しまえから当初の師弟関係ではなくなっていたが、相変わらず親しくつき合っていた。私は落ち着いて何かに取り組むことはできないものの——財産を得る立場が不安定で不完全だったせいだということにしておきたい——読書が好きで、毎日何時間も本を読んでいた。ハーバートの件は継続していて、私に関するすべてのことは前章の最後に述べたとおりだった。

　ハーバートは仕事でマルセイユに出張中だった。私はひとりで、どことなく孤独を感じていた。明日こそは、来週こそは道が開けると期待して、がっかりさせられることが長く続いたために、意気阻喪して不安になり、わが友人の明るい顔と打てば響くような反応が恋しくなっていた。

　みじめな天気だった。嵐《あらし》に雨、嵐に雨。通りという通りは泥、泥、泥。来る日も来る日も、東から来た広大な黒雲のベールがロンドンをすっぽり覆《おお》っていた。東のほうには無尽蔵に雲と風があるかのように、ベールはいつまでも途切れなかった。突風が吹き荒れ、都会では高い建物の屋根の鉛板がはがれて、田舎では木々が引き裂かれた。

風車の翼が持っていかれ、沿岸からは難破や死亡の暗い知らせが届いた。暴風には激しい雨がともない、なかんずく、私が本を読もうと坐ったその日の夕暮れの天気は最悪だった。

以後テンプルのあのあたりは建て替えが進んだから、いまは当時ほど寂しい場所ではないし、さほど川に面している感じもしない。しかし私たちの部屋はいちばん川寄りの最上階だったので、その夜は川から吹きつける風で建物が揺れ、まるで大砲が撃たれたり荒波が砕けたりしているようだった。風に運ばれた雨が窓に叩《たた》きつけると、私は揺れる窓に眼を上げ、嵐に襲われた灯台にいるところを想像した。ときおり煙突から暖炉に煙が戻ってきたが、こんな夜に外に出るのはたまらないと言いたげだった。ドアを開けて階段を見おろすと、ランプが風で消えていた。顔の横に両手を添えて暗い窓の外を見たところ（この暴風雨で窓をほんのわずかでも開けることは論外なので）、中庭のランプも消え、橋や岸辺のランプは打ち震え、艀《はしけ》の石炭の炎は紅蓮《ぐれん》の飛沫《しぶき》のように雨のなかに吹き飛ばされていた。

十一時には読書を終えようと机に時計を置いてあった。本を閉じると、セント・ポール大聖堂と、シティにある多くの教会の鐘が、あるものは先導し、あるものは付き添い、あるものは遅れながらいっせいに鳴って時を告げた。風のせいで奇妙にひずんだ鐘の音を聞き、風がそれを襲って引き裂くさまを想像していると、階段で足音がした。

馬鹿らしいほど神経を尖《とが》らせていた私は、ひどく驚き、亡《な》き姉の足音を思い出して震え上がったが、そのことは重要ではない。動揺はすぐに去り、改めて耳をすますと、足音はつまずきながら上がってきているようだった。階段の明かりが消えていることを思い出し、私は読書用のランプを取って階段のまえまで出た。誰であれ、それを見て立ち止まったのだろう、階段に静寂が流れた。

「誰かそこにいるんでしょう？」私は下を見て呼びかけた。

「ああ」下の闇のなかから声がした。

「何階にご用ですか？」

「最上階。ミスター・ピップに」

「それはぼくだけど――深刻なことじゃありませんね？」

「深刻なことじゃない」声が返ってきて、その男は階段をのぼりつづけた。

階段の手すり越しにランプを突き出していると、その男がゆっくりと光のなかに入ってきた。読書用の笠《かさ》つきのランプなので、光の輪は小さい。男はそこに入ったと見る間に、また出てしまった。一瞬照らされた顔に見憶《みおぼ》えはなかったが、どういうわけか私の姿を見上げて感動し、喜んでいるような表情だった。

　そちらにランプを動かすと、粗末な服を何枚も重ね着していて、船の旅行者のようだった。鉄灰色の長い髪で、歳《とし》は六十前後。筋骨たくましく、脚も強そうで、肌は屋外の生活でよく日焼けして強張《こわば》っていた。彼が最後の一、二段を上がって、ふたりでランプの光のなかに入ったとき、両手をこちらに差し出しているのが見え、私は驚き呆《あき》れた。

「なんの用ですか？」私は訊いた。

「用？」彼はためらいながらくり返した。「ああ！　そうだ。よければそれを説明させてくれ」

「なかに入りたいってこと？」

「そう。入れてもらいたいな、旦那《だんな》」

　私の訊き方が無愛想だったのは、相手の顔の満足そうな、懐《なつ》かしがるような明るい表情が気に入らなかったからだ。こちらの反応を期待しているように見えるのが腹立たしかった。とはいえ、私はいま出てきた部屋に彼を入れ、ランプを机に置いて、できるだけ丁寧に説明を求めた。

　男はなんとも不思議な態度であたりを見まわした。いま惚《ほ》れ惚《ぼ》れと眺めているものにいくらか寄与したというような、驚きと喜びの混じった態度だった。そして粗末な外套《がいとう》と帽子を脱ぐと、頭の上にはしわが寄って髪がなく、鉄灰色の長い毛は両横だけに生えていた。ここに至っても、この人物が何者なのかはまったくわからなかったが、次に見たときには、またしても両手をこちらに差し伸べていた。

「いったいなんなんです？」気がふれているのではないかと訝《いぶか》りながら、私は訊いた。

　男は私から眼をそらし、ゆっくりと右手で頭をなでた。「落ちこむね」としわがれ声で途切れがちに言った。「こんだけ愉《たの》しみにして、遠いとこはるばる訪ねてきたのに。だが、おまえさんが悪いわけじゃない。おまえさんもおれも悪かない。すぐに説明する。ちょっとだけ待ってくれ」

　男は暖炉のまえにあった椅子に腰をおろし、血管の浮いた茶色の大きな手で額を覆った。私は注意深く彼を観察し、少しあとずさりしたが、まだ誰かはわからなかった。

「近くには誰もいないな？」彼はうしろを振り返って言った。

「どうしてこんな夜中に、あなたみたいな赤の他人がぼくの部屋に入ってきて、そんな質問をするんです？」

「なかなか威勢がいい」男は明らかに愛情をこめて首を振りながら言った。私にはまったく理解できず、腹立たしくてしかたがなかった。「大きくなったな。うれしいよ。

威勢もいい！　だが、おれにつかみかかるなよ。あとで後悔するぞ」

私は見破られた動きを止めた。彼が誰かわかったのだ。顔の造作は何ひとつ思い出せなかったが、誰かはわかった！　たとえ風と雨がいままでの年月を流し去り、途中の障害物を残らず吹き飛ばして、あまりにもちがう立場で顔を突き合わせたあの墓場に私たちをまた放りこんだとしても、炉端の椅子に坐《すわ》った男をこれほど明らかにわが囚人だと認識することはできなかっただろう。ポケットからヤスリを取り出してもらう必要はなかった。首のネッカチーフをはずして頭に巻いてもらう必要も、両腕で自分の体を抱えて震えながら部屋のなかを歩きまわり、思い出したかとこちらを振り返ってもらう必要もなかった。そんな手がかりなどひとつもなくとも、私には彼がわかった。一瞬前には、どこの誰なのか見当もつかなかったのだが。

彼は私が立っているところまで戻ってきて、また両手を差し出した。私はどうすべきかわからず——あまりの驚きに冷静さを完全に失っていた——しぶしぶ両手をまえに出した。彼は心をこめてそれを握り、唇に持っていってキスしたあとも、ずっと離さなかった。

「あれは立派なふるまいだったな、小僧」彼は言った。「立派だった、ピップ！　おれは片時も忘れたことがない！」

勢い私を抱擁しそうになったので、私は胸を押して遠ざけた。

「待って！　寄らないで！　ぼくが幼かったころの行為をありがたいと思うなら、生き方を変えることで感謝してくれればよかったんです。わざわざここに来てもらう必要はなかった。どうやって住所を見つけたのかわかりませんが、出向いてきたのは善良な気持ちがあってのことでしょうから、追い出したりはしません。でも、わかりますよね――ぼくは――」

相手がじっと見つめてくる異様さが気になり、ことばが出なくなった。

「わかりますよねって」黙ってしばらく顔を見合わせたあと、彼が言った。「何をわかりゃいいのかな？」

「ずっと昔、たまたまやりとりがあったとしても、いまのぜんぜんちがう状況でまたつき合うわけにはいかないってことです。どうやらあなたは改心して、社会復帰されたんですね。それは本当にうれしい。ぼくに恩義を感じて、お礼を言いにきてくれたことも。ですが、ぼくたちはもう別々の道にいる。あなたは雨に濡《ぬ》れて、疲れてもいるようだ。出ていくまえに何か飲んでいかれますか？」

彼はネッカチーフをゆるく巻き直して、その端を噛みながら、私を鋭く見すえて立っていた。「そうだな」まだ布の端を噛み、こちらを見すえて答えた。「行くまえに、もらおうか。ありがとう」

　サイドテーブルに飲み物の盆があった。私はそれを暖炉の近くの机に持ってきて、何にしますかと尋ねた。彼は見もせず無言でひとつの壜《びん》に触れ、私はラムのお湯割りを作った。作りながら手の震えを抑えようとしたが、彼が椅子の背にもたれ、長く垂れたネッカチーフの端を歯に挟んだまま——本人は忘れてしまったようだ——じっと見ていると思うと、震えはなかなか止まらなかった。ついにグラスを相手のまえに置くと、驚いたことに、彼の眼には涙があふれていた。

　そのときまで私は、早く帰ってほしいことを示すために立ったままだった。が、男のやさしい面を見て私もほだされ、少し悪いことをしたと気が咎《とが》めた。そこであわてて自分の飲み物もつぎ、机に椅子を引き寄せて言った。「できれば、いま乱暴な口を利《き》いたと思わないでもらいたいのですが。そうするつもりはなかったし、もしそんなふうに受け止めたのなら謝ります。では、あなたの健康と幸せに！」

　私がグラスを唇に持っていくと、男は口を開けて、ネッカチーフの端が落ちたことに驚き、また手を伸ばしてきた。握手をすると、彼は酒を飲み、服の袖《そで》で眼と額をふいた。

「あなたはいまどういう生活を？」私は訊いた。

「牧羊、牧畜、ほかにもいろんな商売をしてる。こっから荒海を何千キロも越えた先の新世界でな」

「成功されたんですね？」

「大成功さ。いっしょにあっちに行って成功したやつらもいるが、おれほどうまくやったのはいない。それでおれは有名になった」

「よかった。ぼくもうれしい」

「そう言ってもらいたかったよ、わが小僧」

　そのことばや口調について深く考えもせず、私はふと思いついたことに話題を移した。

「あなたがぼくのところに送りこんだ使いの人に、あのあと会いましたか？」

「いや、会ってない。会いようもない」

「あの人はきちんと約束を果たして、一ポンド札を二枚くれた。ご承知のとおり、当時ぼくは貧しい子供だったので、あれはちょっとした財産でした。でも、あなたと同じように、ぼくも羽振りがよくなりましたから、あの二ポンドはお返しします。ほかの貧しい子供にやってください」私は財布を取り出した。

　男は、私が財布を机で開いて一ポンド札二枚を抜き出すのを見ていた。二枚ともきれいな新札で、私はそれを広げて彼に渡した。彼はこちらを見つづけながら、二枚の札を重ね、縦に折ってひねり、ランプで火をつけて、燃えさしを盆の上に落とした。

「ひとつ訊いてもいいかな」彼はしかめ面《つら》のような笑みと、笑みのようなしかめ面を見せて言った。「あの寂しくて凍えるほど寒い沼地でおれたちが会ってから、おまえはどうやって成功した？」

「どうやって？」

「そうだ！」

　男はグラスを空け、立ち上がって暖炉の脇まで行くと、日焼けした分厚い手を炉棚に置いた。片足を炉格子《ろごうし》にかけて乾かし、温めると、濡れたブーツから湯気が立った。彼はしかし靴にも火にも眼を向けず、ひたすら私を見ていた。ついに私はぶるぶる震えだした。

　唇が開いてことばの形を作ったが、声にならなかった。私はやっとの思いで（それでもはっきりとは言えなかった）、財産を譲られることになったのだと答えた。

「それはどういう財産か、こんな虫けらみたいな人間が訊いてもいいかな？」彼は言った。

　私はつかえながら、「わかりません」と答えた。

「それは誰の財産か、こんな虫けらみたいな人間が訊いてもいいかな？」

私はまたつかえながら、「わかりません」と答えた。

「当ててみせようか」わが囚人は言った。「成人してからの収入を？ 最初の数字は五かな？」

壊れた重いハンマーのように心臓がドキドキ打ちはじめ、私は椅子から立ち上がって背もたれに手をのせ、狼狽《ろうばい》して相手を見つめた。

「それと、後見人だが」彼は続けた。「成人前には後見人のような人がついてたはずだが、おそらく弁護士だろう。その弁護士の名前の最初の文字は、Jかな？」

自分の立場に関するすべての真実が、にわかに眼のまえに現れた。失望、危機感、恥辱、そしてこの真実から生じるあらゆる結果が一気に押し寄せ、私は圧倒されて、ひと息ごとにあえいだ。

「そのJで始まる弁護士、かりにジャガーズとしようか、その弁護士の雇い主が海を渡ってきて、ポーツマスに上陸し、おまえに会いたいと思ったとする。さっき〝どうやって住所を見つけたのか〟と言っただろう。ふむ！ どうやって見つけたか？ ポーツマスからロンドンにいるある人物に手紙を書いて、ここの住所を教えてもらったのだ。その人物の名前？ ウェミックに決まっとる」

たとえ自分の命がかかっていたとしても、私はひと言も発することができなかった。片手を椅子の背もたれにのせ、もう一方の手で窒息しそうな胸を押さえて、激しく動揺しながら男を見つめていたが、ついに部屋が波打ってぐるぐるまわりはじめたので、椅子にしがみついた。男は私を支え、ソファまで連れていって、クッションによりかからせると、私のまえで片膝をつき、いまや鮮明に思い出したあの震え上がるほど怖い顔を、私の顔に近づけた。

「そうだよ、ピップ、小僧。おれはおまえを紳士にした！　おれがやったんだ！　あのとき誓いを立てたんだ、もし一ギニーでも稼ぐことがあったら、おまえにやろうと。もし投機に成功して金持ちになったら、おまえも金持ちにしてやろうと。おまえが楽に暮らせるように、おれはつらい暮らしをした。おまえが働かなくてすむように、おれは一生懸命働いた。だが、そんなことはどうでもいいさ、小僧。いまこんなことを言うのは、恩を売るためか？　とんでもない。おまえに命を救われたくそみたいな犬っころが、それでも精いっぱい胸を張って紳士を作れたってことを教えるためだ。その紳士が、ピップ、おまえだよ！」

たとえ相手がおぞましい獣だったとしても、この男に感じたほどの胸のむかつきや恐怖、身を遠ざけたくなるような嫌悪《けんお》は感じなかったろう。

「いいか、ピップ。おれはおまえの二番目の父親だ。おまえはおれの息子だ――おれにとっちゃどんな息子よりも意味がある。おれが金を貯《た》めたのは、おまえだけに使わせるためだ。寂しい小屋で羊飼いとして雇われたときも、見るのは羊の顔ばっかりで、男の顔も女の顔も忘れそうになったが、おまえの顔は見えてた。その小屋で昼飯や晩飯を食ってるとき、何度もナイフをおろして、〝またあの子だ。おれが食ったり飲んだりするのを見てる〟と言ったもんだ。霧のかかった沼地で見たときみたいに、あそこでもしょっちゅう、おまえがはっきり見えた。そんなたびに〝神様、おれは死んでもかまいません〟と言った。小屋の外に出て、大きな空の下で、〝もし自由と金が手に入ったら、あの子を紳士にします！　それができなきゃ死んでもかまいません〟ってな。それができたわけよ。ほら、おまえを見てみろ。この部屋を見てみろ、領主様にふさわしいじゃないか！　領主様？　いや、領主様と金を賭《か》けっこしたって負けるもんか！」

得意絶頂で興奮しているのと、私が気絶しかかっているのに気づいたせいで、男は私の受け止め方については何も言わず、それがせめてもの救いだった。

「見てみろよ！」彼は勝手に私の服のポケットから時計を取り出したり、私の指輪を自分のほうに向けたりして話しつづけた。私はヘビに触れられたように縮み上がった。

「金製できれいだなあ。これぞ紳士の持ち物！　ダイヤモンドのまわりにルビーがあって、まさに紳士にふさわしい！　シャツはどうだ、上等ですばらしい！　服も見てみろ、これ以上のものはないぞ！　この本もだ」と部屋を見まわして、「本棚にぎっしり詰まってる、何百冊も！　みんな読むんだろう？　おれが部屋に入ったときも読んでたな。は、は、は！　読んで聞かせてくれよ、わが子！　たとえそいつがちんぷんかんぷんの外国語でも、全部わかるみたいに誇らしいぞ」

　また彼は私の両手を取り、唇に持っていった。私は血が凍る思いだった。

「話さんでいい、ピップ」彼はまた服の袖で眼と額をふいた。その喉《のど》でクッという音がした。忘れようにも忘れられない音だ。彼が真剣そのものなので余計に怖かった。

「静かにしてるのがいちばんだ、わが子。おまえはおれみたいに、このことをじわじわと愉しみに待ってたわけじゃないからな。おれみたいに心の準備ができてなかった。だが、おれかもしれないと一度でも思わなかったか？」

「まさか、そんな」私は答えた。「思ってもみなかった！」

「ふむ。とにかくおれだったんだ。しかも、おれひとりだ。このことは、おれとミスター・ジャガーズしか知らなかった」

「ほかには誰も？」

「もちろん。ほかに誰がいる？」彼は驚いたような眼つきで言った。「それにしても、わが子よ、男前になったな。どっかに眼のきれいな彼女がいるんだろ、え？　恋しい美人の彼女はいないか？」

ああ、エステラ、エステラ！

「金で買えるなら、いくらでも彼女はできるさ。だが、おまえみたいに立派な紳士なら自力でなんとかなるだろう。ただ、金はうしろ盾になる！　とにかく、言いかけてたことを最後まで言わせてくれ。あの小屋で働いてたとき、昔おれと同じ囚人だった雇い主が死んで金を遺《のこ》してくれた。おれは自由になり、独立した。そこからは、何をするにもおまえのためだった。どんなつまらんことをするときでも、〝神様、これがあの子のためにならなかったら、おれを滅ぼしてくれ！〟と言った。そしたら仕事は大成功で、さっき言ったとおり、おれは有名になった。まえの雇い主の遺産と、最初の数年で自分が稼いだ金を、全部おまえにやってくれとミスター・ジャガーズに送った。ミスター・ジャガーズはおれの手紙に同意して、初めておまえに会いにいったんだ」

ああ、彼が来なければよかった！　鍛冶場《かじば》に残しておいてくれればよかった。満足からはほど遠いけれど、そのほうがいまよりずっと幸せだった！

「あとな、わが子よ、誰にも知られず紳士を育ててるってのは、報われたような心持ちになるもんだ。道を歩いてるときに純血種の入植者どもに土埃《つちぼこり》をかけられて、おれがなんと言ったか？　〝おまえらが死んだってなれないような紳士を育ててるんだぞ！〟と胸につぶやいた。〝あいつは数年前は囚人で、いまも運だけはいいが無知で低俗な人間だ〟と言われて、おれがなんと答えたか？　〝おれは紳士じゃないし、学もないが、学のある紳士の所有者だ。おまえらが持ってるのは株と土地だけだろう。誰がロンドンの紳士を持ってる？〟と自分に言い聞かせた。そうやって、ふんばったのさ。いつかきっと息子に会いにいこう、あの子がいる国で正体を明かそうと考えつづけた」

　彼は私の肩に手を置いた。この手は血に染まっているかもしれないと考えて、私は怖気《おぞけ》をふるった。

「あの土地を離れるのはな、ピップ、楽じゃなかったし安全でもなかった。けど、おれはがんばった。むずかしくなればなるほど、がんばった。どうしてもやってやると、心を決めてたからだ。で、ついにやりとげた。なあ、わが子よ、やりとげたんだ！」

　私は落ち着いて考えようとしたが、あまりの衝撃に呆然《ぼうぜん》としていた。最初から彼の話より雨や風の音を一心に聞いていたようで、それだけたっても彼の声とその音の区別がつかなかった。もっとも、雨風は騒々しく、男は沈黙していたが。

「どこに寝ればいい？」ややあって、彼が訊いた。「どこかに寝かしてもらうぞ、わが子」

「寝かせる？」

「そうとも。ぐっすり寝ないとな。何カ月ものあいだ、海に揺られ、洗われてきたんだから」

「同居している友だちが留守なんです」私はソファから立ちながら言った。「彼の部屋を使ってください」

「その友だちは明日も戻ってこないんだな？」

「ええ」私は懸命に意識を集中させながらも、ほとんど機械的に答えた。「明日は戻りません」

「なぜかってな、わが子よ」彼は声を落とし、長い人差し指を大げさな仕種《しぐさ》で私の胸に当てた。「用心が必要だからだ」

「どういうことです？　用心？」

「わからんのか。死ぬからだ」

「死ぬ？」

「おれは終身刑であそこに送られた。この国に戻ってきたら死刑だ。このごろ逃げ戻るやつが多すぎるから、捕まったらまちがいなく絞首刑《こうしゅけい》さ」

これ以上のことばは必要なかった。みじめな男がみじめな私に長年金銀の鎖を背負わせ、命がけで会いにきた。その命を私が握っているのだ！　彼を嫌悪するのではなく愛していたとしても——虫酸《むしず》が走ってあとずさりする代わりに、かぎりない崇敬の念と愛情によって惹《ひ》かれていたとしても——このひどい状況は変わらなかったと思う。いや、むしろそちらのほうが、自然ないたわりの気持ちで彼を守りたくなるだろうから、まだよかったかもしれない。

私がまず気を配ったのは、外から明かりが見えないように鎧戸《よろいど》を閉めることだった。次にドアを閉めて鍵《かぎ》をかけた。その間、男は机の横でラムを飲み、ビスケットを食べていた。私はその様子を見て、沼地でわが囚人が食事をしていたところを思い出した。これから屈《かが》んで足の鎖にヤスリをかけはじめるのではないかという気すらした。

ハーバートの部屋に入り、そこから階段にたどり着くには、いま私たちがいた部屋を通るしかないように戸締まりをしてから、もう寝ますかと男に訊いた。彼は寝ると答えたが、翌朝着る私の〝紳士のシャツ〟を貸してほしいと言った。私はシャツを出してきて、すぐに着られるように置いた。男がまたこちらの両手を握り、おやすみと言うと、血がまたぞっと冷たくなった。

どうやったのか憶えていないが、私は彼の手から離れ、ふたりでいた部屋の暖炉の火をかき立てて、そばに坐った。ベッドに入るのが怖かった。一時間以上ぼうっとして何も考えられず、やっと頭が働きはじめると、自分がみじめに叩きのめされたこと、これまで乗っていた船が粉微塵《こなみじん》に砕け散ったことが、はっきりとわかってきた。

ミス・ハヴィシャムが考えていた私の将来の予定など、夢にすぎなかった。エステラは私の許嫁《いいなずけ》などではなく、私はサティス・ハウスで便利にこき使われただけだった——欲深い親戚《しんせき》に刺す針として、また、代用品がないときにあてがう、機械仕掛けの心臓を持った人形として。これが最初に感じた苦痛だったが、いちばんつらい最大の苦痛は、どんな罪を犯したのかもわからない囚人、いま私が悩んでいる部屋から連れ出されてオールド・ベイリーの扉のまえで絞首刑になりかねない囚人のために、ジョーを見捨てたことだった。

どう考えても、いまさらジョーのところ、ビディのところへは戻れない。彼らにひどいことをしてしまったという思いは、ほかのどんな思いにもまさった。ふたりの素朴さと誠実さは、地上のどんな知恵をもってしても得られない心の安らぎを与えてくれるだろうが、私のしたことは決して、決して、決して取り消せなかった。

風がうなり、雨がどっと打ちつけるたびに、追跡者の足音が聞こえる気がした。二度、たしかに外のドアを叩く音と人のささやき声がしたと思った。そんな恐怖のなかで、私はあの男が近づく謎《なぞ》めいた警告があったのだと想像しはじめた——あるいは、思い出した。ここ数週間、通りで彼と見まがうほどよく似た顔と幾度もすれちがい、その数は本人が海を渡って近づいてくるにつれ増えていた。彼の邪悪な魂がなんらかの方法で私のもとにそうした伝令を送りつづけ、ついにこの嵐の晩、本人が約束を果たしてここに現れたのではないか。

　そうした考えとともに、幼い私の眼にあの男がきわめて凶暴に映ったことや、ほかの囚人が彼に殺されかけたと言い募っていたこと、堀のなかで彼が野獣さながら獰猛《どうもう》に闘っていたことを思い出した。そのせいで、暖炉の明るい火を見つめるうちに、これほど寂しい嵐の夜にあの男とふたりきりで閉じこもっているのは危険ではないかという恐怖が少しずつ形をなしてきた。ついにはそれが部屋じゅうを満たし、私は思わず蠟燭《ろうそく》を手に取り、隣の部屋に入って、怖《おそ》ろしく厄介な重荷を眺めた。

　男はネッカチーフを頭に巻き、強張った陰鬱《いんうつ》な顔つきだが、とりあえず静かに眠っていた——ただ、枕元《まくらもと》に拳銃《けんじゅう》があった。そこまで確認すると、私はそっと部屋の鍵をドアからはずして、外側からかけ直し、また火のそばに坐った。やがて椅子《いす》からずり落ちて、床の上で寝ていた。眠っているあいだもずっとやりきれない気持ちで、目覚めたときには東の教会の鐘が五時を打っていた。蠟燭は燃え尽き、暖炉の火も消え、風雨は漆黒の闇《やみ》をいっそう濃くしていた。

（ピップの大いなる遺産の第二幕終了）

40

私にとって運がよかったのは、怖ろしい客の安全を（可能なかぎり）保つために用心しなければならないことだった。目覚めるなりその考えに取り憑《つ》かれ、ほかの考えは混乱したまま遠くに追いやられたからだ。

　彼を部屋にずっと隠しておけないことは自明の理だった。そんなことは不可能だし、隠そうとすれば疑惑を招くに決まっている。たしかにもう〝恨めし屋〟はおらず、いまはカッとしやすい老女と、その姪《めい》だという歩くずだ袋が働きにきているが、このふたりに部屋を見るなと命じれば、好奇心を起こして大騒ぎするだけだ。ふたりとも眼が悪いのは、しょっちゅう鍵穴をのぞいているからだと私は以前から思っていた。いる必要のないときにかならず近くにいるのだ。それは盗癖を除いて、彼女たちの唯一《ゆいいつ》信頼できる性格だった。疑心を抱かれないように、私はおじが今朝ひょっこり田舎から出てきたと説明することにした。

そう決めたのは、闇のなかで明かりをつけるものはないかと探っていたときだった。見つからないので、しかたなく、隣の番小屋まで行って守衛にランタンを持ってきてもらおうと考えた。真っ暗な階段を手探りでおりていくと、何かにつまずいた。それはなんと、隅にうずくまる人だった。

何をしていると尋ねたが、その人は答えず、私が手を伸ばすと無言で逃げていった。私は番小屋に駆けこんで、すぐ来てくれと守衛を急《せ》き立て、戻りがてら、階段に男がいたことを話した。相変わらず暴風が吹き荒れていたので、階段の消えた明かりをつけるためにランタンの火を危うくすることは避けたが、ともかくふたりで階段の上から下まで調べた。そこには誰もいなかった。ふと、あの男はもしや私の部屋に忍びこんだのではないかと思ったので、ランタンから私の蠟燭に火をもらい、守衛には戸口で待ってもらって、怖ろしい客が眠っている部屋も含め、すべての部屋を丹念に見てまわった。結局どこも静かで、ほかの人間がいないことが確かめられた。

一年三百六十五夜のうち、わざわざこの夜、階段に闖入者《ちんにゅうしゃ》がいたことで、私は不安になった。守衛から有望な情報を引き出せないかと思い、戸口で酒を一杯飲ませながら、夕食をとりに出かけた人はいなかったかと訊いてみた。いましたよ、と彼は答えた。夜の別々の時間に三人。ひとりはファウンテン・コート、残るふたりはミドル・テンプル・レーンの住人で、三人とも帰ってきたのをこの眼で見ました、と。私たちと同じ建物に住んでいるもうひとりの男は、何週間か田舎に行って留守だった。階段をのぼったときにドアに封蠟がしてあったので、この晩帰宅していないのは明らかだった。

「こんなひどい天気ですから」守衛はグラスを私に戻しながら言った。「私の門から入ってきた人は、珍しくほとんどいませんでした。いま言った三人のほかには、十一時ごろに知らない人があなたを訪ねてきただけで、そっから先はひとりも思い出せません」

「あれは、ぼくのおじだ」私はつぶやいた。

「会われました？」

「ああ、会ったよ」

「いっしょにいた人とも？」

「いっしょにいた人？」

「いっしょだったと思います」守衛は答えた。「おじさんが立ち止まって私に話しかけたときに、その人も立ち止まりましたし、おじさんがこっちへ歩きだしたときにも、同じ方向に進みましたんで」

「どういう人だった？」

守衛はあまり注意して見ていなかった。おそらく労働者で、たしか黒いコートの下にくすんだ色の服を着ていたという。この問題を私より軽く見ていた。私のように重視する理由がないのだから、当然である。

長々と説明するのは避けたかったので、守衛には帰ってもらったが、ふたつの状況を合わせて考えると心中の動揺は大きかった。個別に見れば、たいしたことではないという結論がすぐ出るだろう。たとえば、かたやテンプルに住む誰かが外食したか、家で食事をしたあと、あの守衛のいる門を通らずに、私の建物の階段に迷いこんで眠ってしまった。その一方で、名前も知らないわが客人が案内人をひとり連れてきたのかもしれない。しかし、ふたつがいっしょになると、ここ数時間の変化で不信と恐怖にとらわれた私には禍々《まがまが》しく思われた。

暖炉に火を入れると、朝も早いのでうすら寒い青白い炎が立ち、私はそのまえでうとうとした。ひと晩眠ったような気がしたとき、時計が六時を打った。日の出までまだ一時間半はある。ふたたび寝入り、つまらない話題でだらだらと続く会話が耳のなかに響いたり、煙突に吹きこむ風が雷のように轟《とどろ》いたりしていたが、やがて深い眠りに陥り、夜明けではっと目が覚めた。

ここまでずっと自分の状況について考えることができず、それは夜が明けても同じだった。注意を向ける気力が湧《わ》かなかったのだ。すっかり打ちのめされ、苦しんでいて、思考は完全に支離滅裂だった。将来の計画を立てることなどとうてい無理で、象を一から生み出すほうがたやすいくらいだった。鎧戸を開けて、すべてが濡れて鉛色の荒れた朝を迎え、部屋から部屋へと歩きまわり、また暖炉のまえに震えながら坐り、洗濯女が来るのを待っていたときにも、自分はなんとみじめなのだろうと思ったが、なぜみじめなのか、みじめになってどのくらいたつのか、そんなふうに考えている今日は何曜日なのかといったことはほとんどわからず、考えている自分が何者かということさえ覚束《おぼつか》なかった。

ついに老女と姪が現れ——姪の頭は汚れた箒《ほうき》の穂とほとんど見分けがつかない——私と暖炉の火を見て眼を丸くした。私はふたりに、昨夜おじが訪ねてきてまだ寝ているので、朝食はふたり分用意してほしいと言った。そして彼女たちが家具をガタガタ動かし、埃を立ててまわっているあいだ、夢を見ているような、あるいは夢遊病者のような気分で顔を洗い、服を着替えて、また炉端に坐り、彼が朝食に現れるのを待った。

やがて部屋のドアが開き、客が出てきたが、私はとてもその姿を正視できなかった。陽の光のもとでは、いっそう凶悪な人相に見えた。

「ぼくはあなたの名前すら知りません」私は相手がテーブルについたときに、低い声で言った。「ぼくのおじだと説明しておきました」

「それでいい！　おじさんと呼んでもらおう」

「船の上では呼び名があったはずでしょう」

「ああ、あったよ。プロヴィスだ」

「それを使いつづけるつもりですか？」

「そうだな、わが子よ。悪い名前でもないし——おまえが気に入らないなら別だが」

「本名は何ですか？」私はささやき声で訊《き》いた。

「マグウィッチだ」彼は同じ口調で答えた。「洗礼名はエイベル」

「子供のころは、何になるつもりでした？」

「害虫だな、わが子よ」

彼は真剣な顔で答えた。あたかもそれが職業であるかのように。

「昨日の夜、テンプルに来たときに——」私は言いよどんだ。本当に昨日の夜だったのか。はるか昔のことのようだった。

「なんだね、わが子？」

「門のところで守衛にここまでの道順を訊いたときに、誰かといっしょでしたか？」

「おれが？　いいや」

「でも、誰かいたでしょう？」

「とくに気づかなかったが」と怪訝《けげん》そうに言った。「とにかく右も左もわからなかったからな。だが、いっしょに入ってきた人間がいたかもしれんよ」

「ロンドンに知り合いはいますか？」

「いたら大事《おおごと》だ！」彼は人差し指で首をぐいと押して、絞首刑のまねをした。私はそれを見て血がのぼり、気分が悪くなった。

「ロンドンで昔、あなたを知っていた人は？」

「たいしていなかったな、わが子。もっぱら田舎にいたから」

「あなたはロンドンで——裁判を受けた？」

「いつだ？」鋭い眼を向けて訊いた。

「最後のときです」

彼はうなずいた。「あんとき初めてミスター・ジャガーズと知り合ったんだ。ジャガーズがおれの弁護をしてくれた」

何の容疑でしたかと訊きかけたところで、彼がナイフを取ってこれ見よがしに振り、「何をしたにしろ、もう調べはついて償いもすんでる！」と言って、朝食を食べはじめた。

その貪《むさぼ》り食うさまは、見ていてじつに不快だった。あらゆる仕種が粗野でうるさく、意地汚かった。沼地で食事をするところを私が見て以来、歯が何本か抜けたようで、口のなかで食べ物をもぐもぐやり、いちばん強い犬歯でかぶりつくために首を傾《かし》げて、飢えた老犬にそっくりだった。私が食べはじめたときに、かりに食欲があったとしても、彼のせいで消えてしまっただろう。どうしようもない嫌悪感で吐き気を催し、暗い顔でテーブルクロスを見つめて、じっと坐っていたことだろう。

「おれは大食いでな、わが子」彼は食事を終えると、言いわけがましく言った。「昔からそうだった。もっと食べる量が少なけりゃ、厄介事に巻きこまれるのも少なかったかもしれん。煙草《たばこ》もやめられん。世界の反対側で羊飼いに雇われたときだって、煙草がなきゃ暗いいかれた羊になっちまうとこだった」

言いながらテーブルから立ち、着ていたピーコートの胸元に手を入れて、短く黒いパイプと、ニグロヘッドと呼ばれる強い黒煙草をひとつかみ取り出した。パイプにそれを詰め、残りを胸ポケットが抽斗《ひきだし》であるかのようにしまった。火ばさみで焼けた石炭を取ってパイプに火をつけると、炉端の敷物の上でくるりと振り返り、火に背を向けて、私と握手するために両手を差し出す得意の仕種をした。

「これだよ」彼はパイプを吹かしながら、私の手を取って上下に振った。「これがおれの作り出した紳士だ！　本物の紳士！　見てるだけで気分がよくなる、ピップ。おれはもう、そばでおまえを見てるだけでいい、わが子よ！」

　私は即座に手を引き抜き、いつしかゆっくりと自分の境遇について考えはじめた。彼のしわがれ声を聞き、畑の畝《うね》のような禿《は》げ頭と両横の鉄灰色の髪を見ているうちに、自分が何に、どれほどしっかりと鎖でつながれているのかがわかってきた。

「おれの紳士がぬかるみの道を歩くのを見るわけにはいかん。紳士様のブーツに泥がつくのもけしからん。おれの紳士には馬も必要だ！　乗る馬と、馬車の馬と、使用人が乗馬や馬車で使う馬も。オーストラリアの入植者が馬を持ってるのに（それも純血種だぞ、まったく！）、おれのロンドンの紳士が持ってない？　だめだめ。そうはならんことを連中に見せてやろうじゃないか、ピップ、だろ？」

　彼はポケットから、札ではち切れそうな特大の財布を取り出し、テーブルにぽんと投げた。

「その金は遣い出があるぞ、わが子よ。おまえのだ。おれが持ってるものは、みんなおれのじゃなくて、おまえのだ。遠慮せんでいい。財産はまだあるから。おれがこの国に戻ってきたのは、わが紳士が紳士らしく金を遣うところを見るためだ。それがおれの愉しみだ。おまえが金を遣えば、おれの愉しみになる。やってやれ！」彼は部屋を見まわし、指で大きな音を鳴らして締めくくった。「かつらの判事から、土埃を立てる入植者まで、みんなに目にもの見せてやれ！　あいつら全員を合わせたより立派な紳士を、おれが見せてやる！」

「待って！」私は恐怖と嫌悪感で頭がどうにかなりそうだった。「ちょっと聞いてください。これからやるべきことを知りたいんです。あなたを危険から守るためにはどうすればいいのか、あなたはどのくらい滞在するつもりなのか、どういう計画を持ってるのか、教えてください」

「いいか、ピップ」彼は急にしんみりした態度で私の腕に手を添えた。「まずな、いまおれは、われを忘れちまった。下劣なことを言った。そう、下劣だった。だからな、ピップ、忘れてくれ。もう下劣なことは言わんから」

「とにかく最初に」私はなかばうめき声で続けた。「あなたが見つかって捕まらないように、どんな注意をすればいいんですか？」

「いやちがう、わが子」彼は同じ口調で言った。「それは最初じゃない。最初の問題は下劣ってことだ。これだけ長い年月をかけて紳士を育てたんだ。その紳士にどう接しなきゃならんかはわかっとる。なあ、ピップ、おれは下劣だった。ほんとに。どうか忘れてくれ、わが子」

ぞっとしながらも馬鹿《ばか》らしくなり、私は引きつった笑みを浮かべて答えた。「もう、忘れました。お願いですから、何度もくり返さないでください！」

「そうか、だがいいか」彼はこだわった。「わが子よ、おれは下劣になるために、はるばる旅してきたわけじゃないんだ。さあ、話を聞こうか。さっき言ってたのは、たしか――」

「みずから招いた危険からあなたをどう守ればいいんでしょう」

「それはな、わが子、たいした危険じゃない。また密告でもされないかぎり、危険はそうないよ。ジャガーズとウェミックとおまえしか知らんのだ。ほかに誰が密告する？」

「街で誰かにあなただと気づかれるようなことはありませんか？」

「ふむ。わかるやつはそう多くない。エイベル・マグウィッチがボタニー湾〔訳注　シドニーの南にある湾〕から戻ってまいりました、なんて新聞広告を出すつもりもないし、長年たってるから。わかったところで誰が得する？　言っとくがな、ピップ、危険がこの五十倍だって、おれはやっぱりおまえに会いにきた」

「いつまでここにいるつもりです？」

「いつまで？」彼は黒いパイプを口から取り、ぽかんと口を開けて私を見つめた。

「あっちには戻らんよ。ずっとこっちにいるつもりだ」

「どこに住むんです？　あなたをどうしたらいいんですか？　どこなら安全なんですか？」

「わが子よ。変装用のかつらを買ってもいいし、髪粉や眼鏡、黒い服、半ズボン――なんだってあるさ。ほかにも、うまいことやったやつはいる。ほかのやつが以前やったんなら、またうまくやることもできるさ。どこでどうやって暮らすかについては、意見を聞かせてくれ」

「いまは軽く見てるようですけど、昨日の夜は大まじめだったじゃないですか。かならず死刑になるって」

「かならず死刑だ」彼はまたパイプをくわえながら言った。「絞首刑になる。ここからそう遠くない、人通りがあるところでな。それは大まじめに、きちんとわかっとくべきだ。けど、もう帰ってきちまったんだから、しょうがないだろ？　おれはここにいる。あっちに戻ったって、いまよりよくはならん——むしろ悪くなる。それにな、ピップ、おれが帰ってきたのは、おまえがいるからだ。何年も、何年も、会おうと思ってきた。おれは羽が生えそろったころからありとあらゆる罠《わな》を逃れてきた、食えない老いぼれ鳥だ。案山子《かかし》の上に止まることなんか怖くない。案山子のなかに死神が隠れてようが、知ったことか。外に出てきたら対決してやるが、それまでは、いると言われたって信じないぜ。さあ、もう一回、おれの紳士をしっかり見せてくれ」

　またしても彼は私の両手を取り、大満足の体でパイプを吹かしながら、己の所有物に感じ入ったように私を眺めまわした。

　近所に静かな下宿先を見つけておき、ハーバートが帰ってきたら、男にはそちらに移ってもらうのがいちばんいいように思われた。ハーバートはあと二、三日で帰宅する。この秘密を彼に明かさなければならないのは当然だった。秘密を共有すれば私から大きな肩の荷がおりるが、そのことは別としても。だが、プロヴィス氏（彼をそう呼ぶことにした）にとっては当然ではなかった。ハーバートを直接見て、人相からだいじょうぶと判断できないかぎり、彼を加えることには同意できないと言った。「かりに同意したときでも、これに誓ってもらうぜ」とポケットから、留め金つきの聖書を取り出した。

私の怖ろしい恩人は、その黒い小さな聖書を、いざというときに他人に宣誓をさせるためだけに持ち歩いていたのだろうか。そこは定かではないが、私が知るかぎり、ほかの用途に使わなかったことは断言できる。本自体はどこかの裁判所から盗んできたようだった。プロヴィス氏はその来歴を知っていたのだろう、そこに彼自身が似たように使ってきた経験が加わって、その本に法的な呪文《じゅもん》か魔力のようなものがあると信じこんでいるらしかった。初めて彼がそれを取り出したとき、私は、はるか昔に墓地で忠誠を誓わされたことと、彼が前夜、孤独のなかで自分の決意に誓いを立てていたと言ったことを思い出した。

　いま彼は船乗り用の安服を着ていて、鸚鵡《おうむ》か葉巻でも売り歩きそうに見えたので、これから着るべき服について話し合った。本人は〝半ズボン〟が変装にすばらしく役立つと堅く信じていて、教会の地方執事と歯医者の中間あたりの恰好《かっこう》を想定していた。結局、どことなく裕福な農夫のように見える服装にしたが、彼を説得するのは並たいていのことではなかった。髪を短く刈り、少し髪粉をかけることにもした。そして最後に、洗濯女と姪にはまだ姿を見られていなかったので、変装がすむまでふたりには会わせないようにした。

　こうした安全措置を決めるのはたやすくも思えようが、私自身が、取り乱してはいないにせよ放心状態だったので、ひどく時間がかかり、実行するために外に出たのは午後の二時か三時ごろだった。プロヴィス氏には、私がいないあいだ部屋に閉じこもってぜったいにドアを開けないように言っておいた。

エセックス・ストリートにまっとうな下宿屋があるのを知っていたので、まずそこを訪ねてみた。建物の裏側がテンプルに面していて、私の部屋から声をかければ届くほどだったが、幸いおじのプロヴィス氏に三階の部屋を借りることができた。それから店を次々とまわって、彼の外見を変えるのに必要なものを買った。そこまで片づくと、次は自分の用事でリトル・ブリテンに向かった。ジャガーズ氏は机についていたが、私が部屋に入るのを見るなり立ち上がって、暖炉のまえに移動した。

「いいな、ピップ」彼は立ったまま言った。「気をつけてもらう」

「気をつけます」私は答えた。来る途中で、何を言うか充分考えていたからだ。

「立ち入ったことは言わない――自分にとっても、誰にとっても。わかるな、誰にとってもだ。私には何も言わないこと。何も知りたくないし、興味もない」

男が来たことをジャガーズ氏が知っているのは、もちろんわかった。

「ただ確かめたいだけなんです、ミスター・ジャガーズ」私は言った。「ぼくが言われたことが真実かどうか。偽りだとは思えませんが、せめて確証が得たくて」

ジャガーズ氏はうなずいた。「いまきみは〝言われた〟と言ったのかね？　それとも〝知らされた〟と？」首を一方に傾け、私のほうは見ず、音でも聞いているかのように床を見つめていた。「〝言われた〟というと、直接ことばを交わしたようにも思える。ニュー・サウス・ウェールズにいる男と直接ことばを交わすことはできんだろう、当然ながら」

「それなら、知らされたのです、ミスター・ジャガーズ」

「よろしい」

「エイベル・マグウィッチという人から知らされました――彼こそが、ぼくには長いあいだ伏せられていた当の恩人だと」

「まさにその男だ」ジャガーズ氏は言った。「ニュー・サウス・ウェールズにいる」

「彼だけなのですか？」

「彼だけだ」

「自分の勘ちがいやまちがった結論について、あなたに責任があると考えるほど非常識ではないつもりですが、ぼくはずっと、恩人はミス・ハヴィシャムだと思っていました」

「きみが言うとおり、ピップ」ジャガーズ氏は私に冷たい眼を向け、人差し指を嚙《か》んだ。「私に責任はまったくない」

「でも、本当にそう思えたのです」私は沈む心で訴えた。

「証拠は何ひとつなかったぞ、ピップ」ジャガーズ氏は首を振り、服の裾《すそ》をたぐり寄せた。「物事を見せかけで判断してはならん。すべて証拠にもとづいて考えることだ。これを超えるルールはない」

「もう何も言うことはありません」私はしばらく無言で立っていたあと、ため息をついて言った。「知らされた内容を確かめましたから。終わりです」

「マグウィッチ――ニュー・サウス・ウェールズにいる――がついに正体を明かしたからには、ピップ、私がきみと話すとき、つねに厳密な事実だけにもとづいていたことがわかったと思う。厳密な事実から少しでも離れたことは一度もなかった。わかっとるかね？」

「わかっています」

「マグウィッチ――ニュー・サウス・ウェールズにいる――が初めて私に手紙を――ニュー・サウス・ウェールズから――書いてきたとき、私が厳密な事実から離れることは決してないぞと本人に伝えた。それと、もうひとつ警告した。彼は手紙のなかで、イギリスに戻ってきみに会いたいというようなことを仄《ほの》めかしていた。そこで私は、それ以上こちらに知らせないようにと伝えた。恩赦が得られる見込みはないし、終身刑で国外追放されたのだから、この国で見つかったら重罪となり、極刑に処されるだろうとね。マグウィッチにそう警告したのだ」ジャガーズ氏は私をしかと見すえて言った。「ニュー・サウス・ウェールズに、そのように書き送った。彼はまちがいなく、それにしたがったはずだ」

「まちがいありません」私は言った。

「ウェミックから聞いたのだが」ジャガーズ氏はまだ厳しく私を見すえていた。「ポーツマスの消印のついた手紙が届いたそうだ。ある入植者からで、名前はパーヴィスだか――」

「プロヴィスでしょうか？」

「プロヴィスかもしれん。ありがとう、ピップ。おそらく本当にプロヴィスなんだろう？　きみはプロヴィスだと知っているんだな？」

「はい」

「きみはプロヴィスだと知っている。とにかく、プロヴィスという名の入植者から、ポーツマスの消印のある手紙が来て、マグウィッチの代理として、きみのくわしい住所を知りたいということだった。ウェミックは返事を書いて知らせてやったのだと思う。おそらくきみは、プロヴィスをつうじて、マグウィッチ——ニュー・サウス・ウェールズにいる——に関する説明を受けたのだろうな」

「プロヴィスをつうじてです」私は答えた。

「ではごきげんよう、ピップ」ジャガーズ氏は握手の手を出して言った。「会えてよかった。もしマグウィッチ——ニュー・サウス・ウェールズにいる——に手紙を書くとか、プロヴィスをつうじて連絡をとることがあったら、長きにわたった顧問関係の明細と領収書をきみに送っておくと伝えてくれたまえ。まだ精算がすんでいない請求もあるので、それもいっしょに。ではまた、ピップ！」

　私たちは握手し、ジャガーズ氏は最後まで私を見すえていた。戸口で振り返ると、まだじっと見ている。棚の上にある醜い石膏像《せっこうぞう》ふたつはまぶたを開き、腫《は》れた喉から無理やり「ああ、なんという男だ！」と言おうとしているように見えた。

　ウェミックは外出中だった。いたところで彼が私のためにできることは何もなかった。まっすぐテンプルの部屋に帰ると、怖ろしいプロヴィスは平穏無事にラムの水割りを飲み、ニグロヘッドを吹かしていた。

　翌日、注文していた服がみな届き、本人が着てみたが、何を着てもまえの服より似合わず、私は気持ちが沈んだ。どうも彼のなかには変装を形なしにしてしまう何かがあるらしく、いろいろ着させて飾り立てるほどに、沼地をみじめに逃亡していたあの姿に近づいた。そんな想像をして不安になったのは、たしかに彼の昔の顔と態度をはっきり思い出してきたせいでもあるが、彼がいまだに鉄の足枷《あしかせ》をはめているかのように片足を引きずり、性格の芯《しん》まで染《し》みついた囚人らしさを体じゅうから発散しているからでもあった。

そもそも彼には、孤独な小屋暮らしの影響で、どんな服でも手なずけられない野蛮な雰囲気があった。さらに、その後世間で囚人の烙印《らくいん》を押されて生きた影響もあるうえ、いまも逃げ隠れしているという意識もあった。坐《すわ》ったり立ったり、食べたり飲んだりする動作のすべて——肩を怒らせてしぶしぶ考え、柄が牛の角でできた大振りのジャックナイフを出してズボンでふいてから食べ物を切り、軽いグラスやカップを不恰好な金属のカップのように口に持っていき、パンの端を三角に切り取って、割り当ての食事を無駄にしない習慣からか、皿のソースを最後の一滴まで何度もきれいにふき取り、指先までぬぐったあとで食べる、そうした仕種や、毎日一分ごとに見られる無数の何気ないふるまいのなかに、〝囚人〟、〝凶悪犯〟、〝奴隷《どれい》〟の文字がくっきりと浮き出ていた。

髪粉を少し振るというのはプロヴィス自身の発案だった。私としては半ズボンをあきらめさせたので、これはいいかと思ったのだが、実際につけてみると、死人に口紅を塗る程度の効果しかなかった。おぞましくも、彼のなかのぜひとも抑えこんでおきたいすべてのものが、薄い見せかけの層を突き破って、頭から炎のごとく噴き出しているように見えた。そこで髪粉は一度試しただけであきらめ、白くなった髪は短く切らせた。

　私にとってプロヴィスがどのくらい怖ろしい謎だったかも、とてもことばでは言い表せない。夜、彼が節くれだった手で椅子の肘《ひじ》かけをつかみ、深いしわが刻まれた禿げ頭を胸のまえに垂らして眠りこんだとき、私は坐ったまま彼を見つめ、この人はいったい何をしたのだろうと考えて、『ニューゲイト・カレンダー』〔訳注　悪名高い犯罪者の伝記集〕のあらゆる犯罪を当てはめたあげく、衝動的に立って逃げ出したくなった。私のためにあれだけのことをしてくれ、大きな危険を冒してくれたのだが、嫌悪感は一時間ごとに募り、ハーバートがすぐ帰ってくるとわかっていなければ、取り憑かれたような苦悩のなかで、その衝動に屈していたかもしれない。一度など夜中に本当にベッドから飛び出し、あわてていちばんのぼろ服に着替えはじめたくらいだった。一切合財と彼を置き去りにして、インドの軍隊の一兵卒になろうと思いつめたのだ。

　いつも風雨が吹き荒れていた長い夕方と長い夜、あの高みにある寂しい部屋では、はたして幽霊のほうが怖かっただろうか。幽霊なら私のせいで捕まって首をくくられることはない。プロヴィスはそうなりうる、きっとそうなると考えると、恐怖はいや増した。眠ったり、彼自身のぼろぼろのカードでソリティアをしていないとき、プロヴィスはよく私に本を読んでくれと言った。ちなみに、そのソリティアは私があとにも先にも見たことのない複雑なやり方で、彼は勝つたびにジャックナイフを机に突き立てた。私が「外国語を頼むよ、わが子」と言われて、外国語の本を読むと、プロヴィスはひと言も理解できないのに、暖炉のまえに立ち、興行主のたたずまいで私を眺めていた。私は顔にかざした手の指のあいだから、彼がまわりの家具にこの子の上達ぶりをご覧くださいとパントマイムで訴えているのが見えた。神に背いて創造した不恰好な怪物に追いかけられる物語の博士より、私のほうがずっとみじめだった。私を創造した怪物に追いかけられ、称賛されたり好かれたりするほどに虫酸《むしず》が走って、いっそう身を遠ざけたくなるのだから。

こう書いていると、そんなことが一年続いたように思えるかもしれないが、じつは五日ほどしかたっていない。ハーバートがいつ帰ってくるかわからないので、日が暮れてからプロヴィスを散歩に連れ出すときを除いて、外にも出られなかった。ついにある夜、食事も終わり、私が疲れきってうとうとしていると——夜ごと心がざわつき、悪夢のせいでろくに寝られなかったのだ――階段から待ち望んだ足音がして、目が覚めた。プロヴィスも眠っていたが、私が立てた物音でやはり起き、次の瞬間にはその手にジャックナイフが輝いていた。

「あわてないで！　ハーバートです！」私が言うと、ハーバートが飛びこんできた。千キロ離れたフランスの爽《さわ》やかな香気とともに。

「ヘンデル、わが友！　どうしてる？　もう一度、どうしてる？　もひとつ、どうしてる？　一年間留守にしてた気がするよ。本当にそうかもしれない。だって、きみがやつれて青白くなってるから。ヘンデル、ねえ――わっ！　これは失礼」

　ハーバートはプロヴィスに気づいて話をぴたりとやめ、握っていた私の手を離した。プロヴィスのほうはハーバートをじっと見つめながら、ゆっくりとジャックナイフをしまい、別のポケットに手を入れて何かを探っていた。

「ハーバート、親愛なる友人」私は両開きのドアを閉めながら言った。ハーバートは不思議そうにこちらを見て立っていた。「とても奇妙なことが起きてね。彼は……ぼくのお客さんだ」

「よし、おまえ！」プロヴィスは留め金つきの黒い本を持って進み出、ハーバートに話しかけた。「右手でこれを持つんだ。神よ、もしこのことを外にもらしたら、われを倒したまえと宣誓して、本にキスをしろ！」

「言われたとおりにしてくれ」私はハーバートに言った。ハーバートは友情と不安と驚きの入り混じった表情で私を見て、したがった。プロヴィスはすぐさまハーバートと握手した。「さあ、いまおまえは宣誓したぞ。おれも誓ってやる、ピップがおまえを紳士にするとな！」

41

三人で暖炉のまえに坐り、私が秘密を残らず話したときのハーバートの驚きと不安をことばで表すのは不可能だ。私自身のいろいろな感情、なかんずく、これほど恩義がある男に対する嫌悪《けんお》感《かん》がハーバートの顔にもうかがえたと言えば充分だろう。

プロヴィスと私たちを分けるものがほかに何もなかったとしても、私の話を聞く彼の勝ち誇った態度だけで仕切りができた。帰国以来、私に〝下劣な〟態度をとったと本人が反省したあのときを唯一の例外として――私の打ち明け話がすむと、彼はそのことをハーバートに滔々《とうとう》と語りはじめた――私が己の幸運に不満を感じることなどありえないと彼は思っていたのだ。私を紳士に育て上げ、彼の膨大な資力で私がその身分を保つところを見にきたと自慢するのは、彼自身と同じくらい私も鼻高々だと思っているからだった。このことがふたりにとって痛快でじつに誇らしいというのは、プロヴィスの心のなかで揺るぎない結論だった。

「ただ、いいかい、ピップの友だち」彼はしばらく話したあとでハーバートに言った。「帰ってきてから一度だけ、ほんの一分足らずだが、下劣なことを言っちまった。それはよくわかってる。ピップには下劣だったと謝ったが、おまえさんはそこは心配しなくていい。ピップを紳士にして、ピップがおまえさんを紳士にするからには、おれもどういう態度で接するべきかわかってる。わが子よ、そしてピップの友だち、おれは品のいい口輪をしっかりはめたから安心してくれ。ちょっとだけ下劣になったあのときから、ずっと口輪をはめてるし、これからもはずさない」

ハーバートは、「でしょうとも」と答えたが、とくに安心したようには見えず、依然として混乱し、まごついていた。私たちは、プロヴィスが下宿に移ったあとでふたりきりになるのを心待ちにしていたが、プロヴィスはそれをやっかんでいるらしく、いつまでも去ろうとしなかった。ようやく真夜中に、私は彼をエセックス・ストリートに送っていき、暗いドアから無事なかに入るのを見届けた。ドアが閉まると、彼が到着した夜以来初めて、安堵《あんど》のため息をついた。

階段にうずくまっていた男の不穏な記憶が頭から消えないので、私は暗くなってから客を外に連れ出したり連れ戻したりする際には、つねにまわりに注意を払っていた。このときにもあたりを見まわした。大都会で誰かに見られているのではないかという危険を意識しはじめると、逃れるのはむずかしいが、視界にいる誰かが私の動きを気にしている様子はなかった。通りかかった少数の人たちもそれぞれの方向に歩いていき、私がテンプルに戻ったとき、通りはがらんとしていた。われわれといっしょに門から出た人も、私といっしょに入った人もいなかった。噴水の横を通りすぎると、彼の部屋の裏窓に静かに明かりがついているのが見えた。自分の部屋がある建物の入口で、階段をのぼるまえにしばし立ち止まったが、ガーデン・コートは死んだように静まり返っていた。のぼった階段も同様だった。

ハーバートが両腕を広げて迎えてくれた。友人を持つことがこれほどありがたく感じられたことはなかった。ハーバートからよく考えた同情と励ましのことばを聞いたあと、私たちは腰をおろして、これからどうすべきか考えた。

プロヴィスが坐っていた椅子はまだそこにあった。というのも、彼には、軍の兵舎にいるかのように、ひとところで落ち着きなくすごす癖があったからだ。パイプ煙草をやり、ジャックナイフをいじり、カードを並べ、またパイプというふうに、まるで石板に手順が書いてあるかのようにくり返す。だから椅子も同じ場所にあったが、ハーバートはうっかりそこに腰かけたと見るや、あわてて飛びのき、その椅子は奥に押しやって、別のに坐った。その後はわが恩人に対する嫌悪をあえて話題にせず、私も自分が彼を嫌っていることには触れなかったので、私たちはひと言も交わさずに秘密を共有した。

「いやはや」私はハーバートが別の椅子に落ち着くまで待って言った。「どうすればいいんだろうね」

「親愛なるヘンデル」彼は頭を抱えた。「気の毒だが、驚きすぎてとても考えがまとまらない」

「ハーバート、ぼくも最初はあまりのショックに何も考えられなかった。だけど、なんとかしないと。彼はまだこれからいろんなものに出費するつもりだ——馬とか、馬車とか、あらゆる種類の贅沢《ぜいたく》に。どうにかして止めなきゃ」

「きみとしては受け取れない——?」

「当たりまえだ」ハーバートが言いよどんだので、私はすかさず言った。「彼がどういう男か考えてみてくれよ！　きみも見ただろう！」

ふたりとも思わず身震いした。

「でも、怖ろしいことに、ハーバート、彼に気に入られてるのは確かなんだ。心底ね。こんな運命ってあるかい？」

「ヘンデル、気の毒に」ハーバートはくり返した。

「それにね、ここで投資を返上して、もう一ペニーももらわないことにしても、これまでの借りを考えてごらんよ！　つまり、ぼくはものすごい借金を抱えてる——もはや将来の遺産がなくては返せないほどの借金を。仕事も学ばずに大人になったから、何もできない」

「まあ、まあ、まあ！」ハーバートは異議を唱えた。「何もできないなんてことはないさ」

「何ができる？　できることはひとつだけ、つまり、兵士になることだ。きみの友情と思いやりを当てにしてなかったら、親愛なるハーバート、とっくに志願してる」

もちろん私はそこで泣き崩れた。そしてもちろんハーバートは、温かく私の手を握っただけで、見て見ぬふりをしてくれた。

「とにかく、親愛なるヘンデル」やがて彼は言った。「軍隊はだめだ。いまの恩恵や好意を断るというのは、すでに受け取ったものをいつか返したいという希望がわずかなりとあるからだろう。軍に入ったら、そういう希望はあまり持てない。それに兵役なんて馬鹿げてる。〈クラリカー商会〉で働くほうが、小さな商売だけど、はるかにましだよ。ぼくは共同経営者になることをめざしてるから」

　哀れな友人！　その元手が誰から出ているか、疑ってもいないのだ。

「でも、別の問題がある」ハーバートは言った。「彼は無知で頑固な男だ。長いこと、たったひとつの目的のために生きてきた。おまけに、（ぼくの勘ちがいかもしれないが）やけっぱちで獰猛な性格のようだ」

「そのとおりだよ」私は言った。「証拠として、ぼくがこの眼で見たことを話そう」それまでハーバートには話していなかった、もうひとりの囚人との対決について説明した。

「なるほど。だとすると、こう考えられないか。彼は心に抱いたたったひとつの目的のために、命を賭《と》してここまでやってきた。これだけ苦労して時間もかけ、ついに待ち望んだ結果が得られたと思った瞬間に、きみが足元をすくうかたちで計画を台なしにし、財産を無価値なものにしてしまったら、失意の果てに何をしでかすか、想像がつかないか？」

「つくさ、ハーバート。彼がやってきた運命の夜からずっとわかってたし、夢にも見た。あの男は自首するだろう。これほどはっきりしてることもない」

「なら、彼がそうする危険は大いにあると考えてよさそうだ。彼がイギリスにいるかぎり、きみに対して使える切り札はそれだよ。きみが見捨てたら、あの男は自棄《やけ》になってそうするだろう」

私は考えるだけで総毛立った。そのことは最初から心に重くのしかかっていて、もし本当にそうなったら、自分がある意味で殺したようなものだと考えると、坐っていられなくなり、立ち上がって部屋のなかをうろうろしはじめた。そしてハーバートに、たとえプロヴィスが不注意で見つかって逮捕されたとしても、自分はやはりその原因になったと考えてみじめな気持ちになるだろうと打ち明けた。こちらに落ち度がまったくなくても——逃亡中のあの男がそばにいるだけでみじめになるとしても——こんな目に遭うくらいなら一生鍛冶場《かじば》で働いて終わるほうがずっとよかったとしても！

だが、憤懣《ふんまん》をぶちまけたところで、これからどうすべきかという問題は解決しなかった。

「まずやらなきゃいけない大事なことは」ハーバートは言った。「彼を国外に出すことだ。きみもついていくべきだろうね。そうすれば本人も行く気になるだろうから」

「けど、どこへ連れ出しても戻ってくるだろう。それをどうやって防ぐ？」

「いいかい、ヘンデル、すぐそこの通りにニューゲイトがあるんだ。ここで彼に胸の内を明かして無茶なことをさせるのは、ほかのどこより明らかに危険だろう？　そのもうひとりの囚人でもいいし、彼の人生のほかのことでもかまわないけど、何か国外に連れ出す口実があればなあ」

「そうは言っても、彼の人生のことは何も知らないんだ」私はハーバートのまえで足を止め、この件に関する絶望的な状況を抱えていたかのように、両手を広げて差し出した。「本当に気が変になりそうだよ！　夜ここに坐って、ぼくの運不運とこれほど深く結びついている彼を眼のまえに見ながら、子供時代の二日間にぼくを震え上がらせた悪党ということ以外、何も知らないんだから」

　ハーバートは立ち上がって私と腕を組み、いっしょに絨毯《じゅうたん》を見つめながら、ゆっくりと歩きはじめた。

「ヘンデル」彼は立ち止まって言った。「もう彼から財産は受け取れないと本気で思ってるんだね？」

「本気だ。きみだって同じ立場ならそう思うだろう？」

「で、彼とは縁を切らなければならないと確信している？」

「ハーバート、わざわざ訊くことか？」

「一方、彼がきみのために命を賭《か》けてきたことを思うと、その命を投げ出すのはやめさせて、できれば救ってやりたいというやさしい気持ちもある。あって当然だ。だったら、指一本動かすまえに彼を国外に連れ出さないと。それがすんだあと、すっぱり縁を切ればいいじゃないか。いっしょにどうするか考えよう、きみ」

解決からはほど遠いにせよ、それを誓って握手し、また部屋のなかを歩きまわると心が落ち着いてきた。

「ハーバート、彼の経歴について知る方法だけど、ひとつしか思いつかない。ずばり本人に訊くんだ」

「ああ、それがいい。朝食のときにでも」ハーバートは言った。プロヴィスはハーバートへの別れの挨拶《あいさつ》で、また朝食を食べにくると言っていたのだ。

ここまで段取りを決めたところで、私たちは就寝した。私はプロヴィスの怖《おそ》ろしい夢をいくつも見て、寝覚めが悪かった。目覚めるなり、彼が違法に帰国した流《る》刑犯《けいはん》として捕まるという、夜のあいだ忘れていた恐怖が甦《よみがえ》り、日中ずっと頭から離れなかった。

プロヴィスは約束した時間にやってきて、ジャックナイフを取り出し、食卓についた。〝おれの紳士が堂々たる紳士として世に知られる〟腹案をあれこれ持っていて、私の手元に置いていった財布を一刻も早く活用しろとせっついた。テンプルのいまの部屋と自分の下宿をあくまで仮住まいと見なし、いますぐハイド・パークの近くに〝しゃれたねぐら〟を見つけろ、自分はそこで〝間に合わせの寝床〟を使うから、と助言した。そんな彼が朝食を終えてナイフをズボンでふいていたとき、私は前置きなしに切り出した。

「昨夜あなたが帰ったあと、昔沼地であなたが格闘していたという話をこの友だちにしたんです。そこに兵士たちとぼくたちが追いついた。憶《おぼ》えてますか？」

「憶えてるか？　ああ、憶えてるとも」

「あのときの相手の男について知りたいんです——それと、あなたについて。考えてみれば、ふたりのこと、とりわけあなたのことを、この彼に昨夜説明したくらいしか知らないというのはおかしな話ですからね。いま、教えてもらうのにちょうどいい時間じゃありませんか？」

「うむ」プロヴィスは考えてから言った。「秘密は守ると誓ったな、ピップの友だち？」

「ええ、たしかに」ハーバートは答えた。

「おれが話すことにはすべて、あの誓いが当てはまる」プロヴィスは強調した。

「わかっています」

「それと、いいな、おれが何をしたにしろ、もう調べはついて償いもすんでる」また強調した。

「けっこうです」

プロヴィスは黒いパイプを取り出してニグロヘッドを詰めようとしたが、手のなかのもつれた煙草の葉を見て、自分の話も同じようにこんがらかってはいけないと思ったようだった。煙草を戻し、パイプを上着のボタンの穴に刺すと、両膝《りょうひざ》に手をのせて、いっとき無言で暖炉の火に怒りの眼を向け、今度はわれわれのほうを見て、次のような話をした。

42

「ピップとピップの友だち、おれは自分の人生を歌や物語のようには話さんよ。簡単な英語で手短に言えば、監獄に入って出、入って出、入って出た。それだけだ。せいぜいそんなもんさ、おれの人生は。ピップが友だちになってくれたあと、船で追放されるまでな。

たいていのことはやられた——首をくくられることを除いて。銀製のやかんみたいにしっかり鍵《かぎ》かけて閉じこめられたし、馬車であちこち運ばれたし、あの町この町から追放され、さらし台にかけられ、鞭《むち》打たれ、脅され、引きまわされた。おれがどこで生まれたかは、おまえさんたちと同じくらい、まったく知らん。初めて自分ってのに気づいたのは、エセックスで生き延びるためにカブを盗んだときだ。誰かがおれから逃げてった——男だ——鋳掛《いか》け屋だった——火を持って逃げたもんで、残されたおれはものすごく寒かった。

自分の名前はマグウィッチだってわかってた。洗礼名はエイベルだ。なんでわかったか？　生け垣にとまった鳥の名前がアトリとかスズメとかツグミとわかってるのと同《おんな》じさ。そんなのは全部嘘《うそ》っぱちだと思ったたって、鳥の名前はほんとだから、自分のもほんとだろうと思った。

憶えてるかぎりじゃ、ろくなものは着てないし、ろくにものも食べてない子供のエイベル・マグウィッチを見たら、みんなぞっとして、追い払うか捕らえるかのどっちかだった。おれは何度も、何度も捕らえられた。捕らえられて大きくなったようなもんだ。

そんな調子だったから、見るも哀れなぼろ着の子供のおれは（といっても、鏡は見たことなかったけどな。おれの知ってる家具つきの家にそんなものはなかった）、したたか者と呼ばれるようになった。看守どもは、監獄に訪問者があると、おれを指差して、〝こいつはひどいしたたか者です〟と言う。〝監獄に住んでるのと変わりません、この小僧は〟って。で、おれをじろじろ見るから、こっちも見返す。なかには、おれの頭の大きさを測るやつもいた〔訳注　当時知られていた、頭蓋骨《ずがいこつ》の形状が性格を決定づけるというガル医師の理論にもとづく〕。頭なんかより胃の大きさを測れってんだ。こちとら読めもしないのに冊子みたいなのを渡してきて、ちんぷんかんぷんの説教をするやつらもいた。あいつら、かならず悪魔の話をするが、おれにどうしろってんだ。腹に何か入れなきゃ生きてけんだろ？　いかん、少し話が下劣になりかけてるな。どうすべきかは、わかってる。ピップとピップの友だち、もうおれが下劣になる心配はないからな。

いろんなとこをほっつき歩いて、物乞《ものご》いや盗みをして、働けるときには働き――そうたびたびじゃなかったけどな。おまえらが喜んでおれを雇うかどうか考えりゃわかるだろ――密猟を少し、日雇いも少し、荷馬車乗りも少し、干し草作りも少し、行商も少し、つまり稼ぎが少なくて面倒事になる仕事はほとんど全部やって、大人になった。安宿で顎《あご》までジャガイモに埋まって隠れてた逃亡兵が、字の読み方を教えてくれた。一回一ペニーで自分のサインを売ってたドサまわりの大男が、書き方を教えてくれた。そのころにはまえほど閉じこめられることはなくなってたが、それでもちゃんと自分の分くらいは牢屋《ろうや》の鍵をすり減らしてやったよ。

二十年以上前のことだ。エプソム競馬場で、ある男と知り合った。そいつの頭がいまここの炉《ろ》格子《ごうし》の上にのってたら、ロブスターの爪《つめ》みたいに火箸《ひばし》でかち割ってやるんだが、名前はコンピーソンといった。昨日の晩、おれが出ていったあとでおまえが友だちに話したっていう、堀んなかの格闘、あんときの相手がこいつさ。

このコンピーソンてのは、紳士ぶった野郎で、パブリック・スクールを出て、学もあった。口達者で上流階級のまねがうまかった。見てくれもよかったんだ。大競馬のまえの晩、おれが知ってる外の屋台で、やつは何人かの仲間とテーブルについてた。おれが行くと、店主が（おれの知り合いで、賭け好きなやつだ）コンピーソンに声をかけて、〝この男なら、あんたにぴったりだと思うよ〟と言った。おれのことさ。

コンピーソンはおれを品定めするみたいに見た。おれも見返した。時計に鎖、指輪、胸のブローチ、立派な仕立てのスーツって恰好だった。

〝見たところ、つきに見放されているようだな〟コンピーソンが言う。

〝ええ、旦那《だんな》。もともと、つきなんかほとんどなかったけどね〟（浮浪罪で捕まって、キングストン監獄から出てきたとこだったからな。ほかの罪で捕まってもおかしくなかったが、まあそれじゃなかったわけだ。）

〝つきは変わる〟コンピーソンは言った。〝おまえのつきだって変わるさ〟

〝だといいね。これ以上悪くはならんだろうし〟

〝おまえは何ができる？〟とコンピーソン。

〝飲んだり食ったりできる。そうするもんがありゃだけど〟

コンピーソンは笑って、また品定めするみたいにじっとおれを見ると、五シリングよこして、明日の晩、同じ場所で会おうと言った。

だから翌日も同じ場所でコンピーソンに会って、やつの手下で仕事仲間になった。いっしょにどんな仕事をしたか？　あいつの仕事は詐欺《さぎ》、文書偽造、盗んだ紙幣の横流し、その手のことだった。あの頭でありとあらゆる罠を考え出して、自分は足を突っこまず、利益だけをせしめて、罠にはまるのはほかのやつって寸法だ。それがコンピーソンの仕事だった。鉄のヤスリほども心がない人間で、死神みたいに冷たくて、さっき言ったとおり、悪魔の頭脳を持ってた。

もうひとり、コンピーソンと組んでたアーサーってやつがいた。洗礼名じゃなくて、通り名がアーサーだ。病気で弱ってて、歩く影みたいだった。やつとコンピーソンはだいぶまえに金持ちの貴婦人をだまして、ぼろ儲《もう》けしてた。けど、コンピーソンは賭け事に入れあげて、王様みたいに金を遣いまくった。一方のアーサーは哀れにも死にかけてて、アル中で幻覚まで見る始末。コンピーソンのかみさんは（しょっちゅう旦那に蹴《け》られてたが）、気が向いたときにゃアーサーに情けをかけてたけど、コンピーソンは相手がものだろうと人だろうと、情けをかけるなんてことはなかった。

　おれもアーサーを見て気をつけるべきだったんだがな。そうしなかった。仕事仲間を選んでたと言うつもりはないよ。そんなことして、なんになる？　だろ、ピップと友だち？　だからコンピーソンと組んで、あいつの哀れな道具になっちまった。アーサーはコンピーソンの家のいちばん上の階に住んでた（ブレントフォードの近くだ）。コンピーソンは、万一アーサーが回復して支払いができるようになったときのために、食事代と下宿代をちゃんと帳簿につけてたが、アーサーはすぐあの世に行った。おれが二回目か三回目に会ったときだが、夜中にフランネルのガウン一枚きりでコンピーソンの居間に飛びこんできて、髪なんか汗みずくで、コンピーソンのかみさんに言ったんだ。〝サリー、あの女が階上《うえ》のおれの部屋にいる、ほんとに。どうしてもいなくならない。白ずくめの服着て、髪に白い花つけて、完全にいかれてる。埋葬布を腕にかけて、朝の五時にそれをおれにかけるって言うんだ〟

　コンピーソンはそれを聞いて、〝何言ってんだ、この馬鹿、あの女って、そいつは生きた人間だろう？　それがなんで階上にいる？　玄関も窓も通らず、階段も上がらずにどうやって階上まで行った？〟

〝どうやったかなんて知るか〟アーサーはアル中の症状でぶるぶる震えながら言った。

〝けど、おれのベッドの足元の隅っこに立ってて、頭がいかれてる。でもって、胸が張り裂けたとこには——おまえがやったんだぞ！——点々と血の染みがついてた〟

　コンピーソンは口じゃ強そうなことを言うが、根は臆病《おくびょう》だった。〝この法螺《ほら》吹きの病人についていってやれ〟とかみさんに命じ、〝マグウィッチも手を貸してやれ〟と言ったが、自分はぜったい階上に上がろうとしなかった。

　コンピーソンのかみさんとおれは、アーサーを部屋まで連れていってベッドに寝かせたが、アーサーはひどくわめき散らした。〝あの女を見てくれ！　あんな布をおれに振りやがって！　あんたら、見えねえのか？　あの眼だよ！　あんなにいかれて、怖ろしいだろ？〟そしてまた、〝あれをおれにかける気だ。おれは終わっちまう！　あの女からあれを取り上げてくれ！　早く取り上げるんだ！〟と叫んで、おれたちにしがみつき、その女に話しかけたり答えたりした。おれもその女がほんとにいるような気がしたくらいだ。

コンピーソンのかみさんは、やつの扱いに慣れてて、発作を抑えるために酒を飲ませた。アーサーはだんだん落ち着いた。〝ああ、いなくなった！　看守が捕まえにきたのか？〟と言うと、コンピーソンのかみさんが〝そうよ〟と答える。〝ちゃんとあいつを閉じこめて鍵をかけとけと言っといてくれたか？〟、〝言ったわよ〟、〝そいで、あの忌々《いまいま》しい布を取り上げろと？〟、〝ええ、だいじょうぶ〟、〝あんたはいい人だ。おれを見捨てんでくれ、何があっても。頼むよ！〟

　アーサーはすっかり静かになってたが、五時ちょっとまえだったかな、いきなり悲鳴をあげて起き上がり、〝あの女が来た！　またあの埋葬布を持って広げてる。隅から出てきた。ベッドに近づいてくる。ふたりでおれを捕まえといてくれ、ベッドの両側から。あの布でおれに触らせないでくれ。けっ！　さっきはしくじりやがったがな。おれの肩に布を投げかけるのをやめさせてくれ。おれを持ち上げて布を巻きつけるつもりだ。やめさせろ。ああ、持ち上げられる。おろしてくれ！〟と叫んで、ガッと体を起こすと、死んじまった。

　コンピーソンは、お互い面倒がなくなってよかったというふうに平然としてた。やつとおれはすぐに忙しくなった。やつは（こすっからい男だから）まずおれに、おれ自身の本で誓いを立てさせた。おまえの友だちに誓わせたあの黒い小さな本だよ、わが子。

　コンピーソンが計画して、おれが実行したことの説明はしない。一週間はかかるから。ひとつだけ教えるとな、ピップと友だち、あの野郎はおれを黒人奴隷みたいにがんじがらめにした。おれはいつもあいつに借金し、いつもあいつの言いなりで、いつもこき使われ、いつも危ない目に遭ってた。あいつのほうが年下だが、ずる賢いし、学もある。おれの五百倍も上手《うわて》で、情けの〝な〟の字もない。おれのかみさんも厄介だったが――いや待て、かみさんのことは言ってなかった――」

　彼は混乱してまわりを見た。記憶の本のどこを読んでいたかわからなくなったかのように。顔を火に向け、両膝の上の手をいっそう広げ、少し浮かせて、また膝に置いた。

「それも話す必要はないな」と言って、もう一度まわりを見た。「コンピーソンと働いてたときが、人生でいちばんつらい時期だった。そう言えばすむ。その時期、おれだけが軽罪で裁判にかけられた話はしたか？」

　私は、いいえと答えた。

「それがな、ほんとにかけられて、有罪になったんだ。あれをやってた四、五年のあいだに二、三回、怪しいってことで逮捕されたが、どれも証拠不充分だった。ところが最後に、コンピーソンとおれは重罪で起訴された――盗んだ金を流通させた容疑と、ほかにもいろいろ。コンピーソンは、〝弁護は別々にして、連絡はとり合わないようにしよう〟と言って、あとは梨《なし》のつぶてさ。おれは貧乏のどん底だったから、持ってた服も全部売って、着の身着のままでなんとかジャガーズに弁護してもらうことになった。

　被告席に立つと、まずコンピーソンがなんとも紳士らしく見えるのに気づいた。巻き毛に黒服、ポケットには白いハンカチだ。それに比べて、おれがどれほど下等でみじめに見えたことか。検察側の陳述が始まって、証拠が簡単に説明されると、みなおれには重く、あいつには軽く示されてるのがわかった。証人が出てくると、いつも名指しされるのはおれ、金が支払われたのもおれ、仕事をやって儲けたのもおれだ。だが、企《たくら》みがもっとはっきりしたのは、やつの弁護士が出てきたときだった。そいつはこう言った。〝裁判長および陪審の皆さん、ここにふたりの人物が並んでおりますが、ちがいは誰の眼にも明らかです。ひとりは若く、育ちがよく、こちらが話しかけるときにも、そういう人物として扱わなければならない。もうひとりは年上で、育ちが悪く、これもその種の人物として話しかけなければならない。一方は若く、起訴事由云々《うんぬん》の場に現れたことはほとんどなく、容疑をかけられているにすぎない。しかしもう一方は年上で、そうした場につねに現れ、そのつど有罪の証拠を残している。本件で有罪の者がひとりだとすれば、そのひとりがどちらか、疑問の余地があるでしょうか。かりにふたりがかかわっていたとすれば、どちらのほうが主犯であるか、疑いを差し挟めるでしょうか〟だのなんだの。それに、人物の評価となると、コンピーソンは学校出で、同窓生にはあちこちで偉くなってるやつがいて、クラブとか協会とかでも顔なじみで、誰も悪いことは証言しない。だろ？　けどおれのほうは前科もあるし、そこらじゅうの監獄や留置場で顔を知られてる。証言するとなると、コンピーソンは白いハンカチに顔を埋《うず》めながらみんなに話しかけ、しゃれた詩なんかを引用するんだが、おれのほうは〝皆さん、おれの横にいるこの男はものすごい悪者なんです〟と言うのが精いっぱい。だろ？でもって評決が出ると、コンピーソンは悪い人間とつき合った善良な人間、加えておれに関する情報を洗いざらい提供したってことで情状酌量だ。おれはたったひと言、〝有罪〟って言われただけ。だろ？　おれがコンピーソンに〝この法廷から出たら、その面《つら》を叩《たた》きつぶしてやる〟と言ったら、あの野郎、裁判長に守ってくださいと泣きついて、おれたちのあいだに守衛がふたり割りこんだ。結局、刑の宣告は、あいつが七年、おれが十四年。裁判長は、まともに生きるはずだったコンピーソンを気の毒がったが、おれは歳《とし》とった癇癪《かんしゃく》持ちの犯罪者で、これからもっと悪人になるだろうと言われたよ」

話しながら見る見る興奮してきたが、自分を抑え、浅い呼吸を二、三回した。手を私のほうに伸ばして、安心させるように言った。「もう下劣にはならんぞ、わが子よ！」

体が火照《ほて》ってきたのか、ハンカチを取り出して、顔から頭、首、手をふいてから、先を続けた。

「おれはコンピーソンに、その面を叩きつぶしてやると言った。神様におれの顔を叩きつぶされても、そうしてやるつもりだった。おれたちは同じ監獄船に入れられた。やつをとっ捕まえようとして、なかなかできなかったんだが、ついに近づいて、振り向いたら殴りつけてやるつもりでうしろから頰を引っぱたいた。ところが、見つかって、おれのほうが捕まった。とはいえ、あの船の懲罰房は、泳ぎももぐりもできる懲罰房の目利《めき》きにとっては穴だらけさ。おれは岸まで泳ぎ着いて墓のあいだに隠れ、あたりに埋まってる連中をうらやましく思ってたんだが、そのときだ、初めておまえに会ったのは！」

彼は愛情あふれる表情で私を見た。私は深く同情しながらも、その顔を見てまた嫌悪を催した。

「おまえから聞いて、コンピーソンも沼地にいることがわかった。きっとあいつはおれに襲われるのが怖くて、おれから離れるために脱走したんだろうな、おれが岸に上がったとも知らずに。おれはやつを追いつめて顔をぶん殴ってやった。〝いいか、おまえにとって最悪のことをしてやる。おれ自身はどうなってもかまわん。おまえを船に引きずり戻してやる〟と言った。やれと言われれば、兵士なんかいなくたって、おれがあいつの髪を引っ張って泳ぎ、船まで連れ戻してやったさ。

もちろん、あいつは最後までいい目に遭った。なんせ人物がご立派だったから。脱走したのも、おれに殺されると思って半狂乱になったせいだってことで、刑も軽かった。おれのほうは枷をはめられ、また裁判にかけられ、終身刑の島流しよ。まあ、終身にはならなかったがな、ピップと友だち。ここにいるわけだから」

また先ほどと同じようにハンカチで顔や手をふき、やおらポケットからもつれた煙草《たばこ》の葉を取り出して、パイプをボタンの穴から引き抜き、ゆっくりと葉を詰め、吸いはじめた。

「彼は死んだのですか？」沈黙のあとで、私は尋ねた。

「誰が死んだって？」

「コンピーソンです」

「もし生きてたら、あいつはおれが死にゃいいと思ってるだろうよ。まちがいない」
彼は獰猛《どうもう》な顔つきで言った。「その後のあいつについては何も聞いてない」
ハーバートが本の表紙裏に鉛筆で何か書いていた。彼は、プロヴィスが立って暖炉の火を見ながらパイプを吸っているときに、その本をそっと私のほうに押し出した。そこに書いてあったのは――

〝ミス・ハヴィシャムの弟の名はアーサー。コンピーソンは、ミス・ハヴィシャムの恋人と称していた男。〟

私は本を閉じ、ハーバートに小さくうなずいて、本を脇《わき》にどけた。私たちはどちらも何も言わず、炉端でパイプをくゆらせているプロヴィスを見た。

43

プロヴィスから尻込《しりご》みしたくなる私の気持ちに、どのくらいエステラがかかわっていたのか、いまさら考える必要があるだろうか。馬車駅でエステラを迎えるまえに監獄の汚れた染みのような記憶を消そうとしたかつての心境と、誇り高く美しいエステラと、舞い戻ってきて私がかくまっている流罪人とのあいだに横たわる深淵《しんえん》について考えているいまの心境を、どうして比べなければならないのか。そんな寄り道をしたところで、人生の道行きは楽にはならないし、目的地もよくはならない。彼も救われず、私の罪も軽くならない。

　プロヴィスの話を聞いて、私の心には新たな恐怖が芽生えた。というより、彼の話が、すでに存在した恐怖に形と目的を与えたのだ。もしコンピーソンが生きていて、プロヴィスが帰国していることを知ったら、結果は眼に見えている。コンピーソンが彼を死ぬほど怖れていることは、本人たちと同じくらい私にもわかっていた。コンピーソンが説明されたとおりの男なら、密告という安全な手段によって怖ろしい敵から永遠に解放されることをためらうとは、とても思えなかった。

　エステラについては、プロヴィスにはひと言も話さなかったし、これからもずっと話すまいと決意した。が、ハーバートには、外国に出るまえにエステラとミス・ハヴィシャムに会っておかなければならないと告げた。プロヴィスが例の話をしたあと、私とハーバートがふたりきりになった夜のことだ。私は翌日リッチモンドに行くことにして、そのとおり出発した。

ブランドリー夫人の家に着くと、エステラのメイドが呼ばれ、エステラは田舎に出かけて留守だと言った。どこの田舎かと訊《き》くと、いつものようにサティス・ハウスだという。いつものようにではない、と私は指摘した。いつもはかならずぼくといっしょだったのだから。彼女はいつ帰ってくる？　訊いてもメイドの答えはどうもあいまいで、私はますます困惑した。ここに帰ってくるのは少しのあいだだけ、という返事だったのだ。まったく理解できなかったが、理解できないように答えていることだけはわかった。私はすっかり気落ちして家に帰った。

　プロヴィスが下宿に引きあげた別の夜（私はつねに彼を下宿まで送り、まわりを警戒していた）、またハーバートと相談して、私がハヴィシャム邸を訪ねて帰ってくるまで出国のことは伏せておこうという結論を出した。その間、旅立つ口実をおのおの考えておく。たとえば、プロヴィスが誰かに監視されている気配があることにするとか、外国に行ったことのない私が観光旅行に出かけたくなったとか。私のほうから提案すれば、なんであれプロヴィスが同意することはわかっていた。私とハーバートは、とにかく彼にとって危険ないまの状態が長く続くのは論外だということで意見が一致した。

翌日、私はプロヴィスに、卑劣にも、ジョーと会う約束があるという作り話をした。ジョーとジョーの名前に関しては、ほぼどんな卑劣なことでもできるようになっていた。私が不在のあいだ、プロヴィスは注意の上にも注意を重ねなければならず、私の代わりにハーバートが面倒を見ることになった。留守にするのはひと晩だけで、戻ってきたら、私をさらに立派な紳士にしたいと焦《あせ》る彼の気持ちもすぐになだめられるはずだった。そこでふと、そのための買い物をするといった口実で海を渡るのがいちばん説得力があるのではなかろうかと思った。のちにハーバートもそう考えていたことがわかる。

こうしてハヴィシャム邸に出かける準備を整えてから、私は早朝の馬車でまだ暗いうちに出発した。太陽が雲の端切《はぎ》れと霧のぼろを物乞いのようにまとって、ためらいがちに、哀れっぽく、震えながら這《は》いのぼるころには、馬車は開けた田舎道を走っていた。霧雨のなか〈青猪《あおいのしし》〉亭に着くと、爪楊枝《つまようじ》を手に馬車を見に出てきたのは、なんとベントリー・ドラムルだった！

私たちは互いに見て見ぬふりをした。どちらもぎこちない所作だったが、ふたりともコーヒールームに入ったので、なおさらぎこちなくなった。ドラムルは朝食を終えたばかりで、私は朝食を注文したところだった。私にとって、この町でドラムルを見るのは、いる理由がよくわかるだけに非常な苦痛だった。

テーブルについて、汚れた古い新聞を読むまねをした。地元のニュースを読もうにも、コーヒー、ピクルス、魚のソース、グレイビー、溶かしバター、ワインといった関係ないものが紙面じゅうに散らばり、変種のはしかに罹《かか》ったようなありさまで、ろくに文字は読めなかった。ドラムルは暖炉脇に立っていた。彼が火のまえを独占しているのが耐えがたくなってきたので、私も立って火に当たることにした。暖炉に近づき、火勢を強めるためにドラムルの脚のうしろに手をまわして火かき棒を取らなければならなかったが、それでも相手に気づかないふりを続けた。

「わざと知らんぷりかよ」ドラムル氏は言った。

「おや！」私は火かき棒を持って言った。「なんと、きみか。調子はどうだい？　火をひとり占めするのはどこのどいつだろうと思ってたところだ」

そう言って私は思いきり火をかき立てると、肩を怒らせ、暖炉に背を向けて、ドラムル氏と並んで立った。

「いま来たところか？」ドラムル氏は肩で私を少し押して言った。

「ああ」私は自分の肩で彼を押し返した。

「ひどいところだな。おまえはこのへんの出なんだろう？」

「そう」私は認めた。「きみの出身地のシュロップシャー〔訳注　前述にはサマセットシャーとある。作者の勘ちがい〕とよく似ていると聞いたけど」

「似てるもんか」

ドラムル氏はそこで自分のブーツを見た。私は私のブーツを見た。ドラムル氏が私のブーツを見て、私が彼のブーツを見た。

「ここに来て長くたつのか？」私は火のまえを一センチも譲らない決意で訊いた。

「嫌になるくらい長いよ」ドラムルはあくびのまねをして答えたが、彼の決意も私と同じくらい固かった。

「これからも長くいるのか？」

「なんとも言えない。おまえは？」

「なんとも言えない」

ドラムル氏の肩があと髪の毛一本分でもこちらの空間を侵したら、彼を窓から放り投げていただろうと、私は血のうずきから感じた。同様に、私の肩が似たようなことをしたら、ドラムル氏は私を最寄りのボックス席に放り投げていただろう。彼は小さく口笛を吹いた。私も口笛を吹いた。

「このへんは広い沼地なんだろう？」ドラムルは言った。

「ああ。だから？」私は言った。

　ドラムル氏は私を見、私のブーツを見て、「ほう！」と言い、笑い声を立てた。

「何がおもしろい、ミスター・ドラムル？」

「いや、別に。これから馬で遠出するつもりだ。沼地を探検するのもおもしろかろうと思ってね。聞いた話じゃ、辺鄙《へんぴ》な村があるそうじゃないか。へんちくりんな小さいパブとか――鍛冶屋とか――そういうのが。おい、給仕！」

「はい、なんでございますか」

「おれの馬は用意できたか？」

「玄関のほうにまわしてございます」

「いいか、ご婦人は今日は馬に乗らない。天気がよくないからな」

「かしこまりました」

「それと、夕食は必要ない。ご婦人のところで食べてくるから」

「承知いたしました」

　そしてドラムルは、大きな顎の顔に不遜《ふそん》な勝利の笑みを浮かべ、ちらっとこちらを見た。鈍重ながらその態度は私の心を切り裂き、私は憤慨のあまり、抱え上げて火あぶりにしてやりたくなった（昔話で盗賊が老婆《ろうば》にそうしたと言われるように）。

ふたりにとって、ひとつはっきりしていることがあった——なんらかの救いが現れるまで火のまえは決して譲れないということだ。ともに両手を背中にまわし、胸を張って立ち、肩と肩、足と足で押し合って寸分も引き下がらなかった。玄関の向こうの霧雨のなかに馬が見え、私の朝食がテーブルに出され、ドラムルの朝食が下げられ、給仕が私にどうぞと案内し、私はうなずいたが、われわれはまだ同じ場所に立っていた。

「あれから〈森〉には行ったか？」ドラムルが訊いた。

「いや」私は答えた。「このまえ行ったとき、ツグミ連中はもうたくさんだと思ったから」

「おれたちの意見がぶつかったときのことか？」

「そうだ」私はつっけんどんに答えた。

「おいおい！　おまえはあっさり赦《ゆる》されたじゃないか」ドラムルは鼻で嗤《わら》った。「あんな癇癪を起こすべきじゃなかった」

「ミスター・ドラムル、きみにはその点について助言する資格はない。ぼくは癇癪を起こしても（あのとき起こしたつもりはないが）、グラスを投げたりしないから」

「おれは投げるね」

　私はますます凶暴な気分をくすぶらせながら、一、二度、横目で相手を見て言った。

「ミスター・ドラムル、こんな会話はしたくなかったし、して愉《たの》しいとも思わないんだが」

「だろうとも」ドラムルは肩越しに見下して言った。「どうでもいいことだ」

「だったら、金輪際話はしないということでどうだろう」

「完全に同意する。むしろおれのほうから提案すべきだった。というか、提案せずにさっさと実行すればよかった。けど、癇癪は起こすなよ。それはもう充分やっただろう」

「どういう意味だ？」

「給仕！」ドラムルは答える代わりに叫んだ。

　給仕が現れた。

「いいか、わかってるな、若いご婦人は今日は馬に乗らない。それから夕食はその若いご婦人のところでとる」

「かしこまりました」

　給仕が急速に冷めつつある私のティーポットに手を当て、哀願するようにこちらを見て出ていったあと、ドラムルは私のすぐ横にある肩を動かさないように注意しながら、ポケットから葉巻を取り出し、端を嚙《か》み切った。しかし、動く素振りはまったく見せなかった。こちらは息がつまり、腸《はらわた》が煮えくり返った。ただ、エステラの名前を出さずにはそこからひと言も先に進めない気がし、ドラムルが彼女の名前を口にするのは耐えられなかったので、ほかに誰もいないかのように向かいの壁を冷たく見すえ、無理して押し黙っていた。羽振りのよさそうな三人の農夫が闖入《ちんにゅう》してこなかったら、いつまでふたりでこの馬鹿《ばか》げた体勢をとっていたかわからない。おそらく給仕の差し金だろう、農夫たちは外套《がいとう》のボタンをはずし、手をこすりながらコーヒールームに入ってきて、暖炉のまえに詰めかけたので、私たちも場所を譲るしかなかった。

ドラムルが馬のたてがみをつかんで、ぎこちなく乱暴に乗り、斜めに行ったりうしろに行ったりしながら離れていくのが、窓越しに見えた。かと思うと引き返してきて、口にくわえて忘れていた葉巻の火を持ってこさせた。くすんだ茶色の服を着た男が、中庭か通りか、とにかくどこかから火を持って現れ、ドラムルは鞍《くら》の上で屈《かが》んで葉巻に火をもらい、コーヒールームの窓のほうに顎を振って笑った。男はこちらに背を向けていたが、その猫背とぼさぼさの髪はどことなくオーリックを思わせた。

そのときの私はあまりにも不機嫌で、男がオーリックであろうがなかろうが、どうでもよかった。結局朝食も手につかず、顔と手から悪天の旅の汚れを洗い落とすと、忘れえない昔の屋敷へと出発した――最初から足を踏み入れることも、見ることもなかったらどれだけよかったか知れない、あの屋敷へ。

44

ミス・ハヴィシャムとエステラは、化粧台があって壁の燭台《しょくだい》で蠟燭《ろうそく》が燃えている部屋にいた。ミス・ハヴィシャムは暖炉のそばの長椅子《ながいす》に坐《すわ》り、足元のクッションの上で編み物をしているエステラを眺めていた。私が部屋に入ると、ふたりは眼を上げ、私のなかに生じた変化をともに見て取った。それがわかったのは、ふたりが眼を見交わしたからだった。

「どうした風の吹きまわしでやってきたの、ピップ？」ミス・ハヴィシャムが言った。しっかり私を見ているが、混乱していることがうかがえた。エステラは一瞬編み針を止めてこちらを見たものの、また手を動かしはじめた。その指の動きは、あたかも手話で文字を綴《つづ》るかのごとく、私が恩人の正体を知ったことはわかっているとはっきり伝えているようだった。

「ミス・ハヴィシャム」私は言った。「昨日、エステラに話があってリッチモンドに行ったところ、どうした風の吹きまわしか彼女がこちらに来ているということでしたので、あとを追ってきたのです」

　ミス・ハヴィシャムが、もう三度目か四度目に坐れと合図したので、私は化粧台の横の椅子に腰かけた。彼女自身がよく使っていた椅子だ。足元やまわりに散らばる残《ざん》骸《がい》は、その日の私にはぴったりに思えた。

「エステラに言わなければならなかったことを、あなたのまえで言います、ミス・ハヴィシャム――まもなく。聞いても驚かないでしょうし、不愉快にもなられないと思います。ぼくはいま、あなたがどれほど願ってもこれを超えられないくらい、不幸です」

　ミス・ハヴィシャムはじっと私を見つづけていた。編み物をするエステラの指の動きで、彼女が私のことばに注意を払っていることはわかったが、眼は上がらなかった。

「ぼくの支援者が誰なのかわかりました。喜ばしい発見ではありませんでした。これでぼくの評判や地位、財産、ほかの何かに好ましい影響が現れることもないでしょう。わけあって、これ以上お話しするわけにはいきません。ぼくの秘密ではなく、別の人の秘密にかかわるので」

そこでことばを切り、エステラを見て、先をどう続けようか考えながら黙っていると、ミス・ハヴィシャムは私の言ったことをくり返した。「あなたの秘密ではなく、別の人の秘密にかかわる。それで?」

「ミス・ハヴィシャム、ここに初めて呼んでくださったとき――ぼくがずっと離れなければよかったと後悔しているあの村にまだいたとき――ぼくはここに来た少年ならきっと誰もがそうしたように、一種の使用人として、あなたの要求や気まぐれに応《こた》え、報酬を得ていましたね?」

「ええ、ピップ」ミス・ハヴィシャムはくり返しうなずきながら言った。「そうよ」

「そして、ミスター・ジャガーズは――」

「ミスター・ジャガーズは」ミス・ハヴィシャムは険しい口調で割りこんだ。「それにはなんの関係もないし、何も知りません。彼がわたしの弁護士で、あなたの恩人の弁護士でもあるのは、たんなる偶然です。彼には依頼人が大勢いるから、そういうことは簡単に生じます。とにかく偶然そうなったのであって、誰かが意図的にそうしたわけではありません」

彼女のやつれた顔を見れば、ここまでに隠しごともごまかしもないことは明らかだった。

「でも、ぼくが思いちがいをして、長くそのままだったときに、あなたは少なくとも正そうとしなかった」

「ええ」彼女はまたくり返しうなずいて応えた。「放っておきました」

「それは親切だったでしょうか？」

「なぜ？」ミス・ハヴィシャムは杖《つえ》を床に打ちつけて叫んだ。その突然の怒りにエステラが驚いて顔を上げた。「なぜこのわたしが人に親切にしなければならないの！」

私は図らずも情けない泣き言をこぼしてしまったと思ったので、感情を爆発させたあと考えに沈んでいるミス・ハヴィシャムに、そう言った。

「ええ、ええ、そうよね」彼女は言った。「それで？」

「昔ここで働いたことについては、徒弟にしてもらうことで過分な報酬をいただきました」私は彼女をなだめるために言った。「質問したのは、ぼく自身がたんに知りたかったからです。次の質問には、別の（願わくはもう少し私心のない）目的があります。ぼくの勘ちがいを放置することによって、ミス・ハヴィシャム、あなたは自分勝手な親戚《しんせき》を懲《こ》らしめていた——あるいは、彼らの弱みにつけこんでいた——失礼な言い方ですみません、お好きなことばを当てはめてください——そういうことですね？」

「そうよ。彼らがそれを望んだのだから！　あなただって同じ。こういう過去を持つわたしが、どうしてわざわざあなたたちに、そうしないでと懇願しなければならないの？　あなたたちは勝手に自分を罠《わな》にかけた。わたしがそうしたわけじゃない」

　これもまたいきなりの感情の激発だった。私は彼女が落ち着くのを待って、話を続けた。

「ぼくはたまたま、あなたの親戚の一家族のところにやられて、ロンドンに行ってからずっとお世話になっています。彼らもぼくと同じように素直に勘ちがいしていました。ミスター・マシュー・ポケットと息子のハーバートは、寛大で、正直で、まわりにやさしく、悪い企みや卑劣な考えを抱くことができない人たちです。もしあなたがちがったふうに思っておられるのなら、それは大きな誤解です。あなたが認めるかどうか、信じる気になるかどうかはわかりませんが、このことを言っておかなければ、ぼく自身が卑《いや》しい嘘つきになってしまう」

「彼らはあなたの友だちなのね」ミス・ハヴィシャムは言った。

「友だちになってくれたのです。ぼくが彼らを差し置いて遺産を相続すると思いこんでいたとき、そしてセイラ・ポケットやミス・ジョージアナ、カミラ夫人が、たぶんぼくの友だちではなかったときに」

喜ばしいことに、親戚の残りの人たちと比較したことで、ふたりに対するミス・ハヴィシャムの心証がよくなったようだった。彼女はしばらく私に鋭い視線を送ったあと、静かに言った。

「あのふたりに何をしてほしいの？」

「ほかの親戚といっしょにしないでほしい。それだけです。同じ血を引いているかもしれませんが、気質はぜんぜんちがうので」

ミス・ハヴィシャムは相変わらず私を鋭い眼で見ながら、くり返した。

「あのふたりに何をしてほしいの？」

「あなたにしていただきたいことを隠しておけるほど、ぼくはずる賢くありません――たとえ隠したいと思ってもです」私は顔が少し赤らむのを感じながら答えた。

「ミス・ハヴィシャム、もしぼくの友人のハーバートを資金面で生涯助けてやりたいとお考えでしたら、その方法を教えて差し上げます。ただ、これに関しては事情があって、本人に知られないようにやらなければいけないのですが」

「どうして本人に知られてはいけないの？」ミス・ハヴィシャムは杖の持ち手に両手をのせ、真剣さを増した表情でこちらを見て訊いた。

「この援助は二年以上前にぼくが彼に黙って始めたので、これからも知られたくないのです。なぜぼくが最後まで援助できなくなったのか、それは説明できません。ぼく自身ではなく、別の人の秘密にかかわることだからです」

ミス・ハヴィシャムは少しずつ私から視線をそらして、暖炉の火を見た。沈黙と、ゆっくり溶けていく蠟燭の光のなかで、長い時間に思われたあいだ、そうして火を見ていたあと、赤く燃える石炭が崩れた音ではっとわれに返り、またこちらを最初はぼんやりと、やがて注意を集中させて見た。その間、エステラはずっと編み物を続けていた。ミス・ハヴィシャムは、私に完全に焦点を合わせると、会話に中断などなかったかのようにまた話しはじめた。

「ほかには？」

「エステラ」私は声の震えを抑えながら、彼女のほうを向いて言った。「ぼくがあなたを愛しているのは知っているでしょう。もう長いこと、心から愛している」

エステラは話しかけられて私の顔を見上げ、編み物の指はせっせと動かしながら、無表情でこちらを見ていた。ミス・ハヴィシャムは私からエステラ、エステラから私へと視線を移した。

「もっと早いうちに言うべきでした。でも、ぼくは長いあいだ思いちがいをしていた。そのせいで、ミス・ハヴィシャムがぼくとあなたを結びつけようとしていると勝手に期待していたのです。あなたにいわば行動の自由がなさそうなあいだは、この思いを告白しないつもりだったけれど、こうなったいまは言わずにはいられません」

　無表情な顔のまま指を動かしながら、エステラは首を振った。

「そう、わかっている」その所作に応えて私は言った。「あなたをぼくのものと呼ぶことなどできないのは。エステラ、ぼくは自分がもうすぐどうなるのか、どのくらい貧乏になるのか、どこへ行くのかもわからない。でも、ぼくはあなたを愛しています。この屋敷で最初に見たときから、ずっと愛している」

　それでも完璧《かんぺき》な無表情で、指だけを動かして、エステラはまた首を振った。

「ミス・ハヴィシャムが哀れな子供の感化されやすい心につけ入り、これだけ長い年月、むなしい期待と無駄な追跡をさせて、ぼくを苦しめたのは、もしご自身のしたことの重大さを考えていたのなら、途方もなく残酷なことです。でも、おそらく考えていなかった。みずからの試練に耐えるのに精いっぱいで、ぼくの試練は忘れていたのだと思います、エステラ」

　ミス・ハヴィシャムが胸に手を当てるのが見えた。私とエステラを交互に見ながら、その手を動かさなかった。

「どうもわたしには理解できない感情とか、空想が――なんと呼べばいいのかもわからないけれど――あるようね」エステラが落ち着き払った口調で言った。「わたしを愛しているとあなたが言うとき、ことばとしては理解できるけれど、それ以上のことはわからない。わたしの胸には響かないし、心のなかの何かに触れることもない。あなたが何を言おうとどうでもいいの。これまでずっと、そのことを警告してきたつもりでした。ちがう？」

　私はみじめな気持ちで、「ちがわない」と答えた。

「そうよね。でも、あなたは聞こうとしなかった。わたしが本気だとは思わなかったから。でしょう？」

「本気ではないと思ったし、そう願ってもいた。あなたはとても若くて、苦労知らずで、美しかったから、エステラ！　そんなのは自然に反しているでしょう」

「わたしにとっては自然なの」彼女は言い返し、語気を強めてつけ加えた。「それはわたしのなかに形作られた本性なの。相手がほかならぬあなただから、ここまで言うのよ。これ以上わたしにできることはありません」

「ベントリー・ドラムルが町にいて、あなたをつけまわしているのは事実ですか」

「事実よ」彼女はその名に心の底からの軽蔑《けいべつ》と無関心を示して答えた。

「あなたがあの男を焚《た》きつけて馬で遠出し、今日いっしょに食事をすることも？」

エステラは、私がそれを知っていたことに虚を衝《つ》かれたようだったが、また「事実よ」と答えた。

「あなたが彼を愛せるはずがない、エステラ！」

エステラはそこで初めて指を止め、怒りもあらわに言い返した。「いま言ったでしょう？　なのにまだわたしが本気じゃないと思っているの？」

「彼とは結婚しないでしょう、エステラ？」

エステラはミス・ハヴィシャムのほうを見て、編み物を手にしたまましばらく考えていたが、ようやく言った。「もう本当のことを話してもいいわね。わたしはあの人と結婚します」

私は両手に顔を埋めたが、彼女にそう言われたときの苦痛の大きさを考えると、思ったほど取り乱さなかった。顔を上げると、ミス・ハヴィシャムがぞっとする表情を浮かべていた。その表情は、胸を焼く焦燥と悲嘆のさなかにあっても、私の印象に強く残った。

「エステラ、ぼくの最愛の人エステラ、ミス・ハヴィシャムの指示にしたがってこの致命的な一歩を踏み出すのは、どうかやめてください。ぼくのことはもういい。あなたが気にしていないのはよくわかっている。でも、結婚するなら、どうかドラムルより価値のある人を選んでほしい。ミス・ハヴィシャムがあなたを彼に与えようというのは、あなたを崇拝する大勢のずっとましな男たちと、あなたを心から愛する少数の男たちを、これ以上ないほど見下し、傷つけるためです。その少数のなかに、ぼくほど長くなくても、同じくらい熱烈にあなたを愛している男がいるかもしれない。その男を選んでください。それならぼくもまだ耐えられる、あなたのために！」

　エステラは私の熱心さに驚いていた。私のことばが心に届きさえすれば、同情してくれそうにも見えた。

「わたしはあの人と結婚します」彼女は少しやさしい声でくり返した。「いま準備が進んでいて、もうすぐ正式に届け出ます。どうしてわたしのお養母《かあ》様を悪《あ》しざまに言うの？　わたしが決めたことよ」

「あなたが決めたこと、エステラ？　野蛮人に身を投げ出すことが？」

「だったら誰に投げ出せばいいの？」彼女は微笑《ほほえ》んだ。「わたしが何も捧《ささ》げないことをいち早く感じる人（そんな人がいればだけど）？　とにかく、もう決まったことなの。わたしはうまくやっていくし、夫もそうよ。あなたの言う致命的な一歩だけど、ミス・ハヴィシャムはむしろ、まだ結婚は待ちなさいとおっしゃってるの。でも、わたしはいままでの生活に飽きてしまった。愉しいことなんてほとんどないから。人生を変えたいの。だからもう何も言わないで。わたしたちは永遠にわかり合えない」

「あんな卑劣な野蛮人！　愚かで無礼な男なのに！」私は絶望して訴えた。

「わたしがあの人にとって祝福になることはないから、心配しないで」エステラは言った。「そんなものにはならないわ。さあ、わたしの手を取って。これでお別れしましょう、夢見がちな坊や――それとも、大人かしら？」

「ああ、エステラ！」私は言った。泣くまいとしても、悔し涙が彼女の手にはらはらと落ちた。「たとえぼくがイギリスにとどまって、世間に恥じることなく生きられたとしても、あなたがドラムルの妻になっているところなんてとても見られない！」

「ばかばかしい。そんなこと、すぐに忘れてしまうわ」

「決して忘れない、エステラ！」

「一週間もたてば、頭のなかからわたしがいなくなる」

「いなくなるだって！　あなたはぼくという存在の一部、ぼく自身の一部なんです。何かを読めば一行ごとにあなたが現れる。がさつで卑しい少年として初めてこの屋敷に来た日から、哀れな心をあなたに傷つけられたあの日から、ずっとそうだった。あれ以来、ぼくが見たあらゆる景色のなかに、あなたはいた――川にも、船の帆にも、沼地、雲、光、闇《やみ》、風、森、海、街のなかにも。ぼくの心に浮かんだあらゆる美しい空想が現実の姿を得たのが、あなたでした。ぼくにとっては、ロンドンでもっとも堅《けん》牢《ろう》な建物の石より、あなたの存在と影響力のほうがずっと実体があって、動かしがたい。それはいまも、これからも、あらゆるところにある。ぼくの人生の最後の瞬間まで、エステラ、あなたは嫌でもぼくの人格の一部でありつづける。ぼくのなかのささやかな善の一部であり、悪の一部なのです。けれど、いまこうして別れるときには、あなたを善のみと結びつけます。そして誠意をこめて、その結びつきをいつまでも大切にします。いま胸が張り裂けるほどの痛みを感じているにしても、あなたがつらい思い出より、いい思い出をはるかにたくさん残してくれたのはまちがいないのだから。ああ、あなたに神様の祝福とお赦しがありますように！」

不幸がきわまって譫妄《せんもう》状態だったのだろうが、どうしてこんなことを切れ切れに口走ったのかはわからない。興奮したことばが内出血のように体のなかにたまり、ほとばしり出たのだ。私は彼女の手を離すのが切なく、しばらく唇に当てたあとで、別れを告げた。エステラはたんに信じられないというような驚きの表情でこちらを見ていたが、幽霊めいた姿のミス・ハヴィシャムが相変わらず胸を手で押さえ、憐情《れんじょう》と悔恨をたたえた不気味な視線に全存在を集中させていたのが、その後もずっと思い出された――そしてまもなく、もっと強烈な理由から思い出されることになる。

すべて終わった。すべてが消えた！　あまりにも多くのことが終わり、消えたので、門から外に出ると、屋敷に入ったときより陽の光が暗くなったように思われた。私はしばらく小径《こみち》や脇道に身を隠したあと、ロンドン行きの街道に出て歩きはじめた。そのころには、宿に戻ってドラムルと会うわけにはいかないし、馬車に乗って誰かに話しかけられるのもたまらない、もはや自分をへとへとにくたびれさせるにかぎる、と考えられるほどにはわれに返っていた。

　ロンドン橋を渡ったのは真夜中すぎだった。当時、テムズ河畔のミドルセックス側を西に向かう入り組んだ狭い道を通って、テンプルに至るいちばん便利なルートは、川沿いにホワイトフライアーズを抜けることだった。家に戻るのは翌日の予定だったが、鍵《かぎ》は持っていたので、ハーバートがすでに寝ていたとしても、起こさずに寝室に入ることができる。

　テンプルの門が閉まったあとでホワイトフライアーズ側から入ることはめったになく、おまけに泥だらけで疲れきっていたので、夜の門番が少しだけ門を開けて私を通しながらまじまじと見つめても、失礼だとは思わなかった。私は名を告げて、思い出してもらった。

「ああ、あなただとは思いましたが、自信がなかったもので。あなた宛《あて》に手紙が来てますよ。届けた人は、ここのランタンで読んでもらいたいってことでした」

その要望に驚きながら、私は手紙を受け取った。フィリップ・ピップ様宛で、宛名の上に**〝この場で読んでください〟**と書いてある。門番がランタンをかざす下で開けてみると、ウェミックの文字でこうあった——

〝家に帰ってはいけない〟

45

この警告を読むが早いか、私は門から出てフリート・ストリートへと急ぎ、深夜営業の辻《つじ》馬車をつかまえて、コヴェント・ガーデンの〈ハマムズ〉まで行った。当時は、そこに行けば夜のどんな時間でも寝床があったのだ。客室係の男が、ようこそとばかりにくぐり戸を開けて私を迎え入れ、棚で順番を待っていた蠟燭に火をつけ、リストで順番を待っていた寝室にまっすぐ案内してくれた。一階の裏手にある地下墓所のような部屋だった。馬鹿でかい怪物のような四柱式のベッドが部屋全体にまたがって鎮座し、その専制君主めいた足の一本を暖炉に突っこみ、もう一本を入口に突き出して、王権神授説でも振りかざすように、みじめで小さな洗面台を隅に押しやっていた。

終夜灯が欲しいと伝えると、客室係は下がるまえに、高潔な立憲主義の時代の古きよき灯心草蠟燭を持ってきた。触れたとたんに背骨が折れそうな、杖にすがる幽霊を思わせるその蠟燭は、何も照らすことができず、高い塔のようなブリキの容器の底にぽつんと閉じこめられた。容器にたくさんあいた丸い穴からもれる光で、まわりの壁にカッと見開いた眼のような模様がびっしりと描かれた。私はベッドに入り、疲れ果て、足の痛みとともにみじめに横たわったが、壁の馬鹿げたアルゴス〔訳注　ギリシャ神話に出てくる、百の眼を持つ巨人〕と同じく、ちっとも眼を閉じられないのがわかった。そうして、死んだような夜の闇のなかで、われわれは互いに睨《にら》み合っていた。

なんと悲しい夜！　なんと不安で憂鬱《ゆううつ》で長い夜！　部屋には冷たい煤《すす》と熱い埃《ほこり》の嫌なにおいが漂っていた。私は頭上の天蓋《てんがい》の四隅を見ながら、肉屋から来た青蠅《あおばえ》や、市場から来たハサミムシ、田舎から来た地虫がどっさりそこにたかって、ひそかに夏を待っているにちがいないと考えた。そのうちどれかが落ちてくるのではないだろうか――すると、何か軽いものが顔に降りかかった気がして、その不快な考えから、さらに気味の悪いほかのものが背中を這い上がったように感じた。しばらく眠れず横になっていると、静寂のなかにあふれる異様な音の数々が聞こえてきた。戸棚はささやき、暖炉は吐息をもらし、小さな洗面台はカチカチ鳴り、箪笥《たんす》のなかでギターの弦の一本がときどき音楽を奏《かな》でた。ほぼ同時に壁の眼の表情も変わり、睨んでくる丸い眼の一つひとつに〝**家に帰ってはいけない**〟と書かれているのが見えた。

　どんな夜の幻想や夜の音が押し寄せようと、この〝**家に帰ってはいけない**〟だけは消えなかった。それはまるで肉体的な痛みのように、私のあらゆる思考に編みこまれていた。少しまえ、身元不明の紳士が夜〈ハマムズ〉にやってきて、ベッドに入り、自殺して、翌朝血みどろで発見されたという新聞記事を読んだことがあった。彼はまさにこの地下墓所で死んだにちがいないという考えが頭に浮かび、ベッドから出て、室内に血の跡が残っていないことを確かめた。ドアを開け、廊下の先を見ると、遠くの明かりが仲間のように心強かった。あのそばでは部屋係がうたた寝しているはずだ。しかしその間も、なぜ家に帰ってはいけないのか、家で何が起きたのか、いつ帰宅できるのか、プロヴィスは下宿先で安全なのかといった疑問が次々と湧《わ》き、頭のなかにほかのことを考える余地がないように思えた。その日エステラと永遠に別れたことや、別れにまつわるあらゆる状況、彼女のあらゆる表情や口調、編み物をするあの指の動きを思い出しているさなかでさえ、そこらじゅうに〝**家に帰ってはいけない**〟の警告を探し求めていた。体も心も疲労困憊《こんぱい》してついにうとうとしはじめると、その警告が巨大な影のような動詞となって眼前に現れ、活用させずにはいられなかった。命令法現在で——あなたは家に帰ってはならない、彼を家に帰してはならない、私たちは家に帰るまい、あなたがたは家に帰ってはならない、彼らを家に帰してはならない。今度は可能法で——私は家に帰ってはならない、帰ることができない、帰ってはいけないかもしれない、帰れないかもしれない、帰るべきではない。しまいに気が変になりかけて、私は寝返りを打ち、こちらを見つめる壁の丸い眼を見た。

宿には七時に起こしてくれと言ってあった。誰をおいてもウェミックに会わなければならないのは明らかだったからだ。同様に、彼のウォルワース的意見のみ聞くべきことも。あまりにも悲惨な夜をすごした部屋から出られるのはありがたかった。私はふたつめのノックを聞くより先に、落ち着かないベッドから飛び出した。

八時には〝城〟の胸壁が見えてきた。たまたま例の小柄なメイドが、温かいロールパンふたつを運びこむところだった。私はいっしょに裏門を抜け、跳ね上げ橋を渡り、予告なくウェミックのまえに現れた。彼は自分とお年寄りのためにお茶を淹《い》れていた。遠近法の絵のように、開いたドアの向こうにベッドで寝ているお年寄りが見えた。

「おや、ミスター・ピップ！」ウェミックは言った。「戻られたのですね」

「ええ」私は答えた。「ですが、家には帰りませんでした」

「よかった」彼は両手をこすり合わせながら言った。「万一を考えて、テンプルのすべての門に手紙を残しておいたのです。どの門から入りました？」

　私は伝えた。

「今日じゅうにほかの門をまわって、手紙を破棄しておきます」ウェミックは言った。「できるだけ書類の証拠は残さないのが得策ですからね。いつ提出されるかわかったものではないので。ひとつ勝手なお願いですが、うちの年寄りのためにソーセージを焼いていただけませんか？」

　私は喜んで手伝うと言った。

「それなら自分の仕事をしておいで、メアリー・アン」ウェミックは小柄なメイドに言い渡し、彼女がいなくなると、ウインクをしてつけ加えた。「これでふたりきりになれますから、ミスター・ピップ」

　私は彼の友情と注意深さに感謝して、ソーセージを焼きながら、ウェミックはお年寄りのロールパンをちぎってバターを塗りながら、低い声で話しつづけた。

「さて、ミスター・ピップ」彼は言った。「あなたと私はお互い理解し合っていますね。いまはあくまで内々の個人的な立場で会っている。これまでにも内密のやりとりをしてきた。事務所的な意見はまったく別です。いまは事務所の外ということで」

私は心から同意した。緊張のあまり、お年寄りのソーセージを松明《たいまつ》のように燃やしてしまい、火を吹き消さなければならなかった。

「昨日の朝、偶然耳にしたのです」ウェミックは言った。「一度あなたをお連れした、ある場所で――たとえあなたと私の間柄でも、名前を出さずにすむのならそのほうがよろしいので――」

「そのほうがいい」私は言った。「わかります」

「そこでたまたま、昨日の朝ですが、耳にしたのです。植民地の職業と無関係とは言いきれず、動産を持っていないとも言いきれない、ある人物が――それが誰かは知らないのですが――とにかく名前はあげないことにしておきます――」

「あげる必要はありません」

「その人物が、世界のとある場所でちょっとした問題を起こした。そこは多くの人がみずから進んで行くようなところではなく、あながち政府の支出と無関係でもない場所で――」

ウェミックの顔を見つめるうちに、私はお年寄りのソーセージを花火にしてしまい、ふたりの注意を大いにそらすことになったので、謝った。

「――彼はそこから消えて、行方がわからなくなった」ウェミックは言った。「そこからさまざまな憶測が流れ、推理が立てられました。テンプルのガーデン・コートにあるあなたの部屋が監視されているという話も聞きました。監視は今後も続くかもしれない、と」

「誰が監視を？」私は訊いた。

「そこは申し上げないでおきましょう」ウェミックはことばを濁した。「事務所の職務と衝突するかもしれませんので。私もあの場所でほかにもいろいろ奇妙な話を聞いてきましたが、そのうちのひとつです。きちんとした情報を得たわけではなく、小耳に挟んだだけです」

　話しながら、ウェミックは私からトースト用のフォークとソーセージを取り上げ、小さな盆にお年寄りの朝食をきれいに並べた。それを運びこむまえに、お年寄りの部屋に清潔な白い布を持って入り、老紳士の顎《あご》の下に結びつけ、ベッドで彼の体を起こして、ナイトキャップを片方にずらしたので、お年寄りはずいぶんしゃれて見えた。それからウェミックはきわめて慎重に朝食を彼のまえに置き、「よろしいですか、年寄り父さん？」と訊いた。それに陽気な老人は、「上々だよ、ジョン、わがせがれ、上々だとも！」と答えた。私たちのあいだには、お年寄りはあまり人前に出せない状態だから見えないことにしておくという暗黙の了解がある気がしたので、私は完全に見て見ぬふりをした。

「部屋にいるぼくを監視しているという話ですが」戻ってきたウェミックに、私は訊いた。「そう言えば一度、見られていると感じたことがある。それはやはり、あなたが言った人物と関係しているのでしょうか」

ウェミックは真剣な顔つきになった。「私が知るかぎり、断言はできません。つまり、いまここで断言はできないという意味ですが、関係しているか、これから関係する、あるいは関係する怖《おそ》れが大いにある、のどれかでしょう」

リトル・ブリテンへの忠誠心からこれ以上言えないことはわかったし、ここまででも一線を大きく越えて話してくれたことに感謝していたので、さらにウェミックに話を無理強いすることは憚《はばか》られた。しかし私は、暖炉の火をしばらく見て考えたあと、ひとつ質問したいと切り出した。答えるか答えないかはあなたの自由ですし、そこは正しく判断してくださると信じています、と。ウェミックは食事の手を止め、腕を組んで、シャツの袖《そで》をつまむと（彼の考える室内でのくつろぎは、上着なしで坐っていることだった）、私に一度うなずいて、質問をうながした。

「コンピーソンという名の悪人について、何か聞いたことがありますか？」

ウェミックは答える代わりにもう一度うなずいた。

「彼は生きていますか?」

　またうなずく。

「ロンドンにいるのでしょうか」

　さらにうなずいて、ポストの投函口《とうかんぐち》を固く閉じ、最後にもう一度うなずいて、朝食に戻った。

「さて、質問が終わったところで」ウェミックは私に念を押すためにくり返し強調した。「それを聞いて私がどうしたか、説明しましょう。あなたを見つけにガーデン・コートに行ったのです。が、いらっしゃらなかったので、ミスター・ハーバートを探しに〈クラリカー商会〉に行きました」

「見つかりました?」私は心配でたまらなくなって訊《き》いた。

「ええ、いらっしゃったので、名前は出さず、くわしいことにも触れずに、もし誰かが——トムであれ、ジャックであれ、リチャードであれ——ガーデン・コートの部屋かその近所にいるのであれば、あなたがいないあいだに、そのトムなりジャックなりリチャードをよそに移したほうがいいとお伝えしました」

「ハーバートは、どうしようかとすごく迷いませんでしたか?」

「たしかに迷っていました。移すといっても、いまのところは、そのトムかジャックかリチャードをあまり遠くにやらないほうがいいと私が意見したので、なおさらです。ミスター・ピップ、ひとつ教えてあげましょう。こういう状況で大きな街にいるなら、その街にいつづけるのがいちばんです。あわてて外に出ないこと。静かに身をひそめ、人々の警戒がゆるむのを待って、そのあと外に出るのです。外国でもかまいません」

私は貴重な助言に感謝し、結局ハーバートはどうしたのかと尋ねた。

「ミスター・ハーバートは三十分ほど唖然《あぜん》としていましたが、計画を立てました。これは秘密だが、と前置きして、ある若い女性と結婚するつもりだが――あなたもまちがいなくご存じでしょう――その女性に寝たきりのお父さんがいるというのです。かつて船の事務長だった人ですので、川を往《い》き来《き》する船を眺められるように、張り出し窓のところで寝ています。おそらくその若い女性とはお知り合いですね？」

「まだ会ったことはありません」私は言った。

じつは、彼女にはかつて嫌われていた。ハーバートに悪影響を与える金遣いの荒い友人だと思われて、最初にハーバートが私を紹介しようとしたときには、彼女があまりにも気乗り薄だったので、ハーバートもその状況を私に打ち明けざるをえず、クララに紹介するのはもう少し先にしたほうがよさそうだと言っていた。私は、ハーバートの将来をひそかに支援しはじめてからは、それを明るく受け入れることができた。

ハーバートと婚約者も、ふたりで会うときにわざわざ第三者を入れたいとは思わないのが道理だろう。というわけで、クララの私に対する評価は昔より確実に上がっており、けっこうまえからハーバートをつうじて定期的に連絡をとり合ってはいたものの、まだ本人に会ったことはなかったのだ。ただ、ウェミックにそのくわしい経緯は話さないでおいた。

「その張り出し窓の家は、プールより下手の川沿いにあります」ウェミックは言った。「ライムハウスとグリニッジのあいだです。立派な未亡人が管理していて、上の階の家具つきの部屋を貸し出せるそうなのです。ミスター・ハーバートは、そこをトムかジャックかリチャードの仮の宿にしてはどうだろうとおっしゃいました。私はとてもいい考えだと思いました。理由は三つあります。第一に、ふだんあなたが立ち寄らないところで、ごちゃごちゃと入り組んだ大小の道から充分離れている。第二に、あなた自身が近づかなくても、ミスター・ハーバートをつうじて、トムかジャックかリチャードの安全を確認することができる。第三に、やがてここぞという時期が来て、あなたがトムかジャックかリチャードを外国行きの定期船に乗せたくなったら、そこから簡単に乗り場まで行ける」

　私はその考えにすっかり安心して、ウェミックに何度もお礼を言い、どうか先を続けてほしいと頼んだ。

「かしこまりました！　ミスター・ハーバートは本気でこれに取り組みまして、昨晩九時までに、トムかジャックかリチャード——どれでもどうぞ、あなたも私も知りたくないので——をじつに手《て》際《ぎわ》よく新居に移しました。下宿のほうには、彼はドーヴァーに呼ばれて行くことになったと伝えました。実際にドーヴァー街道を行って、脇道《わきみち》にそれたんです。もうひとつ、この手配のすばらしい点は、あなた抜きで実行されたことです。誰かがあなたの動きを気にかけていたとしたら、あなたは何キロも離れたところでまったく別のことをしていた。これで疑いが変な方向に行って、混乱します。同じ理由から、昨晩あなたが街に戻ったとしても、家には帰らないように勧めたのです。それで混乱が増しますからね。いまのあなたには混乱が必要です」

　ウェミックは朝食を終え、時計を見て、上着を着はじめた。

「さて、ミスター・ピップ」とまだ両手が上着の袖のなかにあるうちに言った。「私としては、できるだけのことはしたつもりですが、もし追加で何かできるのなら——ウォルワース的立場から、厳密に私的、個人的に——喜んでお手伝いしましょう。これが例の住所です。今晩、家に帰るまえにそこへ行って、ご自身の眼でトムかジャックかリチャードの無事を確かめても差し支えありません。それもあって、昨晩は家に帰らないでいただいたのです。ただ、家に帰ったあとは、そこへ戻ってはいけません。いえいえ、お気遣いなく、ミスター・ピップ」彼の手が袖から出てきたので、私は握手していた。「最後に、大事なことをお伝えしておきます」ウェミックは両手を私の肩に置き、厳粛なささやき声でつけ加えた。「今晩じゅうに彼の動産を押さえておきなさい。あの男がどうなるかわかったものではない。動産に不測の事態が起きることは避けなければなりません」

　この点に関して、ウェミックに自分の心情を理解してもらうのはとうてい不可能に思われたので、あえて説明しなかった。

「時間です」ウェミックは言った。「私は出かけなければなりません。もし火急の用事がなければ、暗くなるまでここですごされてはいかがでしょう。心配事がたくさんおありのようだ。うちの年寄りと静かで平穏な一日をすごせば、気持ちも楽になると思います。もうすぐ起きてきますんで。それと、少しどうぞ――豚がいたのを憶《おぼ》えておられますか？」

「ええ、もちろん」私は言った。

「あの豚を少しどうぞ。焼いていただいたソーセージは彼です。どこから見ても一級品でした。ぜひ食べてみてください、昔のよしみというだけでも。じゃあ、行ってきますよ、年寄り父さん！」と明るく大声で呼びかけた。

「いいとも、ジョン。いいとも、せがれや！」部屋のなかから老人が声を張り上げた。

私はまもなく、ウェミック家の暖炉のまえで眠りこんだ。ほぼ一日、お年寄りといっしょに火のまえで仲よく寝てすごした。夕食は豚の腰肉と自家栽培の野菜で、眠くてうなずき方が足りなかったと思ったときには、改めて力いっぱいお年寄りにうなずいた。私は日がとっぷり暮れてから、トーストのために火を熾《おこ》しているお年寄りを残して出発した。用意されたティーカップの数と、彼が壁の小さなふたつの扉をちらちら見ている様子から、ミス・スキフィンズが来るのだと察しがついた。

46

八時の鐘が鳴るころ、川岸の船大工や、マスト、オール、滑車装置の製造者たちが作り出す木《こ》っ端《ぱ》やかんな屑《くず》のにおいが漂う地域に入った。不愉快なにおいでもない。ロンドン橋の下流にあるアッパー・プール、ロワー・プールの河岸《かし》は、私の知らない地域だった。川沿いを歩いていったが、めざした場所は思ったところにはなく、容易に見つからなかった。行きたかったのは、チンクシズ・ベイスンの近くにあるミル・ポンド・バンクで、チンクシズ・ベイスンに至るには、オールド・グリーン・コッパー・ロープウォークを通っていくという案内しかなかった。

　私が迷いこんだあたりには、座礁《ざしょう》して乾ドックで修理中の船や、解体中の古い船体、引き潮が残した軟泥《なんでい》やぬかるみやゴミ、延々と続く造船業者と廃船解体業者の作業場、長年使われず地面にやみくもにかじりついている錆《さ》びた錨《いかり》、大量に積み上げられた樽《たる》や材木、オールド・グリーン・コッパー以外の多数のロープウォーク〔訳注　細い通路状の縄製造場〕があったが、そうしたことは重要ではない。何度か目的地の手前までしか行けなかったり、逆に行きすぎてしまったあとで角を曲がると、偶然にもミル・ポンド・バンクにたどり着いた。川から吹く風がくるりと向きを変えるだけの広さがあるので、あたり一帯の状況から考えれば、幾分爽《さわ》やかな感じのする場所だ。木が二、三本生えていて、土台だけ残った風車と、月明かりのもと長く細く続くオールド・グリーン・コッパー・ロープウォークがあった。ロープ作りに使われた木枠が道沿いに並び、古びて歯がほとんどなくなった干し草用の熊手《くまで》のように見えた。

　ミル・ポンド・バンクに立つ何軒かの奇妙な家のなかから、正面が木造で弓形の張り出し窓（ふつうの出窓とはちがう）がついた三階の家を見つけ出すと、ドアの表札に〝ウィンプル夫人〟とあった。探していた名前だったのでノックをすると、人がよくて裕福そうな年配女性が出てきた。が、すぐにハーバートに入れ替わり、彼は黙って私を居間に導き、ドアを閉めた。まったく見慣れない場所と家で、あまりにも見慣れた顔のハーバートがくつろいでいるのは不思議な感覚だった。私はいつの間にか、グラスや陶器が入った部屋の隅の食器棚や、炉棚に置かれた貝殻や、壁に飾られた色刷りの版画を見るような眼で、ハーバートを見ていた。版画の題材は、クック船長の死、船の進水式、そして王室の御者のかつらに革の半ズボン、トップブーツという恰《かっ》好《こう》でウィンザー宮のテラスに立つ、国王ジョージ三世だった。

「すべて順調だ、ヘンデル」ハーバートが言った。「彼も満足してる。きみにすごく会いたがってはいるけどね。ぼくの彼女はいま親父《おやじ》さんの部屋だ。待ってれば、いずれおりてくるから紹介する。そのあと階上に上がろう——あれが親父さんだ」

すでに階上から、ぎょっとするようなうなり声が聞こえるのに気づいていた。おそらく私の顔にそれが表れていたのだろう。

「哀れなろくでなしの年寄りさ」ハーバートは微笑んだ。「直接会ったことはないけどね。ラムのにおいがしないか？　朝から晩まで飲んでるんだ」

「ラムを？」

「そう。痛風のつらさも和らぐだろう。おまけに、食料品を全部自分の部屋に持ちこんで、そこから配給すると言い張るんだ。頭の上の棚に置いてあって、いちいち目方を量る。たぶん部屋は雑貨屋みたいだよ」

ハーバートが言っているあいだに、うなり声はうおーっという叫び声になり、やがて静かになった。

「チーズを切ろうとした結果さ」ハーバートが説明した。「当たりまえだよね。右手はもちろん、体じゅう痛風なのに、ダブル・グロスター・チーズをどうしても切ろうとしたら怪我《けが》をしないわけがない」

またひどい怪我をしたらしく、うおーっというすさまじい叫び声がした。

「プロヴィスが三階の部屋を借りたのは、ミセス・ウィンプルにとって願ってもない幸運だった。当然ながら、あんな声に耐えられる人はふつういないから。ねえ、変な家だろ、ヘンデル？」

たしかに変な家だが、驚くほど手入れが行き届いていて清潔だった。

私がそう言うと、ハーバートは、「ミセス・ウィンプルは主婦の鑑《かがみ》だから」と応じた。「母親みたいな彼女の手助けがなかったら、ぼくのクララはいったいどうなることか。だって実の母親はいないからね、ヘンデル。あの鬱々荒くれ爺《グラファンドグリムじい》さん以外に親戚もいない」

「まさかそれが彼の名前じゃないだろう、ハーバート？」

「ちがう、ちがう。ぼくがそう呼んでるだけさ。本当の名前はミスター・バーリー。それにしても、ぼくの父母は知ってのとおりだから、親戚もおらず、家族のことで自分も悩めないし、他人を悩ますこともできない娘を愛したのは本当に運がよかったよ！」

ハーバートは以前に何度か、ミス・クララ・バーリーとのなれそめを話していたが、ここでまたくり返した。初めて出会ったのは、クララがハマースミスの学校を卒業しようというころだった。彼女は父親の看病のために家に戻らなければならず、ふたりは愛し合っていることを母親代わりのウィンプル夫人に打ち明けた。以来夫人は、変わらぬやさしさと分別でふたりの愛情をきちんと育《はぐく》んでくれた。老バーリーのほうは、痛風とラムと事務長の食料備蓄以外の心理的な問題をなんら理解することができないので、恋愛にまつわることを話してもしかたがないということだった。

私とハーバートが小声で話し、老バーリーの長い叫び声が天井の梁《はり》を震わせているとき、部屋のドアが開いて、ほっそりしたとても美しい女性が入ってきた。黒い眼で、歳《とし》は二十歳かそこら、手に籠《かご》を持っている。ハーバートはその籠をそっと受け取り、顔を赤らめて、「クララだよ」と紹介した。老バーリーという猛々《たけだけ》しい人食い鬼に囚《とら》われて、かしずかされている妖精《ようせい》と言っても通りそうだった。

「ほらね」三人で少し話したあと、ハーバートが同情に満ちたやさしい笑みを浮かべて言った。「かわいそうに、これが毎晩配られるクララの夕食なんだ。パン、チーズ、ラム――ぼくが飲むんだけどね。それからこれはミスター・バーリーの明日の朝食だ。料理して出す。マトンふた切れ、ジャガイモ三個、皮なしの豆、小麦粉少々、バター六十グラム、塩ひとつまみ、それとこれだけの黒胡椒《くろこしょう》。全部シチューにして、熱いのを食べるんだ。痛風によさそうだろう！」

ハーバートが配給品目を数え上げるときのクララのあきらめたような眼差《まなざ》しは、じつに自然で愛らしかった。抱き寄せようとするハーバートの腕に、慎《つつ》ましく身をまかせるさまにも、彼を愛し信頼する無垢《むく》な気持ちが表れていた。チンクシズ・ベイスンとオールド・グリーン・コッパー・ロープウォークからほど近いミル・ポンド・バンクで、梁に響く老バーリーのうなり声とともに暮らす彼女は、はかなげで、なんとしても守ってやらなければならない気がして、私はまだ開けたこともないあの財布の金を遣いきっても、ハーバートと彼女の婚約を破棄させないぞと思った。

喜ばしい気持ちで惚《ほ》れ惚《ぼ》れとクララを見ていたら、うなり声がまたふいに叫び声に変わり、ドスンドスンという怖ろしい音が階上から聞こえた。木の足を持つ巨人が天井を踏み抜いて、私たちに襲いかかってきそうな気配だった。クララはそれを聞くと、「パパが呼んでるから、ダーリン」と言い残して、走り去った。

「まったくけしからん爺さんだ！」ハーバートが言った。「いまは何を要求してるんだと思う、ヘンデル？」

「さあ」私は言った。「飲み物とか？」

「正解！」ハーバートは私が最高難度の謎《なぞ》を解いたかのように叫んだ。「ラムの水割りはもう作って、テーブルの上の小さい桶《おけ》に入れてあるんだ。ちょっと待てば、クララが彼を起こしてそれを飲ませる音が聞こえるよ――ほら！」また叫び声がして、最後のほうは長々と震えた。そして沈黙が流れているあいだにハーバートは、「ほら、いま飲んでる」と言った。うなり声がまた梁に響くと、「いままたベッドに寝かされた！」

すぐにクララは戻ってきた。ハーバートは私を連れて階上の預かり人の部屋へと上がった。バーリー氏の部屋のまえを通ったときには、風が吹き上げ、吹きおろすような調子で、彼が次のようなことを何度も荒々しくつぶやいているのが聞こえた。なお、ここでは祝福のことばに替えるが、実際に彼が使ったことばは逆の意味である。

「おーい！　みんな喜べ、ビル・バーリー爺さんのお出ましだ！　ビル・バーリー爺さんが見られるんだ、喜びやがれ！　本物だぞ、仰向《あおむ》けに寝っ転がってるビル・バーリー爺さんだ！　死んで流される爺さんヒラメみたいに、仰向けに寝っ転がってるぞ。さあ、ビル・バーリー爺さんだ、喜びやがれ！　おーい！　祝福してやるぞ」

ハーバートによると、姿の見えないバーリーは昼も夜もこういう心温まる調子で自分と語り合っているようだった。と同時に、明るいときには、川の景色を眺めるためにベッドにすえつけた望遠鏡に、よく片眼を当てているらしい。

プロヴィスは家の最上階のふた部屋にゆったりと落ち着いていた。風通しがよく爽やかで、バーリー氏の声も一階ほどには聞こえない。びくびくしてもおらず、とくに話すべき心配事もないようだったが、どことなく穏やかになった印象を受けた。どういうふうにと訊かれてもわからない。あとから思い出しても説明できなかったが、まちがいなく穏やかになっていた。

私は一日休んでよく考え、彼にコンピーソンのことは何も言うまいと決意していた。言えばプロヴィスは敵意に燃え、あの男を探し出して、己の身の破滅につながることをやりかねない。そこで私は、暖炉のまえにいた彼のそばにハーバートと坐《すわ》ったとき、まずウェミックの判断と情報源を信頼するかと彼に訊いた。

「ああ、もちろんさ、わが子！」プロヴィスは重々しくうなずいた。「ジャガーズんとこの連中はなんでも知ってるからな」

「じつはウェミックと話したんです。彼の警告と助言をお伝えしようと思って、ここに来ました」

　私は先に述べた点だけを除いて、ウェミックの話を正確に伝えた。ウェミックはニューゲート監獄で（獄吏からか、囚人からか）、プロヴィスが嫌疑をかけられ、私の部屋が監視されていることを耳にした。そこでプロヴィスに、しばらく身を隠して私から離れていることを勧めた。ウェミックは、彼を外国に連れ出すことも話していた。私は、そのときが来たらもちろん自分も同行するか、すぐあとから追うが、ウェミックがいちばん安全と判断する方法にしたがう、と言い添えた。ただ、その後のことには触れなかった。いまや穏やかになり、私のために堂々と危険を冒している彼を見て、自分としてもすっきり心の整理がつかなかったのだ。いずれにせよ、先が見えず厄介な現状で、出費を増やして私の暮らしぶりを変えようというのは、事態を悪化させないまでも、かなり愚かなのではないだろうか、と訊いてみた。

　プロヴィスもそれは認めるしかなかった。というより、この夜は終始ものわかりがよかった。帰国したのは冒険だった、と彼は言った。それはずっとまえからわかっていた。さらに無茶な冒険をするつもりはない。ここまで助けてもらったから、わが身の安全についてはほとんど心配がない、と。

　そのとき、暖炉の火を見つめて考えていたハーバートが、ウェミックの提案を聞いて思いついたことがあるが、一考の価値があるかもしれないと言った。「ぼくたちはふたりとも達者な漕《こ》ぎ手だから、ヘンデル、ほどよい時期に彼をボートに乗せて川を下れるかもしれない。そしたら改めてボートも漕ぎ手も雇う必要がないし、少なくとも疑われる危険はひとつ減る。どんな危険も減らしておくにかぎるからね。季節なんて気にするな。さっそくテンプルの船着場にボートを一艘《そう》置いて、川を上り下りする習慣を作るといいと思わないか？　それが習慣になれば、誰も気づかないし、気にしない。二十回とか五十回やれば、二十一回目や五十一回目は当たりまえになる」

　私はその計画が気に入った。プロヴィスも大喜びで、ぜひ実行しようということになった。プロヴィスは、われわれがロンドン橋の下をくぐってミル・ポンド・バンクのまえを漕いでも見なかったふりをする、ということで意見が一致した。とはいえ、彼がわれわれに気づいて、万事異常がない場合には、東向きの窓のブラインドを下げて知らせることも取り決めた。

　打ち合わせが終わり、すべてが決まった。私は立ち上がって、去り際にハーバートに、われわれはいっしょに帰らないほうがいいから、三十分ずらして来てくれと頼んだ。プロヴィスには、「あなたをここに残していきたくはありませんが、ぼくの近くにいるより安全なのはまちがいありません。さようなら！」と言った。

「わが子よ」彼は私の手を握って言った。「いつまた会えるかわからんが、〝さようなら〟は好きじゃない。〝おやすみ〟にしといてくれ」

「おやすみなさい！　ハーバートがたびたび往き来して連絡役になってくれます。時期が来たらすぐ出発できるように準備しておきますから。おやすみなさい。おやすみ！」

　私たちは、プロヴィスは部屋にとどまるべきだと判断した。そこで彼は部屋のすぐ外の階段の手前に立ち、手すり越しに階段を照らしてくれた。私はうしろを見上げ、彼が初めてやってきた夜を思い出した。あのときには上下の位置が逆だったが、彼との別れでこれほど自分の心が重く不安になろうとは思ってもみなかった。

　老バーリーは、私たちがまた部屋のまえを通ったときにも、うなり、罵《ののし》っていた。先ほどからそれがやんだ様子はなく、これからやみそうにもなかった。階段の下までたどり着くと、私はハーバートにまだプロヴィスという名前を使っているのかと訊いた。ハーバートは、当然使っていない、あの間借り人はミスター・キャンベルだ、と答えた。キャンベル氏について知られていることは、彼（ハーバート）が世話人であり、キャンベル氏の安寧な隠遁《いんとん》生活に強い関心を抱いていることだけだという説明だった。そこで私は、ウィンプル夫人とクララが坐って手仕事をしている居間に入ったときにも、私自身のキャンベル氏に対する関心を口にせず、胸に納めておいた。

美しくやさしい黒い眼の娘と、小さな真実の愛への温かい同情心を忘れていない母親のような女性を残して家を出ると、オールド・グリーン・コッパー・ロープウォークはまるで別の場所のように思われた。老バーリーは丘のごとく年老い、戦場を埋め尽くす騎兵のごとく罵るかもしれないが、チンクシズ・ベイスンにはそれを補って余りある若さと信頼と希望があった。私はそこでエステラのことや、彼女との別れを思い出し、なんとも悲しい気分で家に帰った。

テンプルはいつもどおり静まり返っていた。プロヴィスが最近までいた部屋の窓は暗く静かで、ガーデン・コートをうろつく人の姿もなかった。噴水のまえを二、三度往き来してから、自分の部屋へ続く階段をのぼったが、その間も私ひとりしかいなかった。あとで帰ってきてベッド脇に立ったハーバートも――私はくたびれ、気落ちしてベッドに直行したのだ――同じことを報告した。彼は窓のひとつを開け、月明かりの外を見渡して、テンプルの舗道はこの時刻のあらゆる大聖堂の廊下と同じように厳粛で、人っ子ひとりいないと言った。

翌日、私はボートの手配に取りかかった。それはすぐ手に入り、テンプルの船着場に運ばれて、部屋から一、二分で到達できるところに繋留《けいりゅう》された。その後、練習のために川に漕ぎ出すようになった。ひとりのときもあれば、ハーバートといっしょに漕ぐときもあった。寒い日や雨やみぞれの日にも出かけたが、何度かそうするうちに、誰も気にしなくなった。最初はブラックフライアーズ橋の手前で引き返したが、潮の満ち干の時刻が変わると、ロンドン橋のほうまで漕いだ。当時はまだ古いほうのロンドン橋で、潮の具合によって急流や滝ができるので、ボート乗りには評判が悪かった。しかし、ほかの人がやるのを観察して〝漕ぎ抜ける〟方法を充分学んだあとは、プールに泊まった船のあいだを縫ってみたり、エリスまで行ったりするようになった。初めてミル・ポンド・バンクのまえを通ったときには、ハーバートと漕いでいて、行きにも帰りにも東向きの窓のブラインドがおりるのを見た。ハーバートはだいたい週に三回以上、そこを訪ねていたが、少しでも危なそうな情報を持ち帰ったことは一度もなかった。それでも私は警戒を怠ってはならないことがわかっていたし、監視されているという考えを捨てることもできなかった。一度考えはじめると頭から離れなくなり、監視者でもない人を疑ったことは数知れなかった。

要するに、隠れているあの向こう見ずな男のせいで、常時心配でたまらなかったのだ。ハーバートは、日が暮れて潮が引いているときに部屋の窓辺に立ち、水があらゆるものとともにクララのところに流れていくと考えるのは愉《たの》しいと言うことがあった。しかし私は、水がマグウィッチのところに流れていくのを見るとぞっとした。水面の黒いものがみな、すばやく、静かに、確実に彼を捕まえる追っ手に思えたのだ。

47

なんの変化もなく数週間がすぎた。待っていたウェミックからの連絡もまったくなかった。リトル・ブリテン以外のウェミックを知り、〝城〟で親しくなるという光栄に浴していなければ、彼を疑っていたかもしれない。だが、そういう彼を知っているので、一瞬たりとも疑うことはなかった。

私の暮らし向きは暗転しはじめた。複数の債権者から返済を迫られ、私自身も金（ポケットの現金）不足に気づき、手離しやすい宝石類を現金に換えてやりくりしていた。しかし、考えも計画も定まらない現状で後援者からさらに資金を得るのは非常な詐欺《さぎ》であるという固い決意で、私は例の手つかずの財布をハーバートに託してプロヴィスに返してもらっていた。そうして、彼が正体を現してからはその大盤ぶるまいの恩恵を受けていないというある種の満足を——偽りの満足なのか本当の満足なのかはわからないものの——覚えていた。

時がたつにつれ、エステラはすでに結婚したのだろうという想像が重くのしかかってきた。まちがいないとは思ったが、確証を得るのが怖くて新聞も読まず、ハーバートにも（彼女と最後に会ったときのことは打ち明けていたが）エステラの話はしないでほしいと頼んでいた。引き裂かれて風に飛ばされた希望の最後の小さなぼろ切れを、なぜ後生大事に持っていたのか、私にわかるはずもない！　これを読んでいる皆さんだって、同じような矛盾した行動を一年前、一カ月前、あるいは一週間前になぜとったのか、説明できるだろうか。

不幸な毎日のなかで、山脈にひときわ高くそびえる山のごとく、ひとつの心配がほかの心配を軽く凌《しの》いで私の視界から消えなかった。とはいえ、新しい心配の原因は生じなかった。プロヴィスが見つけられたという新たな恐怖でベッドから跳ね起きたり、夜帰宅するハーバートの足音が、悪い知らせを持ち帰ったことでいつもより速くなっていないだろうかと、びくびくしながら聞き耳を立てたり——ほかにも似たようなことはいくらでもしたが、万事平穏な日々が続いた。私は動くに動けず、不断の緊張と苛立《いらだ》ちを感じながらボートを漕いでまわり、根気の続くかぎり待って、待って、待った。

　川を下ったあと、潮のせいで古いロンドン橋のアーチや水切りのまわりに渦ができ、上流に引き返せなくなることがあった。そういうときには、ボートを税関の近くの波止場に泊めて、あとでテンプルまで運んでもらった。川岸にいる人たちが私とボートを見慣れることにつながるから、別にかまわない。それをきっかけに、これから述べるふたつの出会いが生まれた。

　二月下旬のある午後、黄昏時《たそがれどき》にその波止場に着いた。引き潮に乗ってグリニッジまで漕いでいき、上げ潮とともに戻ってきたのだ。晴れわたった一日だったが、陽が落ちると霧が立ちこめ、帰りは船のあいだを非常に注意深く進まなければならなかった。行きにも帰りにも彼の窓の合図を確認した――異状なし。

　底冷えのする夕暮れで寒くなったので、すぐに食事をとって心地よくなろう、どうせテンプルの部屋に戻っても、ひとり鬱々と何時間もすごすだけだから、食事のあとは観劇でもしようと思い立った。ウォプスル氏が怪しげな勝利を達成した劇場が河岸にあったので（いまはもうない）、行ってみることにした。ウォプスル氏は演劇の復興に成功しておらず、逆に衰退に加担しているのは知っていたが、ビラの不吉な宣伝によると、今回は高貴な生まれの少女と猿にかかわる忠実な黒人の役を演じている。ハーバートも、彼が顔を赤煉瓦《あかれんが》色《いろ》に塗り、鈴がたくさんついた派手な帽子をかぶって、滑稽《こっけい》な略奪者のタタール人になっているのを見たことがあった。

ハーバートと私が〝地理学の焼肉店〟と呼んでいたステーキ屋で食事をした。テーブルクロスの五十センチおきに、黒ビール《ポーター》のジョッキの跡が作る世界地図があり、すべてのナイフにグレイビーソースの海図が描かれていて――現在に至るまで、ロンドン市長殿の管轄《かんかつ》地で地理学的でないステーキ屋はほとんど見当たらない――私はパン屑をまえにうとうとしたり、ガスの火を見つめたり、料理を取り出したオーブンの熱波を浴びたりしながら時をすごした。そうして少しずつ気持ちを奮い立たせ、観劇に乗り出した。

　そこには英国海軍の掌帆長がいた。徳のある立派な人物なのだが、どうもズボンはおかしなところでだぶついていたり、きつかったりした。心が広く勇敢でありながら、背の低い部下たちの帽子を眼が隠れるくらい叩《たた》いてまわり、じつに愛国的でありながら、誰かが税金を払うのは我慢がならない。布に包んで茹《ゆ》でるプディングのように、金の入った袋をポケットに入れていて、それを元手に、四柱式ベッドのカーテンのような服を着た若い娘と結婚し、大宴会を開いた。ポーツマスの全住民（最新の調査によると九人）が浜辺にくり出して、両手をこすり合わせ、ほかのみなの手を握って、「酒を満たせ！　酒を満たせ！」と歌う。ところが、黒い顔の下級水夫がひとりいて、酒も満たさないし、やれと言われたことを何もしない。心も顔と同じくらい黒いと掌帆長に公然と罵られたこの男は、ほかのふたりの水夫に声をかけ、全人類を困らせてやろうとする。その企《たくら》みが見事な効果をあげ（水夫の一族の政治的な影響力が絶大だったので）、世界をもとどおりに修復するのに夜の半分の時間が費やされた。それを単独でなしとげた人物は、白い帽子に黒いゲートル、赤い鼻の実直で小柄な雑貨商だった。焼き網を持って大きな時計のなかに隠れ、聞き耳を立てていて、相手を盗み聞きした話でやっつけることができなければ、ひとり残らずうしろから焼き網で殴り倒すのだ。ここでようやく、ガーター勲章をつけたウォプスル氏が出てくる（それまでは影も形もなかった）。強大な力を持つ海軍本部の全権代表として、その場で水夫全員に監獄行きを命じ、掌帆長には、公務遂行に対するささやかな感謝の印として国旗を持ってきたと言う。掌帆長は初めて女々しいところを見せ、恭《うやうや》しく国旗で涙をぬぐうと、気を取り直してウォプスル氏を閣下と呼び、握手していただいてもよろしいでしょうかと懇願した。ウォプスル氏は優雅な威厳を漂わせて手を与えたが、とたんに埃《ほこり》っぽい舞台の隅に押しやられ、みなは船乗りのダンス《ホーンパイプ》を始めた。ウォプスル氏は、その隅から不満げな眼で観客席を見渡し、私がいるのに気づいた。

次なる演目は、最新のクリスマス・パントマイム〔訳注 クリスマスの時期に演じられる大衆的な劇〕の大喜劇だった。私はその第一場でウォプスル氏と思《おぼ》しき人物を発見し、胸が痛んだ。ごてごてと化粧をした青光りする顔で、髪は真っ赤なカーテンの房飾りのよう、脚には赤い毛織りのタイツをはいて、坑道で稲妻を製造している。巨人のような親方が夕食時に（ガラガラ声で）家に帰ってくると、ひどく臆病《おくびょう》になって縮こまる。かと思うと、今度はもう少しましな役で出てきた。暗愚な農夫が、自分の娘の選んだ結婚相手に大反対し、小麦粉の袋をかぶって二階の窓からその相手の上にわざと飛びおりたので、〝若者の恋愛を守る精霊〟がもったいぶった魔法使いを召喚し、助けてもらおうとする。明らかに命がけの旅のあと、奈落《ならく》から危なっかしくせり上がってくるその魔法使いがウォプスル氏だった。山高帽をかぶり、黒魔術の一巻本を脇に抱えているが、この魔法使いの地上におけるおもな仕事は、観客に呼びかけられ、歌われ、嘲《あざけ》られ、踊られているあいだ、さまざまな色の炎に照らされていることだったから、本人は時間を持て余していた。そのあいだずっと、驚愕《きょうがく》にわれを忘れたように私のほうを見すえていたので、私もどぎまぎした。

鋭さを増すウォプスル氏の凝視には異様な何かがあった。心のなかであれこれ渦巻いて混乱しているようにも見え、私は何がなんだかわからなくなった。彼が巨大な懐中時計入れに乗って昇天したあともずっとそのことについて考えていたが、やはりわからない。一時間後に劇場から出たときにもまだ考えていたが、ドアのそばでウォプスル氏本人が私を待っていた。

「調子はいかがです？」私は彼と握手し、通りをいっしょに歩きだした。「ぼくのほうを見てましたよね」

「見てましたとも、ミスター・ピップ！」彼は言った。「そう、もちろん。ですが、ほかに誰がいました？」

「ほかに？」

「じつに奇妙な話だ」ウォプスル氏はまた上の空のような表情になってきた。「だが、誓ってあの男でした」

　私はぎょっとして、説明してくださいと頼んだ。

「あなたがいらっしゃらなかったら、そもそもあの男に気づいたかどうか」ウォプスル氏は相変わらず上の空で続けた。「自信がない。ですが、きっと気づいたはずです」

　私は思わず、帰宅時によくやるように、あたりを見まわした。彼の謎めいたことばに背筋が寒くなったのだ。

「ああ、もう見えるところにはいませんよ」ウォプスル氏は言った。「出ていきましたから。私が退場するまえに、出ていくのが見えました」

疑り深くなる理由には事欠かなかったので、私はこの気の毒な俳優すら疑った。私を罠《わな》にはめて何かを認めさせようとしているのではないかと思い、並んで歩きながら彼のほうを一瞥《いちべつ》したが、何も言わなかった。

「馬鹿《ばか》げた空想ですが、あの男があなたといっしょに来たのかと思いましたよ、ミスター・ピップ。しかし、幽霊みたいにすぐうしろに坐ってるのに、あなたはなんにも気づいていなかった」

また背筋に寒気が走ったが、私はまだしゃべらないと決めていた。ウォプスル氏の話しぶりが、この情報をプロヴィスと結びつけることをうながしているようにも思えたからだ。もちろん、劇場にいたのがプロヴィスでないことは確かなので、その点については安心していたが。

「どうも怪しいと思っておられますね、ミスター・ピップ。顔にそう書いてある。しかし、どうしてこんなに奇妙なことが！　これから私がする話を聞かれても、とても信じられないと思います。私だって、あなたから聞かされたら信じられないでしょう」

「本当に？」

「ええ、本当に。ミスター・ピップ、だいぶ昔、あなたはまだ小さい子供でしたが、クリスマスの日にガージェリー家に招かれて食事をしていたら、玄関先に兵士が現れて、手錠を直してくれと言ったことがありました。憶えておいでですか？」

「ええ、よく憶えています」

「そして囚人ふたりを追うことになり、私たちも追跡隊に加わって、ガージェリーがあなたを背負い、私が先に立って、あなたがたが懸命にあとからついてきたことも？」

「よく憶えています」彼が思っている以上にはっきりと——最後の部分を除いて。

「追いついてみると、囚人ふたりは堀のなかで格闘していて、ひとりがもうひとりにこっぴどく殴られ、顔を傷つけられたことも？」

「眼に見えるようです」

「兵士たちが松明《たいまつ》を燃やして、ふたりを取り囲み、われわれも暗い沼地をついていって、最後まで見届けた。松明の光が囚人たちの顔を照らしていたのが、とくに忘れられません。全員が暗い夜に包まれていたときに、松明が彼らの顔を照らしていた」

「ええ、何もかも憶えています」

「いいですか、ミスター・ピップ、あのときの囚人のうちのひとりが今晩、あなたのうしろに坐っていたのです。あなたの肩越しに見えました」

落ち着け、と私は胸につぶやき、訊いた。「ふたりのうち、どちらでした？」

「殴られたほうです」ウォプスル氏はすぐさま答えた。「誓ってもいい、ぜったいにあの男でした。考えれば考えるほど、あの男だという確信が深まります」

「奇妙すぎる話だ！」私はたんにそれだけと思っているふりをするのに必死だった。「そんな奇妙なことがあるなんて！」

この会話のせいでとりわけ募った不安や、コンピーソンが〝幽霊みたいに〟うしろにいたと言われたときの特別で異常な恐怖は、どれほど強調してもしすぎることはない。プロヴィスが身を隠してからこのかた、ごく短いあいだでもコンピーソンが頭から離れたときがあったとしたら、それは当の相手が私に最接近していたときだったのだ。ふだんこれだけ注意していながら、この夜にかぎってまったく無意識で無防備だったというのは、彼を締め出すために百軒も家が並ぶ大通りを封鎖したあげく、気づくとすぐそばに本人がいたようなものだ。私があそこにいたから彼もいたということに疑問の余地はない。身のまわりに危険の兆候がほとんど見当たらなくても、危険はつねに近くにあり、発動を待っている。

私はウォプスル氏に、その男はいつ入ってきたのかと質問した。ウォプスル氏は答えられなかった。私を見たら、うしろに彼がいたのだという。しばらく見て、ようやく誰だったかわかったが、最初からなんとなく私と関係のある人物だと思った。昔村にいたときに、なんらかのかたちで私にかかわっていた、と。どんな服を着ていたか？　裕福そうだったが、ほかに目立つ特徴はなかった。たぶん黒だった。顔に傷はなかったか？　なかったと思う。私も同感だった。考えごとをしていたから、うしろの人たちに注意は払っていなかったが、顔に傷のある人がいたらおそらく気づいたはずだ。

ウォプスル氏の記憶から引き出せることをすべて聞き、お礼として一夜の疲れを癒《い》やす飲食物をふるまったあと、私は彼と別れた。テンプルに着いたのは十二時から一時のあいだで、門は閉まっていた。そこから入って家に帰り着くまで、近くには誰もいなかった。

ハーバートがすでに帰宅していたので、私たちは暖炉のまえで真剣に話し合ったが、とりあえずできることは、ウェミックにこの夜の私の発見を教え、連絡を待っていると再度伝えることぐらいだった。あまり何度も〝城〟を訪ねて迷惑をかけてもいけないので、今回は手紙にした。就寝前に書き上げ、外に出て投函した。このときにも近くには誰もいなかった。ハーバートも私も、非常に用心深く行動する以外にやれることはないという意見だった。実際、ふたりとも非常に用心深く行動した——そんなことが可能なら、以前より用心深く。私はチンクシズ・ベイスンに近づくのはボートで通過するときだけにして、その際にもミル・ポンド・バンクをほかの景色と同じように眺めるだけだった。

48

前章で触れたふたつの出会いのもうひとつは、その一週間後のことだった。私はまたボートをロンドン橋の下手の波止場に泊め、このまえより一時間早かったので、どこで夕食をとるか決めかねて、ぶらぶらとチープサイドに入った。あわただしい通りの雑踏のなかで、おそらく私がいちばんあてどなく歩いていた人間だった。すると誰かが追いついてきて、私の肩に手を置いた。振り返るとジャガーズ氏で、彼はその手を私の腕にまわした。

「同じ方向に行くようだから、ピップ、いっしょに歩こう。どこへ向かってる？」

「テンプルです、たぶん」私は言った。

「たぶん？　わからんということか？」

「まあ、わかりませんね」私はジャガーズ氏の反対尋問で初めて優位に立ったのがうれしかった。「まだ決めていないので」

「これから食事か？」ジャガーズ氏は言った。「それは認めるだろう？」

「はい、認めます」

「誰とも約束はない？」

「ありません。それも認めます」

「では、わが家に来たまえ。いっしょに食事をしよう」

断ろうとしたら、ジャガーズ氏が「ウェミックも来る」と言うので、私は辞退を受諾に変更した――言いかけたことばは、どちらにも使えた。私たちはチープサイドを歩き、リトル・ブリテンのほうへ曲がった。その間にも店のウインドウには次々と明かりがともり、通りの点灯夫たちは、夕方の人混みのまんなかで梯子《はしご》を立てかける場所を見つけるのに困って、駆け上がったり駆けおりたり、走りこんだり走り出たりして、〈ハマムズ〉の蠟燭《ろうそく》の容器が壁に不気味に映し出した白い眼より多くの赤い眼を、立ちこめてきた霧のなかに開いていた。

リトル・ブリテンの事務所では、終業時に定例の手紙書き、手洗い、蠟燭消し、金庫の鍵《かぎ》かけがおこなわれた。ジャガーズ氏の部屋で暖炉のまえにぼんやり立っていると、炎が燃え立っては収まるせいで、棚の上のふたつの石膏像《せっこうぞう》が私相手に悪魔的な〝いないいないばあ〟をしているように見えた。部屋の隅で手紙を書くジャガーズ氏を薄暗く照らす事務用の粗末な太い蠟燭二本は、絞首刑《こうしゅけい》にされた依頼人を記念するかのように、汚れた蠟の埋葬布をまとっていた。

私たちは三人そろって辻《つじ》馬車でジェラード・ストリートに行った。家に着くなり食事が始まった。もちろん、そこでウェミックのウォルワース的意見を求めるような発言はいっさいしないつもりだったが、ときどき彼から友好的な視線を送られても悪い気はしなかったと思う。しかし、そんなことは起きなかった。ウェミックはテーブルから顔を上げたときにはかならずジャガーズ氏のほうを向き、私には冷たくよそよそしかった。あたかも彼が双子《ふたご》で、いまここにいるのはまちがったほうであるかのように。

「ミス・ハヴィシャムから来た例の手紙を、ミスター・ピップに送ったかね、ウェミック？」食事になるが早いか、ジャガーズ氏がウェミックに訊《き》いた。

「いいえ、送っておりません」ウェミックは答えた。「これから投函《とうかん》しようというときに、先生がミスター・ピップをお連れになったので。これです」と手紙を私ではなく、上役に手渡した。

「二行だけの手紙なのだ、ピップ」ジャガーズ氏は、それを私にまわした。「ミス・ハヴィシャムから、きみの住所をよく知らないということで私に送られてきた。きみから持ちかけた小さな仕事の件で会いたいそうだ。行くかね？」

「はい」手紙を見ると、そのとおりのことが書いてあった。

「いつ行く？」

「ひとつ急ぎの用事がありますので、いまはちょっとわかりません」私は、魚をポストの口に入れているウェミックをちらっと見て言った。「ただ、できるだけ早く」

「ミスター・ピップがすぐに行く心づもりなら、返事を出す必要はありませんね」ウェミックはジャガーズ氏に言った。

　これは遅らせるべきではないという暗号だと思ったので、私は翌日行くことにして、そう言った。ウェミックはワインのグラスを傾け、厳しいながらも満足げな表情でジャガーズ氏を見たが、私のほうは見なかった。

「ところでピップ、われらが友人の〝蜘蛛《くも》〟はうまい札を切ったな」ジャガーズ氏が言った。「大勝利だ」

　私としては、認めるのが精いっぱいだった。

「いやはや、あれは前途有望な男だ――彼なりに。だが、最後まで思いどおりにはいかないかもしれない。最後には強いほうが勝つが、まずはどっちが強いか見きわめないとな。もしやつが奮起して彼女を殴ったら――」

「まさか」私は顔も心もカッと熱くなって割りこんだ。「彼がそこまで卑劣な悪漢だとは本気で思っていらっしゃらないでしょう、ミスター・ジャガーズ？」

「そうするとは言ってないさ、ピップ。あくまで仮の話だ。もしやつが奮起して彼女を殴ったら、強いのはやつのほうということになるかもしれない。知性の問題になれば、あれに勝ち目はない。こういう状況であの種の男がどう出るかは、なんとも言えない。ふたつの結果のどちらかをコイン投げで決めるようなものだからな」

「ふたつの結果とは？」

「われらが友人の蜘蛛のような男は、殴るか、へつらうかだ」ジャガーズ氏は答えた。「へつらって文句を言うかもしれないし、言わないかもしれない。だがとにかく、殴るか、へつらうかだ。ウェミックに意見を訊いてみろ」

「殴るか、へつらうかです」ウェミックは私のほうをちらとも見ずに答えた。

「では、ミセス・ベントリー・ドラムルに乾杯しよう」ジャガーズ氏はワゴンから上等のワインのデカンタを取り、三人のグラスを満たした。「主権争いが夫人の勝利で決着しますように！　夫人と夫の双方が満足する決着はありえない。おい、モリー、モリー、モリー、モリー、今日は何をもたもたしてるんだ！」

　家政婦は話しかけられたとき、ジャガーズ氏のすぐ隣にいて、テーブルに料理を置くところだった。皿から手を離すと一、二歩下がり、おどおどと言いわけめいたことをつぶやいた。そうしながら彼女が指を動かす仕種《しぐさ》が私の注意を惹《ひ》いた。

「どうした？」ジャガーズ氏が訊いた。

「なんでもありません。いまのお話がわたしには少しつらかっただけで」

　あの指の動きは、編み物をする動きだった。家政婦はじっと立ってジャガーズ氏を見ていた。もう下がっていいのか、それともご主人はまだ何か言おうとしていて、下がろうとすると呼び止めるのか、わからないというふうに。眼差しは真剣そのものだった。そう、私はごく最近、忘れられないある機会に、まさしくこのような眼と手を見たのだ！

　ジャガーズ氏が下がっていいと言うと、彼女はすっと出ていった。が、私の眼のまえには、まだそこにいるかのようにとどまっていた。私は彼女の眼を見、手を見、流れるような髪を見て、自分の知っている別の手、別の眼、別の髪と比較し、乱暴な夫と嵐《あらし》のような生活を二十年送ったあとでそれらがどう変わるか考えた。もう一度、家政婦の手と眼を見て、最後に荒れ果てた庭と打ち棄《す》てられた醸造所のなかを――ひとりではなく――歩いたときの名状しがたい感情を思い出した。その後、駅馬車の窓からある顔がのぞいて手が振られるのを見て、同じ感情が甦《よみがえ》った。暗い通りにまばゆい光が射《さ》す場所を――ひとりではなく――馬車で走り抜けたときに、またその感情が戻ってきて、私を稲妻のように打ったこともあった。ひとつの連想が、劇場にいた人物の特定につながり、いままたエステラの名前が出たすぐあとに、編み物をする指の動きと真剣な眼差しを見たことで、これまでになかった連想が生まれた。あの女性はまちがいなくエステラの母親だ、と私は確信した。

　ジャガーズ氏は、私がエステラといっしょにいるところを見たことがあったので、私がとくに隠そうとしなかった感情におそらく気づいたはずだ。この話題はつらいと私が言うと、うなずいて私の背中を叩き、またみなにワインをまわし、食事を続けた。

　家政婦はあと二度だけ現れ、どちらも部屋にいたのはごく短い時間だった。ジャガーズ氏は彼女に厳しく接した。しかし、彼女の手はエステラの手で、眼はエステラの眼だった。たとえ家政婦があと百回現れても、私の確信はこれ以上強くも弱くもならなかっただろう。

つまらない夜だった。ウェミックはワインがまわってくると、まったく事務的に――時期が来たときに給料を引き出すように――自分のグラスにつぎ、雇い主を見すえたまま、いつでも反対尋問をどうぞという態度で坐っていた。ほかの郵便ポストがどれだけ手紙を投函されても平然と受けつけるように、彼のポストもいくらでもワインを受けつけた。私から見れば、彼は双子のまちがったほうで、ウォルワースのウェミックに似ているだけだった。

私たちは早めに辞去し、いっしょに家を出た。ジャガーズ氏の大量のブーツのあいだで帽子を手探りしているうちから、私は双子の正しいほうが帰り支度をしていると感じ、ジェラード・ストリートをウォルワースのほうへ十メートルも行かないうちに、双子の正しいほうと腕を組んで歩いていた。まちがったほうは夜気のなかへ消え去っていた。

「ふう！」ウェミックは言った。「やっと終わった！　先生はすばらしいかたですよ。あんな人はほかにいません。ですが、食事に同席するとなると、それなりの気構えで臨まなければなりません。気構えがないほうが愉しく食事ができますね」

私はまさにそのとおりだと思ったので、彼にそう言った。

「誰にも言わないでくださいね」ウェミックは続けた。「あなたとの会話が外にもれないことは承知しておりますが」

ミス・ハヴィシャムの養女、つまりベントリー・ドラムル夫人に会ったことがあるかと私は訊いた。彼はないと答えた。これが突飛な質問にならないように、私はお年寄りやミス・スキフィンズの話をした。ミス・スキフィンズの名前が出ると、ウェミックは意味ありげな顔つきで立ち止まり、通りのまんなかで大きく首を振って鼻をかんだ。その派手な仕種はどことなく自慢げだった。

「ウェミック」私は言った。「ぼくが初めてミスター・ジャガーズの自宅に呼ばれたときに、家政婦をよく見ておけと言ったのを憶《おぼ》えていますか？」

「言いましたっけ？　ああ、言ったかもしれません。いや、そうだ」ウェミックは突然つけ加えた。「言いました。どうもまだ食事の気構えが抜けてないようだ」

「飼い慣らされた野獣だと言いましたよ」

「あなたはどう思います？」

「同感です。ミスター・ジャガーズはどうやって彼女を飼い慣らしたのですか、ウェミック？」

「それは先生の秘密です。彼女は長いことあの家で働いています」

「あなたからあの人の昔話が聞けるとうれしいのですが。特別に知りたいわけがあるんです。聞いたことはぜったい外にもらしません」

「ふむ」ウェミックは応じた。「彼女の昔は知らないのです――まあ、すべてではね。知っていることをお話ししましょう。当然ながら、あくまで内々の個人的な立場で」

「もちろんです」

「二十年ほどまえ、あの女はオールド・ベイリーで殺人容疑の裁判を受け、無罪になったのです。若くてたいへんな美人でした。ジプシーの血が入っていたようです。とにかく、想像がつくでしょうが、その血はカッとなりやすかった」

「でも、無罪だったんでしょう？」

「ジャガーズ先生が弁護しましたから」ウェミックは、わかるでしょうという表情で続けた。「まったく驚くべき仕事でした。勝てる見込みはまずなかったし、先生が新米のころでしたが、その手腕は世間に高く評価されました。あれでいまの地位が確立されたようなものです。ご本人が連日のように警察署に出向いて、被告の収監にすら反対していました。裁判ではご自身で弁護できなかったので、弁護人のすぐ横に坐って――みんなが知ってることですが――手取り足取り助言しました。その事件で殺されたのは女性で、被告よりゆうに十歳は上、体格もずっとよくて、力もあったのです。

嫉妬《しっと》による殺人でした。ふたりとも定住先がなく、ジェラード・ストリートのあの女のほうは非常に若いうちに、これも住まいのない男と結婚していました。いわゆる事実婚です。で、嫉妬ということに関しては、もうすさまじい女だった。殺されたほうは、年齢で言えば男に近かったのですが、ハウンズロー・ヒースの近くの納屋《なや》で死んでいるのを発見された。あたりには、格闘したと思われる激しい争いの形跡がありました。被害者には打ち身や引っかき傷、裂傷があって、最後は喉《のど》を締めつけられて窒息死です。被告以外の人間の犯行を示す充分な証拠はなかった。ジャガーズ先生は、彼女が殺人をやってのけることは不可能だったという線で弁論を進めました。当然ながら——」と私の服の袖《そで》に触れながら、「彼女の手の力が強いことには立ち入りませんでした。いまはときどき口にすることもありますがね」

私はウェミックに、ジャガーズ氏の夕食会で彼女の手首を見せられた話をしてあった。

「じつはですね」ウェミックは続けた。「たまたまですが——わかりますね、たまたまでですよ——彼女は逮捕されたときから服の着こなしがうまくて、実際よりうんと細く見えたんです。とくに袖は工夫してあって、腕がずいぶんひ弱な感じでした。彼女のほうの傷は一、二個でしたが——宿なしならそのくらいはあります——手の甲に引っかき傷があって、それは爪《つめ》で引っかかれたのかということが問題になりました。ジャガーズ先生は、彼女が顔までは届かないイバラの茂みを手でかき分けてくぐり抜けたことを証明しました。彼女の皮膚に刺さっていたイバラの棘《とげ》を証拠として提出し、調査によって、茂み自体にも人が通った形跡があり、あちこちに彼女の服の切れ端や血の跡が残っていたことを示しました。ですが、先生のもっとも大胆な論点はここからです。検察側は、彼女の嫉妬心を証明するために、ちょうど殺人事件が起きたころ、彼女が狂乱状態で男への復讐《ふくしゅう》に燃え、彼とのあいだにできた三歳ぐらいの子を殺した疑いが濃厚であると主張していた。それに対して、先生はこう論じたのです。〝被告の傷は爪ではなくイバラによるものであり、こちらはそのイバラを証拠として提出している。しかし検察側は、傷は爪痕《つめあと》だと言い、彼女がわが子を殺したという仮説を立てている。ならば、その仮説の結果をすべて受け入れるべきだ。かりに彼女がわが子を殺し、その子にしがみつかれて手に爪痕がついたのだとしよう。それならなぜ、彼女を子供殺しの罪で起訴していないのか。本件に関しては、あなたがたがあくまで引っかき傷にこだわるのなら、もしかするとそちらの説明が正しいのかもしれない。ただそれも、議論上、あなたがたが証拠をでっち上げていないと仮定してではあるが〟。要するに、ジャガーズ先生は陪審を手玉に取ったのです。陪審は言われるがままでした」

「あの人はそのときからミスター・ジャガーズの家で働いているのですか？」

「ええ、でもそれだけじゃありません。釈放されるとすぐに家政婦になりましたが、そのときからいまのように飼い慣らされていたのです。仕事をいくつか覚えたんでしょうが、最初からおとなしかったのです」

「その子というのは、男だったか、女だったか、わかりますか？」

「女の子だったと聞きました」

「今晩、ぼくに話してくださることはもうありませんか？」

「ありません。あなたの手紙は受け取って燃やしました。以上です」

私たちは心をこめて、おやすみの挨拶《あいさつ》をした。私は考える新たな材料を仕入れて家に帰った——古い材料から解放されてもいなかったのだが。

49

翌日、間を置かずサティス・ハウスを訪ねた私に、気まぐれなミス・ハヴィシャムが驚いたときの申し開きに使おうと、私は彼女の手紙をポケットに入れ、また馬車で出かけた。ただ、今回は途中の駅でおりて朝食をとり、残りの道を歩いた。人通りの少ない道でそっと町に入り、帰るときにもそうするつもりだった。

　本通りの裏手にある、足音がこだまするくらい静かな中庭を通りすぎるころには、陽が傾きかけていた。老いた修道士たちのかつての食堂や庭園が廃墟《はいきょ》となり、当時の頑丈な壁も粗末な納屋や厩《うまや》に無理やり転用されているこの寂れた一角は、墓場に入った老修道士と同じくらい静かだった。人目を避けて道を急ぐ私には、大聖堂の鐘はこれまでのどんなときより悲しく、遠く鳴り響き、古いオルガンの音は葬送曲のようにふくらんで耳に届いた。灰色の塔のまわりや、修道院の庭園の葉を落とした高い木々のあいだを飛ぶミヤマガラスは、この場所は変わった、エステラはここから永遠にいなくなった、と私に告げているように思われた。

　まえに見たことのある老女が門を開けた。裏庭の先の離れに住む使用人のひとりだった。屋敷のなかの暗い廊下には、昔と同じように火のともった蠟燭があり、私はそれを取ってひとりで階段をのぼった。ミス・ハヴィシャムは自室におらず、階段の向こうの広い部屋にいた。ノックをしても返事がないので入口からなかをのぞくと、彼女が暖炉のすぐまえのぼろぼろの椅子《いす》に坐《すわ》り、灰に埋もれそうな炎を見つめて物思いに耽《ふけ》っていた。

私は昔よくやったように、部屋に入って、ミス・ハヴィシャムが眼を上げれば見える古い炉棚に触れて立った。彼女は完全な孤独に包まれていた。私はその姿を見て、どれほど非難してもしきれないほど深い心の傷を意図的に負わされたにもかかわらず、憐《あわ》れみそうになった。同情を覚え、時の流れとともに私自身もこの家の無残な運命の一部になってしまったと考えていると、ミス・ハヴィシャムの眼がこちらを向いた。

彼女はじっと見つめ、低い声で、「これは現実？」と言った。

「ぼくです、ピップです。昨日ミスター・ジャガーズからあなたの手紙を渡されて、すぐに来たんです」

「ありがとう。ありがとう」

ぼろぼろの椅子をもう一脚、暖炉のまえまで運んで坐ると、ミス・ハヴィシャムの顔に別の表情が浮かんでいた――まるで私を怖《おそ》れているような。

「あなたがこのまえ話したことの続きを相談したいと思ってね。わたしも石のように冷たいわけでもないの。でも、あなたはもうわたしの心に人間的なところなど何もないと思っているんでしょう？」

そんなことはありませんと答えると、彼女は私に触れようとするかのように、震える右手を差し出したが、私がその意味を理解してどうすべきか思いつくまえに、引っこめた。

「あなたの友だちの役に立つ正しいことをする方法があって、それを教えることができる。あなたはそう言ったわね？」

「ええ、ぜひそうしてもらいたいんです」

「それはどういうこと？」

　私はハーバートを共同経営者にするひそかな計画の経緯を話しはじめたが、さほどたたないうちに、ミス・ハヴィシャムが私の話ではなく私自身についてぼんやり考えているのが、表情からうかがえた。話すのをやめてもしばらくそのことに気づかない様子だったので、おそらくその推測は正しかった。

「口を閉じたのは」ミス・ハヴィシャムは、先ほどの私を怖れているような態度で訊いた。「もう話もしたくないくらいわたしのことが嫌いだから？」

「いいえ、ちがいます。そんなこと、思うわけがありません、ミス・ハヴィシャム！　話をやめたのは、あなたがついてきていないと思ったからです」

「そうかもね」彼女は頭に手を当てた。「もう一度話して。わたしは何かほかのものを見ていよう。待って！　さあ、いいわ」

ミス・ハヴィシャムは、ときどきそうするように断固たる決意で片手を杖《つえ》にのせ、集中してものを聞くしっかりした表情で火を見つめた。私は説明を続けた。自分の資金で目的を達成したかったが、残念ながらそれができなくなった、その理由については、前回言ったとおり、別の人の重大な秘密にかかわるので明かすわけにはいかない、と伝えた。

「なるほど！」ミス・ハヴィシャムはうなずいたが、私のほうは見なかった。「それで、その目的を達成するのに必要な金額はいくら？」

大きな額に聞こえるので、口に出すのが怖かった。「九百ポンドです」

「そのために資金を提供したら、あなたは自分の秘密を守ってきたように、わたしの秘密も守ってくれるのね？」

「同じように忠実に守ります」

「そして、あなたの気持ちは楽になる」

「ずいぶん楽になります」

「いまはとても不幸せ？」

ミス・ハヴィシャムはまだ私のほうを見ずに、この質問をしたが、声にはめったにない同情が含まれていた。私はとっさに答えられなかった。声が出なかったのだ。ミス・ハヴィシャムは左腕を杖の上に置き、そこにそっと額をのせた。

「とうてい幸せとは言えません、ミス・ハヴィシャム。ですが、あなたのご存じない不安の種がほかにあるのです。それが先ほど言った秘密です」

いっときして、彼女は顔を上げ、また暖炉の火を見た。

「ほかに不幸の原因があると言ってくれるのは、思いやりからね。本当にそれがあるの？」

「本当すぎるほどに」

「わたしがしてあげられることは、ピップ、お友だちを助けることだけなの？　それはすんだこととして、あなた自身のために、わたしにできることはない？」

「ありません。そう訊いてくださることに感謝します。そしてもっとありがたいのは、そのやさしい口調です。ですが、何もないのです」

ミス・ハヴィシャムは、そこで椅子から立ち、筆記用具を求めて滅びの部屋を見まわしたが、見当たらなかったので、ポケットから、光沢の消えた金の縁取りがある黄ばんだ象牙《ぞうげ》板のメモを取り出した。そして首からさげた、光沢のない金のケースに入った鉛筆で象牙板に文字を書いた。

「ミスター・ジャガーズとはまだ親しくしている？」

「はい。昨日もいっしょに食事をしました」

「この委任状を彼に見せれば、あなたに必要な金額を払ってくれます。友だちのためにあなたの裁量で好きなようにお使いなさい。家にお金は置いていないけれど、ミスター・ジャガーズにこの件を知られたくないなら、わたしのほうからあなたに送ってもいい」

「ありがとうございます、ミス・ハヴィシャム。ミスター・ジャガーズから受け取るということでぜんぜんかまいません」

彼女は書いた内容を読んでくれた。簡潔明瞭《めいりょう》で、私が受け取る金で利益を得るという疑惑がいささかも生じないように配慮されていた。私はメモを受け取った。彼女の手は震えていた。鉛筆を鎖からはずして私に握らせたときには、もっと震えていた。そのあいだもずっと彼女はこちらを見なかった。

「最初の一枚にわたしの名前が書いてある。たとえわたしの傷ついた心が塵《ちり》と化したあとでも、その名前の下に〝ぼくは彼女を赦《ゆる》す〟と書くことができるようになったら、どうかそうしてほしい」

「ああ、ミス・ハヴィシャム！　それならいまでもできます。これまで、いくつかつらい思いちがいがありました。ぼくの生き方は無茶で恩知らずでした。ぼく自身が赦しと導きをこれほど必要としているのです。あなたにつらく当たれるわけがありません」

　ミス・ハヴィシャムは顔をそらしてから初めてこちらを向き、驚いたことに――怖ろしいことに、とつけ加えてもいい――私の足元にひざまずいて、組み合わせた両手を私のほうへ持ち上げた。彼女の哀れな心がまだ若々しく健やかだったころに、母親の横でこうして天に祈りを捧《ささ》げたにちがいないと思わせるやり方で。

　白髪とやつれ果てた顔の彼女がひざまずくのを見て、私の体じゅうに衝撃が走った。どうか立ってくださいとこいねがい、両腕で抱えて立たせようとしたが、ミス・ハヴィシャムは近くにあった私の手を握り、その上に頭を垂れて泣くばかりだった。彼女が涙を流すのを見たのは初めてで、私はそれで気分が上向きになることを祈りながら、何も言わずに彼女のまえに屈《かが》んだ。本人はもうひざまずいておらず、床に坐りこんでいた。

「ああ！」ミス・ハヴィシャムは絶望した声で言った。「わたしはなんてことをしたの！　なんてことをしてしまったの！」

「ぼくを傷つけるためにしたことをおっしゃっているのなら、ミス・ハヴィシャム、答えさせてください。傷はほんのわずかです。ぼくはどんな状況でも彼女を愛したでしょう――彼女は結婚したんですね？」

「ええ」

訊くまでもないことだった。荒涼とした家のさらなる荒廃が、すでにそれに答えていた。

「わたしはなんてことをしたの！　なんてことをしたの！」ミス・ハヴィシャムは両手をもみしだき、白髪をかきむしり、同じことを何度も何度も叫んだ。「なんてことをしたの！」

　どう答えればいいのか、彼女をどう慰めればいいのか、私にはわからなかった。ミス・ハヴィシャムが愛情を拒まれ、プライドを傷つけられ、激しい怨《うら》みを抱いて、いたいけな子供を復讐の道具にしてしまったのは罪深い。それは重々わかっていたが、彼女は陽の光を締め出すことによって、ほかのあらゆるものも締め出してしまった。外界との関係を断つことで、無数の自然な癒やしの力から離れてしまった。孤独を抱えたその心は、造物主の定めた秩序に逆らうすべての心と同じく、必然的に病んでしまった――こうしたことも、同じくらいよくわかっていた。廃墟のなかでみずからも廃墟めいた姿と化し、生まれ落ちたこの地上のどこにも居場所がなくなり、むなしい後悔、むなしい自責、むなしい自己否定と同じように現世の怖ろしい呪《のろ》いとなる、むなしい悲しみに取り憑《つ》かれ、支配されるという罰を受けている彼女を見て、どうして同情せずにいられるだろうか。

「このままあなたがあの子に話をするまで——鏡に映ったあなたを見て、自分がかつて感じたことを思い出すまで——わたしは自分が何をしたかわかっていなかった。本当に、なんてことをしてしまったの！　なんてことを！」そうして、同じことばを二十回も、五十回もくり返した。「なんてことをしたの！」

「ミス・ハヴィシャム」私は彼女の叫びがおさまるのを待って言った。「ぼくのことは忘れてもらってかまいません。良心の痛みも忘れてください。ですが、エステラは別です。あなたが変えてしまった彼女の本来の性格の一部を、ほんのわずかでももとに戻せるなら、ぜひそうしてください。そのほうが過去を百年嘆くよりずっといい」

「ええ、ええ、わかっています。でもね、ピップ——愛《いと》しい子！」彼女のこの新たな慈愛には、私に対する女らしいひたむきな同情がこもっていた。「信じてほしい。あの子が初めてわたしのところに来たときには、わたし自身と同じみじめさから救ってやりたい一心だった。最初はそのことだけを考えていたの」

「ええ、そうだろうと思います」

「けれど、あの子が成長して、とても美しくなるのがわかってくると、わたしはだんだん悪いことをしはじめた。褒め上げ、宝石で飾り、あれこれ教え、教訓の裏づけと強化のために、自分の姿を警告としてつねに見せつづけ、あの子の心を奪って、代わりに氷を入れた」

「彼女の本来の心を残しておくべきでした」私は言わずにはいられなかった。「たとえあとで傷つき、打ち砕かれるのだとしても」

それを聞いたミス・ハヴィシャムは、しばらく放心の体で私を見ていたが、また感情を爆発させた——なんてことをしてしまったの！

「わたしの身の上をすべて知ったら、あなたも少しは同情してくれるだろうし、もっとわたしを理解できるでしょう」彼女は訴えた。

「ミス・ハヴィシャム」私はできるだけやさしく言った。「あなたの身の上は、この町を去ったときから知っていると言っていいのです。心からお気の毒だと思いました。過去の出来事とその影響についても理解しているつもりです。こういう話になったついでと言ってはなんですが、エステラに関する質問をしてもいいでしょうか。いまの彼女ではなく、初めてこの屋敷に来たときの彼女について」

ミス・ハヴィシャムは床に坐り、両手をぼろぼろの椅子にのせて頭をもたせかけていた。私の問いに、こちらをしっかり見て「どうぞ」と答えた。

「エステラは誰の子だったのですか?」

彼女は首を振った。

「ご存じないのですか?」

また首を振った。

「ミスター・ジャガーズは、彼女をここに連れてきたのですか、それとも送り届けたのですか?」

「連れてきました」

「そのときのことを話していただけませんか?」

ミス・ハヴィシャムは低くささやくような声で、注意深く答えた。「この屋敷の部屋に長いこと閉じこめられていたあと（どのくらいだったかはわからない。ここの時計がどうなっているかは知っているでしょう）、わたしはミスター・ジャガーズに、小さな女の子を育て、愛して、わたしのような運命から守ってやりたいと言った。初めて彼に会ったのは、醸造所の廃業のために来てもらったときだった。世間とのかかわりを断つまえに、あの人のことを新聞で読んだの。彼はそういう孤児を探してみましょうと言った。そしてある夜、眠っているあの子を連れてきた。わたしは彼女をエステラと名づけた」

「そのとき彼女は何歳でした？」

「二、三歳ね。本人は自分が孤児で、わたしが養子にしたことしか知らない」

　エステラがあの女の娘だという私の確信は揺るぎなく、心のなかで事実と認めるための証拠は必要なかったが、もはやそのつながりは誰の眼にも明らかと思われた。

　これ以上面会を続けてどうなるというのだろう。ハーバートの件は片づき、ミス・ハヴィシャムはエステラについて知っていることをすべて語り、私は彼女の心を安らげるために言えること、できることを尽くした。ほかに何を言って別れたかは重要ではない。とにかく私たちは別れた。

　階段をおりて外の空気に触れたころには、宵闇《よいやみ》が迫っていた。入るときに門を開けてくれた老女を呼び、帰るまえにしばらくなかを歩いていくと告げた。二度とここを訪ねることはないという予感があったからだ。最後に見るのには、消えかかった光が似つかわしい気がした。

　はるか昔にその上を歩いた樽《たる》の並ぶ荒れ地のまえを通った。長年雨に打たれて樽の多くは腐り、立っているものの上には小さな沼や水溜《みずた》まりができていた。朽ち果てた庭に入り、ひとまわりして、ハーバートと闘った片隅や、エステラと歩いた小径《こみち》をめぐった。すべてがなんと冷たく孤独で、寂しかったことか！

帰りは醸造所を通ることにして、庭の端の小さな門の錆《さ》びた掛け金を上げてなかに入った。反対側の扉から出ようとしたとき――湿った木が反ってふくらみ、蝶番《ちょうつがい》がぐらつき、足元にびっしり生えたキノコが邪魔をして、なかなか開かなかった――うしろを振り返ると、その小さな動作の刹那《せつな》に子供じみた連想が驚くべき力で働いて、ミス・ハヴィシャムが建物の梁《はり》からぶら下がっているのが見えた気がした。その印象があまりにも強かったので、私は頭から足先までぶるぶる震えながら梁の下に立って、やっとそれが幻だったことを知った――そこに行くとすぐわかったのだが。

醸造所のまえの開いた木の門をくぐったとき、その場所と時間に漂う悲しみと、一瞬であれ幻を見た狼狽《ろうばい》から、言い知れぬ畏怖《いふ》の念に打たれた。その門の裏で、かつてエステラに心をかきむしられたあと、自分の髪の毛をかきむしったのだった。表の庭に出たとき、老女が持っている鍵で門を開けてもらおうか、それとも念のため、部屋に残してきたミス・ハヴィシャムの無事を確かめてから去ろうかと迷った。結局確かめることにして、屋敷の階段を上がった。

最後に別れた部屋をのぞいてみると、ミス・ハヴィシャムはこちらに背を向け、暖炉のまえのぼろぼろの椅子に坐っていた。静かに離れようと首を引っこめたとたん、大きな炎が燃え立った。同時にミス・ハヴィシャムが甲高い悲鳴をあげて、私のほうに走ってきた。渦巻く炎が彼女の体を包み、その背丈の倍以上の高さまで舞い上がっていた。

私はケープが二重になった外套《がいとう》を着て、腕に厚手の上着をかけていた。外套を脱ぎ、彼女に飛びついて床に倒し、両方の服をかけた。同じ目的で大きなテーブルクロスを引き抜くと、まんなかにのっていた腐敗物の山と、そこに逃げこんでいたありとあらゆる醜い生き物がいっしょに落ちてきた。私たちは必死で闘う敵同士のように床の上でもみ合った。私がきつく包みこもうとすればするほど、彼女はけたたましく叫んで逃れようとした。こうしたことは、あとから結果を見てわかったのであって、そのときに感じたり、考えたり、わかったりしたことではない。ふと気づくと、ふたりで大きなテーブルのそばの床の上にいて、煙の立ちこめる空気のなかに、まだ火のついた燃えかすが漂っていた。それはほんの少しまえまで、ミス・ハヴィシャムの色褪《あ》せた花嫁衣装だった。

あたりを見まわすと、あわてたゴキブリや蜘蛛が床を這《は》いまわり、使用人たちが息を切らし叫びながら部屋に入ってきていた。私はまだ彼女を、逃亡の怖れのある囚人のように全力で押さえこんでいた。花嫁衣装だった燃えかすが、火も消えて黒い雨のようにまわりに降り注いでいるのを見るまで、彼女が誰なのかも、なぜ取っ組み合っていたのかも、彼女が燃えていたことも、火が消えたことすらわかっていたかどうか疑わしい。

ミス・ハヴィシャムは気を失っていた。私は、使用人が彼女をベッドに移すことはもちろん、彼女に触れることさえ怖くて、認めるわけにはいかなかった。医師を呼びにいかせ、来るまで当人を押さえつづけていた。ありえないことだが、もし手離したら火がまた燃え上がって彼女を焼き尽くしてしまうと思っているかのように（おそらく本気でそう思っていた）。医師が助手を連れて到着したときに立ち上がったら、両手に火傷《やけど》をしていたのでびっくりした。そんな感覚はちっともなかったのだ。

診察の結果、ミス・ハヴィシャムは重症ではあるが、それ自体は絶望的ではないことが判明した。むしろ危険なのは精神的なダメージだった。医師の指示で、彼女のベッドが同じ部屋に運びこまれ、大きなテーブルの上に置かれた。たまたま傷に包帯を巻くのにほどよい高さだったからだ。一時間後にもう一度のぞいたときには、昔私のいるまえで、本人がいつかここに横になると言って杖で叩《たた》いた、まさにその場所に横になっていた。

花嫁衣装は跡形もなく燃えたと聞かされたが、ミス・ハヴィシャムは喉元まで白い脱脂綿で覆《おお》われたので、まだ不気味な花嫁のような姿をとどめていた。その上からゆったりと白いシーツがかけられ、以前の幽霊のような雰囲気は、変わりながらも依然として漂っていた。

使用人に尋ねると、エステラはパリにいるということだったので、次の便で手紙を書いて知らせるという約束を医師から取りつけた。ミス・ハヴィシャムの家族には、私のほうから連絡することにした。といっても、マシュー・ポケット氏だけに伝えて、残りの家族への報告を彼に一任するつもりだった。私は翌日ロンドンに戻ると、さっそくハーバートをつうじてそれを実行した。

事件当夜のある時点で、ミス・ハヴィシャムは、元気すぎて怖い様子はあったものの、とりあえず起きたことを冷静に話していた。しかし、真夜中が近づくと、あらぬことを口走りはじめ、やがて低く厳《いか》めしい声で「わたしはなんてことをしたの！」といつまでもくり返すようになった。そして、「あの子が最初に来たとき、わたしのような運命から守ってやりたかった」、次に、「鉛筆を取って、わたしの名前の下に〝ぼくは彼女を赦す〟と書いて！」と続けた。三つの文が出てくる順番は変わらなかったが、ときどき単語のひとつふたつが抜け落ちた。代わりに別の単語が入ることはなく、つねに空白ができて、次の単語に移った。

屋敷に残ってもやれることはないし、ロンドンには彼女の錯乱をもってしても心のなかから消せない、切迫した心配と恐怖の原因があったので、その夜のうちに、早朝の駅馬車で帰ることに決めた。二キロほど歩いて町の外で馬車に拾ってもらうため、朝の六時ごろ、私は彼女の上に屈みこんで、その唇にキスをした。ミス・ハヴィシャムの唇は、触れられても止まらずに、「鉛筆を取って、わたしの名前の下に〝ぼくは彼女を赦す〟と書いて！」と言いつづけた。

50

私の手は夜間に二、三度、そして朝にもう一度、包帯を替えてもらった。左腕は肘《ひじ》のあたりまで火傷がひどく、そこから肩まではさほどでもなかった。痛みは激しかったが、炎は左側から来たので、火傷がそこで止まってよかった。右手は重症ではなく、指を動かすことはできた。もちろん包帯は巻いていたが、吊《つ》り包帯の左腕に比べればはるかに自由が利《き》く。上着はマントのようにはおって、袖を首のまえで結ぶしかなかった。髪も焼けたが、頭や顔は無事だった。

ハーバートはハマースミスに行って父親に会ったあと、部屋に戻ってきて、その日はずっと私の世話をしてくれた。彼は最高に親切な看護人で、決まった時間に包帯を取り、用意した冷たい液に浸して、また当ててくれる。その辛抱強いやさしさに私は心から感謝した。

最初はソファに静かに横になっていたが、あの炎のぎらつきと広がる速さや、音や、鼻をつくにおいの印象をぬぐい去るのは、嫌になるほどむずかしかった。というより、不可能に近かった。短いあいだうとうとしても、ミス・ハヴィシャムの悲鳴と、背丈をはるかに越える炎を背負ってこちらに走ってきたあの姿で、目が覚めた。この精神的苦痛に対抗するのは、私が味わったどんな肉体的苦痛よりむずかしく、それを察したハーバートは、できるだけ私の注意をほかのことに引き留めておこうとした。

ふたりともボートの話はしなかったが、考えてはいた。あえてそれを話題にしないことと、暗黙の合意で私の手の回復を数週間ではなく数時間の問題と見なしていたことに、それが表れていた。

ハーバートの姿を見て私がまず訊いたのは、もちろん、川下はだいじょうぶかということだった。だいじょうぶ、とハーバートが自信たっぷりに明るく答えたので、話はそこで終わったが、その日の暮れに、彼が外の光より暖炉の火明かりを頼りに私の包帯を替えてくれたとき、また自然にその話題になった。

「ヘンデル、昨日の夜、プロヴィスと二時間もいっしょにすごしたよ」

「クララは？」

「かわいそうに！　ひと晩じゅうグラフアンドグリム爺《じい》さんの世話で階段をのぼったりおりたりだ。彼女が見えなくなると、とたんに床をドンドンやりはじめる。あれは先が短いんじゃないかな。ラムに胡椒《こしょう》――胡椒にラム――だから、あのドンドンももうすぐ終わると思う」

「そしたら結婚か、ハーバート？」

「そうしなきゃ、どうやってあのかわいい娘の面倒を見る？　さあ、腕をソファの背にのせて。ぼくはここに坐って、いつ取られたのかわからないくらいゆっくりと包帯をはがすからね。それはそうと、ヘンデル、プロヴィスはだいぶましになったな」

「このまえ会ったときに穏やかになってた、ときみに話しただろう」

「たしかに。本当にそうだった。昨日の晩はよくしゃべったよ。これまでの人生のことをもっと話してくれた。まえに彼が、ある女のことで苦労したと話しかけてやめたのを憶えてるか――あ、いまの痛かった？」

　私がびくっとしたのは、彼の包帯の扱いではなく、ことばに驚いたからだった。

「忘れてたけど、ハーバート、いま聞いて思い出した」

「そうか。彼はそこのところを話したんだ。暗く怖ろしい話だよ。教えようか？　それともいまはつらい？」

「教えてくれ。ひと言ももらさず」

ハーバートは、私の答え方に説明のつかない焦《あせ》りや熱心さを感じ取ったかのように、よく見ようと顔を近づけた。「熱はないか？」と私の額に触れた。

「ない。それよりプロヴィスの話を聞かせてくれ、親愛なるハーバート」

「どうやらその女は――これはうまくはがれた、次に冷たいのが行くぞ、最初はひやっとするけど、だんだん気持ちよくなる――若くて嫉妬深く、復讐に燃える性格だったようだ。復讐といっても、最後までだよ、ヘンデル」

「最後まで？」

「殺人だ――いまのは痛いところに冷たかったかな？」

「いや、感じなかった。どういう殺人だった？　誰を殺した？」

「実際の行為は、殺人という怖ろしいことばに見合わないものだったかもしれない。だが、彼女は裁判にかけられ、ミスター・ジャガーズが弁護についた。その弁護が評判になって、プロヴィスは初めて彼の名前を知ったんだ。殺された女のほうがむしろ力は強くて、ふたりはつかみ合いをした――納屋でね。どっちが始めたのか、きれいな闘いだったのか汚い闘いだったのかはわからない。けど、終わり方に疑問の余地はなくて、相手の女は絞め殺されて見つかった」

「被告は有罪になった？」

「いや、無罪だった――いかん、ヘンデル、いま痛かっただろう！」

「これ以上やさしくはできないほどだよ、ハーバート。で？　ほかには？」

「この無罪になった女とプロヴィスとのあいだには、小さな子供がいて、プロヴィスはその子を溺愛《できあい》していた。いま言ったように、自分の嫉妬の対象が絞め殺された夜、彼女はプロヴィスのまえにほんのしばらく現れ、その子を殺す（子供は彼女のところにいたんだ）、二度と会えないようにしてやると誓って、姿を消した――さあ、悪いほうの手は吊り包帯にきちんと収まった。今度は右手だ。こっちのほうがずっと簡単だね。もっと明るいところでやるより、このくらいの光のほうがうまくいく。かわいそうに火ぶくれした跡がはっきり見えないから、手が震えないんだ――肺は焼かれてないだろうね？　呼吸が荒いようだけど」

「そうかもしれない、ハーバート。それで、彼女は誓いを守ったのか？」

「そこがプロヴィスの人生でいちばん暗いところだ。そう、彼女は守った」

「つまり、彼がそう言ってる」

「そりゃそうさ、きみ」ハーバートは驚いたように言い、また私をよく見ようと身を屈めた。「全部彼から聞いた話だ。ほかに情報はない」

「そうだな。たしかに」

「ちなみに」ハーバートは続けた。「プロヴィスは、子供の母親を邪険に扱ったのか大切にしたのかについては、何も言わなかった。でも、彼が以前この暖炉端で説明したみじめな人生の四、五年をいっしょに暮らして、彼女を憐れみ、寛大に接していたようだ。だから、殺されたわが子に関して証言を求められると妻に死刑をもたらす結果になるのを怖れて、(子供のことは深く悲しんでいたけれど)身を隠し、世間からも裁判からも遠ざかって、本人曰《いわ》く、〝闇にまぎれていた〟。そして嫉妬の原因となったエイベルという男として、なんとなく噂《うわさ》になる程度だった。無罪放免になったあとで女は消え、プロヴィスは、子供とその母親を失ったわけだ」

「ひとつ訊《き》きたいんだけど――」

「ちょっと待って、ヘンデル。もうすぐ終わるから。あの悪の天才、あまたの悪党のなかでも折り紙つきの悪党コンピーソンは、当時プロヴィスが隠れてることも、その理由も知ってたから、当然ながらそれを振りかざして、彼をいっそう困窮させ、こき使った。それでプロヴィスの恨みが高じたのは、昨日の話でよくわかった」

「とくに知りたいことがあるんだ、ハーバート。それがいつのことだったか、彼はきみに話した？」

「とくに知りたい？　うーん、なんと言ってたかな。たしか〝ちょうど二十年前、コンピーソンと組んだすぐあと〟だった。きみが村の墓地で彼と会ったとき、何歳だった？」

「七歳くらいだったと思う」

「ふむ。プロヴィスの話だと、それが事件の三、四年後だったらしい。きみを見て、痛ましくも殺された自分の小さな娘を思い出したんだな。生きてればちょうど同じくらいの歳《とし》だったから」

「ハーバート」私は短い沈黙ののち、あわてて言った。「窓の光と暖炉の火、どっちに近づけば、ぼくがよく見える？」

「暖炉の火だ」ハーバートはまた顔を近づけて答えた。

「ぼくを見てくれ」

「見てるよ、きみ」

「ぼくに触れてくれ」

「触れてるよ」

「ぼくに熱があるとか、昨日の夜の事故で頭がおかしくなってるとか、思わないね？」

「思わないさ、きみ」ハーバートはよくよく私を観察したあとで言った。「興奮はしてるけど、頭ははっきりしてる」

「はっきりしてるのはわかってる。ひとつ教えるよ。ぼくたちが川下にかくまっているあの男は、エステラの父親だ」

51

エステラの親を探し出し、証拠を見つけることに血道を上げて何をめざしていたのか、われながらよくわからない。いずれ明らかになるとおり、この問題は、私より優秀な頭脳によって提起されるまで、自分のまえで明確な形をとっていなかった。

とはいえ、ハーバートと重大な会話をしたこの夜には、最後まで解明しなければならない、ここで放置せずジャガーズ氏に会って真相を突き止めるべきだという熱病のような確信に取り憑かれた。それがエステラのためなのか、あるいは自分が心を砕いてかくまっている男に、これほど長く彼女を包んでいたロマンティックな憧《あこが》れの光のいくらかを送ってやるのがうれしかったからなのかは、わからない。おそらく後者が事実に近いのだろう。

いずれにしても、その夜のうちにジェラード・ストリートに出かけたい気持ちを抑えるのはたいへんだった。もし出かけたら、逃亡者の安全がひとえに私にかかっているのに私自身が寝込んで使いものにならなくなる、とハーバートに説得されなかったら、焦る自分を制しきれなかった。何があろうと明日はジャガーズ氏を訪ねると再三くり返した末、やっとおとなしく部屋で傷の手当てを受けることに同意したのだ。私たちは翌朝早くいっしょに家を出、ギルトスパー・ストリートとスミスフィールドの角で別れて、ハーバートはシティへ、私はリトル・ブリテンへ向かった。

ジャガーズ氏とウェミックは、定期的に事務所の会計を点検し、領収書を調べ、すべてを整理していた。その際には、ウェミックは帳簿や書類を持ってジャガーズ氏の部屋にこもり、階上の事務員のひとりが表の部屋におりてくる。その朝は事務員がウェミックの机についていたので、何がおこなわれているかわかったが、ジャガーズ氏とウェミックがいっしょにいるのは差し支えなかった。私がウェミックの立場を悪くするようなことを言わないのを、本人に直接聞いてもらえるからだ。

腕に包帯、上着は肩からかけただけという恰好《かっこう》は、私の目的に適《かな》った。ジャガーズ氏には、ロンドンに戻るとすぐに事件のあらましを伝えていたが、ここではくわしいことをすべて話さなければならない。話題が特別だったから、私たちの会話はいつもほど堅苦しくはなく、証拠重視の厳しさもなかった。私が悲惨な事件を説明するあいだ、ジャガーズ氏は例によって暖炉のまえに立っていた。ウェミックは椅子の背にもたれ、両手をズボンのポケットに入れて、ペンをポストの投函口《とうかんぐち》に水平にくわえ、私をじっと見つめていた。私の心のなかで事務所の仕事と分かちがたく結びついている、ふたつの荒々しい石膏像《せっこうぞう》は窒息しかかり、どこかで火のにおいはしないかと考えているように見えた。

話が終わり、彼らの質問も尽きると、私はハーバートの九百ポンドを渡してもらうために、ミス・ハヴィシャムの委任状を差し出した。受け取ったジャガーズ氏は少し奥眼になったが、それをウェミックにまわし、署名するから小切手を作ってくれと指示した。ウェミックが小切手を書いているあいだ、私はそれを眺め、ジャガーズ氏はピカピカに磨かれたブーツの踵《かかと》でバランスを取り、体を揺すりながら私を見ていた。できた小切手に彼が署名し、私がそれをポケットにしまうと、ジャガーズ氏は言った。

「きみのために何もできなくて残念だ」

「ミス・ハヴィシャムも、ぼくのために何かできることはないかと訊いてくださいました」私は言った。「ありません、とお答えしました」

「誰しも自分のことは知っておくべきだ」ジャガーズ氏は言った。ウェミックの口が〝動産〟という形に動くのが見えた。

「私がきみだったら、彼女の申し出にはぜったいにノーと言わないが、誰しも自分のことは自分がいちばんよく知っているはずだからな」

「誰にとっても大切なのは」ウェミックは非難がましく私に言った。「動産です」

胸に抱いた疑問をぶつけるのはいまだと思ったので、私はジャガーズ氏のほうを向いた。

「ですが、ひとつだけミス・ハヴィシャムに頼んだことがあるのです。彼女の養女について、知っていることを残らず教えてもらいました」

「そうかね？」ジャガーズ氏は身を屈めてブーツを見、また背筋を伸ばした。「はっ、私がミス・ハヴィシャムなら教えんがな。だが、彼女のことは彼女がいちばんよく知っているはずだ」

「ぼくはミス・ハヴィシャムの養女の身の上について、ミス・ハヴィシャム以上に知っています。つまり、母親が誰か、わかったんです」

ジャガーズ氏は怪《け》訝《げん》そうにこちらを見て、「母親？」とくり返した。

「この三日のあいだに、エステラの母親を見ました」

「ほう？」

「あなたもです、サー。あなたはもっと最近見ておられます」

「そうかね？」とジャガーズ氏。

「もしかすると、ぼくはエステラの身の上を、あなたより知っているかもしれません」私は言った。「父親もわかりましたから」

ジャガーズ氏ほどの自制心の持ち主が態度を変えることはないが、ここで彼は思わず注意を惹《ひ》かれ、動きを止めずにはいられなかった。その静止で、私は彼がエステラの父親を知らないことを確信した。実際、知らないだろうと思ってはいた。ハーバートの話では、プロヴィスは〝闇にまぎれていた〟ようだし、彼がジャガーズ氏の依頼人になったのは約四年後のことで、過去の事件にかかわった自分の身元を明かすべき理由はない。だからといって、ジャガーズ氏が知らないということにはならないが、いまそれが確信に変わったのだ。

「なるほど！　きみはあの若い女性の父親を知っていると言うんだな、ピップ？」

「はい。父親の名前はプロヴィスです——ニュー・サウス・ウェールズから来た」

私がそう告げたとき、さしものジャガーズ氏も驚きを隠せなかった。人が示せる最小限の驚きで、きわめて慎重に抑えられ、たちどころに消えたが、驚きにはちがいなかった。ジャガーズ氏はそれを、ハンカチを取り出す一連の動作にしてごまかした。ウェミックがどう反応したかはわからない。怖くて彼のほうを見ることができなかったからだ。私たちのあいだに知られざるやりとりがあることを、鋭敏なジャガーズ氏に悟られるのが心配だった。

「何を根拠にプロヴィスはそう主張しているんだね、ピップ？」ジャガーズ氏はハンカチを鼻にやる途中で止め、落ち着き払って尋ねた。

「彼が主張しているのではありません。これまで主張したこともないでしょう。本人は、自分の娘が生きているとは知らないし、信じてもいません」

いつもは効果抜群のハンカチも、このときばかりは力を失った。私の返答があまりに予想外だったので、ジャガーズ氏はいつもの見せ場なしにハンカチをポケットにしまい、腕を組んで、顔の表情こそ変えなかったが、険しい眼差《まなざ》しを私に向けた。

私は知っていることをすべて彼に話した。どうやって知ったかも。ただ、ウェミックから得た情報については、ミス・ハヴィシャムから聞いたかのように仄《ほの》めかした。その一点に関してはしっかり注意した。すべてを話し終え、いっときジャガーズ氏の視線を黙って受けるまで、ウェミックのほうも見なかった。ついにウェミックに眼を移すと、彼はペンを投函口から抜き取り、眼のまえの机の書類に没頭していた。

「なんと！」ジャガーズ氏は机の書類に近づきながら、ようやく言った。「ウェミック、ミスター・ピップが入ってきたときに見ていたのは、どの書類だったかな？」

しかし、私はこのまま投げ出されるのには耐えられなかったので、ジャガーズ氏に、もっと男らしく率直に話し合ってください、と熱心に、ほとんど憤然と訴えた。あまりにも長いあいだ、まやかしの希望に振りまわされた末に今回の発見に至ったことを再度説明し、心の負担になっている危険にも触れた。いまこちらは秘密を打ち明けたのだから、見返りに少しくらい秘密を明かしてくれてもいいではないか。責めたり、疑ったりはしていないし、信用できないと言うつもりもない。ただ自分の考えが正しいという確証が得たいだけである。どうして真実が知りたいのか、なぜ知る権利があると思うのかと問われれば、こんな哀れな夢など知ったことかと思われるだろうが、自分はエステラを長く心から愛しており、いまや失恋して孤独な人生を送らなければならないにしても、彼女にかかわることはなんであれ、この世のほかのどんなことより近しく、愛おしく思えるからだと答える——そんなふうに申し立てても、ジャガーズ氏は身じろぎもせず立ち、頑固に押し黙っていたので、私はとうとうウェミックのほうを向いて言った。「ウェミック、あなたがやさしい心の持ち主なのはわかっています。心地よい家にもうかがいましたし、お年寄りの父上にも会い、毎日の仕事から気分転換する無邪気で明るく愉《たの》しい仕掛けもいろいろ見せてもらいました。どうか、あなたからもミスター・ジャガーズにひと言言ってもらえませんか。あらゆる状況を考えると、もっとぼくに心を開いてくださるべきではないかと！」

　こう呼びかけたあとのジャガーズ氏とウェミックほど、奇妙に互いを見つめ合うふたりの人間は見たことがなかった。もしやウェミックはその場で解雇されるのではないかと一瞬不安になったが、ジャガーズ氏が緊張をゆるめて笑みらしきものを浮かべ、ウェミックが大胆になってきたので、心配はいらないのがわかった。

「どういうことだ？」ジャガーズ氏が言った。「お年寄りに、明るく愉しい仕掛け？」

「いや」ウェミックが答えた。「ここに持ってこないんですから、関係ないでしょう」

「ピップ」ジャガーズ氏は私の腕に手を当てて、にっこりと笑った。「この男はロンドンじゅうでいちばんずる賢い詐欺師《さぎし》のようだ」

「とんでもない」ウェミックはどんどん大胆になった。「あなたこそ、そうだと思いますよ」

　またふたりは奇妙な視線を交わした。互いに相手が自分をだまそうとしていると考えているかのように。

「おまえに心地よい家だと？」

「仕事に支障が出るわけじゃありません。ほっといてください」ウェミックは言い返した。「それに、いま先生を拝見して思いましたが、そのうちあなたもこの仕事に嫌気が差して、心地よい家を持ちたいと計画されるかもしれない。そうなっても私は驚きませんよ」

ジャガーズ氏は思い当たる節があるかのように二、三度うなずき、ため息までついた。「ピップ、〝哀れな夢〟については話さない。私よりきみのほうが新鮮な経験があって、くわしいわけだから。だが、ほかのことについては話せる。ひとつたとえ話をしよう。いいな、事実だとは決して認めんぞ」

そう明言されたことはしっかり心に留めておきますと私が言うのを待って、ジャガーズ氏は続けた。

「さて、ピップ、こう仮定しよう。きみが話したような状況で、ひとりの女が自分の子供を隠しており、弁護士から弁護のために必要だと言われて、その子にまつわる真実を打ち明けざるをえなくなったとする。同時にその弁護士は、一風変わったある裕福な貴婦人から、養女を迎えたいので探してほしいという依頼を受けていたとする」

「わかります」

「その弁護士は邪悪なものに囲まれて暮らしており、目にする子供は誰も彼も破滅するために生まれてきたようなものだったとしよう。大勢の子供が刑事裁判所で厳正に裁かれ、さらし者にされ、当たりまえのように投獄され、鞭《むち》打たれ、流刑《るけい》にされ、顧みられず、爪弾《つまはじ》きになり、死刑執行人のところへ行くあらゆる資格を得て、大きくなってから本当に絞首刑《こうしゅけい》になるのを、その弁護士は嫌というほど見ていたとする。日々の仕事で目にする子供をほぼ全員、魚の卵と見なす理由があったとしよう。やがて彼らが魚になって、彼の網にかかるのだ――起訴され、弁護され、偽証させられ、孤児になり、いずれさまざまなかたちで悪の道に入る」

「わかります」

「こう仮定しよう、ピップ。そういう大勢の子供のなかに、美しい小さな子がひとりいて、救ってやれるかもしれない。父親はその子が死んだと思っているから、騒ぐことはない。そこで弁護士は、母親に権力を行使する――〝おまえがやったことも、どうやったかもわかっている。こういうふうに現れて、こういうふうに襲いかかり、相手からこういう抵抗があって、おまえはこうやり、疑いをそらすためにこう、こう、こういうことをした。私は全部それらを確かめた。なんならいま説明してやってもいい。子供は手離すのだ。もし自分の無実を証明するために必要になったら、そのとき初めて人前に出せばいい。子供を私に預ければ、おまえを無罪にするために全力を尽くそう。おまえが助かれば、子供も助かる。万一おまえが助からなくても、子供は助かるのだ〟というふうに。そういうことがあって、結局女は無罪になったと仮定しよう」

「完全にわかります」

「だが、私は事実だとは決して認めていないな？」

「先生は事実と認めておられません」ウェミックがくり返した。「ただのひと言も」

「仮定の話を続けるぞ、ピップ。激情と死の恐怖から、女は精神にいくらか変調を来《きた》す。自由の身になったあと、世の中が怖くてたまらなくなり、弁護士にかくまってほしいと願い出たとする。弁護士はそれを聞き入れ、彼女の暴力的な性格が外に現れそうになると、かならず昔のように権力を行使して抑えこむ。この架空の話が理解できるかね？」

「もちろんできます」

「その子が大きくなり、富を得るために結婚したとする。母親はまだ生きている。父親もだ。母親と父親は互いに知らないまま、相手から数キロのところに住んでいる。

なんなら数百メートル、いっそ数メートルでもかまわない。秘密は相変わらず秘密のままだが、たまたまきみだけが勘づいたとしよう。この最後の仮定については、ことのほか慎重に考えてもらいたい」

「わかりました」

「ウェミックにも、とくに慎重に考えてもらいたい」

　ウェミックも「承知しました」と答えた。

「つまりだ。きみは誰のためにその秘密を暴《あば》こうというのだ？　父親のためか？　彼が母親と会っても、いいことはあまりないだろう。母親のためか？　彼女が昔、本当にそういうことをしたのなら、いまいる場所にいたほうが安全だ。では、娘のためか？　娘の利益になるとはとても思えないな。両親の素性が公《おおやけ》になって、夫にも知られ、二十年間逃れてきた屈辱に引き戻されて、ほぼまちがいなくそれが一生続くのだから。さらに、きみが彼女を愛して〝哀れな夢〟の対象にしていたと仮定しよう、ピップ。そういう夢は、きみが考えるより多くの男の頭にいつかどこかで浮かぶものだ。それでも秘密を暴くつもりなら、包帯を巻いたその右手で包丁を取って、包帯を巻いた左手を叩き切り、その包丁をウェミックに渡して、右手も叩き切ってもらったほうがいい。よく考えれば、すぐにでもそうするはずだ」

私はウェミックを見た。ウェミックは深刻な顔つきで、深刻そうに人差し指で唇に触れた。私も同じ仕種《しぐさ》をした。ジャガーズ氏も同じことをして、いつもの態度に戻った。「さて、ウェミック、ミスター・ピップが入ってきたときに見ていたのは、どの書類だった？」

ふたりが働いているあいだ、私はしばらくそばに立っていた。彼らは何度か奇妙な視線を交わした。ただ、それまでとちがうのは、ふたりとも、自分がプロらしからぬ弱い部分を見せてしまったと、はっきり意識はしていないにせよ、訝《いぶか》っていることだった。だから互いに意固地になっていたのだろう。ほんのわずかでも作業が滞ることがあると、ジャガーズ氏はひどく命令口調になり、ウェミックは強情に自分が正しいと言い張った。彼らがここまで険悪になるのを私は初めて見た。たいていは仲よくやっていたのだ。

しかし、そこに折よく依頼人のマイクが現れて、ふたりはほっとひと息ついた。私が最初にこの事務所を訪ねた日に会った、毛皮の帽子をかぶって服の袖《そで》で鼻をふく癖のある男だ。つねに本人か家族の誰かが厄介なことになっている（これは事務所内で、ニューゲート監獄を意味した）ようで、この日は長女が万引きの疑いでしょっ引かれたと言った。彼がウェミックに嘆かわしい状況を説明しているあいだ、ジャガーズ氏は暖炉のまえに威厳たっぷりに立ち、いっさい口を挟まなかった。マイクの眼には図らずも涙が光った。

「どういうつもりだ」ウェミックは烈火のごとく怒った。「この事務所でめそめそするなんて」

「泣くつもりはなかったんです、ミスター・ウェミック」

「泣いたじゃないか。よくもまあ。来たらかならず壊れた万年筆みたいに水を垂らすんなら、来ないでもらいたい。どういうつもりだ、これは」

「人間てのは感情を抑えられないもんなんです、ミスター・ウェミック」マイクは哀訴した。

「何を抑えられないって？」ウェミックは噛《か》みつくように言った。「もう一度言ってみろ！」

「おい、おまえ」ジャガーズ氏が一歩進み出て、ドアを指差した。「ここから出ていけ。うちの事務所に感情は無用だ。出ていくがいい」

「ほーら見ろ」ウェミックは言った。「さっさと失《う》せろ」

不幸なマイクはしおらしく出ていった。ジャガーズ氏とウェミックはまた良好な関係を取り戻したらしく、昼食帰りのように新鮮な気分で作業を再開した。

52

　私は小切手をポケットに入れ、リトル・ブリテンから、ミス・スキフィンズの兄の会計士のところへ向かった。会計士はすぐに〈クラリカー商会〉に出かけ、クラリカーその人を連れてきてくれた。そこでの取り決めに私は非常に満足した。それは、大いなる遺産について知らされてから、私がただひとつした善良なこと、唯一《ゆいいつ》最後までやりとげたことだった。

　そのときクラリカーが言うには、会社の事業は順風満帆であり、中東に小さな支店を設けられるまでになっていた。業務拡大のためにその支店はどうしても必要で、ハーバートが新しい共同経営者になった暁には、支店長としてそちらに出向いてもらいたいということだった。私は、これで懸案は少し解決したものの、友との別れをみずからお膳立《ぜんだ》てしてしまったのだと気づいた。自分の最後の錨《いかり》も上がりはじめ、ほどなく風と波のまにまに漂うことになるのだと、ひしひしと感じた。

　もっとも、ハーバートがある夜大喜びで帰宅して、私にとって初耳ではないなどとは夢にも思わず、クララ・バーリーをアラビアン・ナイトの地に連れていくとか、私が（おそらくラクダの隊商とともに）そこに加わって、三人でナイル川をさかのぼり、驚きの光景を目にするといった希望を語るかと思うと、報われた気がした。ハーバートの明るい計画における自分の役割については楽観できなかったが、いずれにせよ、彼の道はどんどん切り開かれていて、ビル・バーリー老人がこのまま胡椒とラムにしがみついてくれれば、娘はまもなく幸せになれるだろうと思った。

　すでに三月だった。私の左腕は、悪化を示す症状こそなかったものの、自然治癒にずいぶん時間がかかり、まだ上着を着ることができなかった。一方、右腕はそれなりに回復し、傷は残ったがだいぶ使えるようになった。

　そんな月曜の朝、ハーバートと朝食をとっていると、ウェミックから次のような手紙が郵便で届いた。

　　ウォルワースより。読後すぐに燃やされたし。今週前半、たとえば水曜に、例の件を実行される気があれば実行してもよろしいかと。即焼却。

　これをハーバートに見せ、しっかり憶《おぼ》えて火にくべたあと、どうすべきか考えた。

いまや私の身体《からだ》が不自由になっていることを勘案しないわけにはいかなかったのだ。

「そのことは何度も、何度も考えたよ」ハーバートは言った。「テムズの船頭を雇うより、いい方法があると思うんだ。スタートップに頼もう。いいやつだし、操船もうまい。ぼくたちのことが好きで、何事にも熱心で、高潔だ」

私も彼のことは一度ならず考えていた。

「でも、どこまで彼に話す、ハーバート？」

「ほんの少しでいいさ。当日の朝まで、たんにぼくたちだけの気ままな遊びだと思わせておこう。で、最後に、きみが急遽《きゅうきょ》プロヴィスを外国に連れ出さなければならなくなったと説明する。きみも同行するんだろう？」

「もちろん」

「どこへ？」

それについては、不安のさなかであれこれ考えたが、どの港に向かおうとかまわないという気がしていた。ハンブルク、ロッテルダム、アントワープ――イギリスから出られるのであれば、行き先はほぼどこでも問題ない。たまたま出くわした外国汽船で、われわれを乗せてくれるなら、なんでもいい。私は当初から、プロヴィスをボートに乗せてはるか下流まで行くつもりだった――少なくとも、グレイヴズエンドよりずっと先まで。嫌疑がかかった場合、かならず捜索や尋問がおこなわれるのはグレイヴズエンドだからだ。外国汽船は満潮のころロンドンを発《た》つので、われわれの計画としては、そのまえの引き潮に合わせて川を下り、どこか静かなところに待機して、近づいてくる船にボートを寄せる。待機場所がどこになろうと、船が通りかかる時刻はかなり正確に予測できるだろう。

ハーバートは以上のすべてに同意し、私たちは朝食後すぐに調査に出かけた。ハンブルク行きの汽船がいちばん目的に適いそうだったので、おもにその船について考えることにしたが、念のため同じ潮時にロンドンを発つほかの船の色と形も調べて、それぞれ記録しておいた。その後の数時間は別れて、私はすぐに必要なパスポートを取りにいき、ハーバートはスタートップの下宿先へ向かった。ふたりとも滞りなくやるべきことをやり、午後一時に再会したときには双方の仕事がすんだことを報告し合った。私はパスポートを取得し、ハーバートはスタートップに会って、喜んで協力するという返事をもらっていた。

話し合いの結果、ハーバートとスタートップが一対のオールを漕《こ》ぎ、私が舵《かじ》を取り、移送対象者は黙って坐《すわ》っていることになった。速さが目的ではないので、ゆっくり遠くまで漕げばいい。水曜当日、ハーバートは夕食にテンプルには戻らず、直接ミル・

ポンド・バンクに行く。明日火曜の夜は、ミル・ポンド・バンクには立ち寄らない。プロヴィスには、当日われわれのボートが近づくのが見えたら——かならずそれまで待つこと——家のすぐ近くの船着場におりてくるよう言っておく。プロヴィスとの打ち合わせは今日月曜の夜にすべてすませ、そこから彼をボートに乗せるまではいっさい連絡をとらない。

　こうした注意事項をふたりでしっかり確認してから、私は家に戻った。部屋に入るドアの鍵《かぎ》を開けたとき、郵便受けに手紙が入っているのに気づいた。宛《あて》名《な》は私で、非常に汚れているが、字は下手ではなかった。誰かが直接届けにきたのだろう（むろん私が外出したあとで）。なかにはこう書かれていた。

　怖くなければ、今晩か明日の晩九時に、生まれ故郷の沼地の石灰窯《いしばいがま》のそばにある、小さな水門小屋まで来い。とくに、おまえのプロヴィスおじさんに関する情報が欲しければ来ることだ。誰にも言わずに、すぐに来い。かならずひとりで来ること。この手紙も持参せよ。

この謎《なぞ》めいた手紙を受け取るまえから、私の心は心配事でいっぱいだった。このうえどうすればいいかなど、わかるわけがない。最悪なのは、すぐに決断しなければならないことだった。さもないと、今晩村に着く午後発の馬車に乗り損ねる。明日の夜は、逃亡のタイミングに近すぎるから論外だ。それに、この手紙が示唆《しさ》する情報は、もしかするとその逃亡自体に重要な意味を持つかもしれない。

考える時間が充分あったとしても、やはり行っただろうと思う。実際には、ほとんど時間がなかったので——時計を見ると、馬車は三十分以内に出発するところだった——行こうと決めた。〝プロヴィスおじさん〟が出てこなければ、ぜったいに行かなかった。午前中のウェミックの手紙と、あわただしい準備のあとで、そのことばが最後の決め手になったのだ。

緊急事態のときには、たいていどんな手紙の内容もきちんと理解できないものだ。私も謎の手紙をまた二回読み返して、ようやく他言無用の指示が自然に頭に入った。同じくらい自然にその指示にしたがって、ハーバートには、もうじき旅に出ていつ帰れるかもわからないから、取り急ぎミス・ハヴィシャムの容態をこの眼で確かめてくるという鉛筆書きのメモを残した。そしてあわただしく外套《がいとう》を取り、部屋の戸締まりをし、近道の路地を通って馬車駅へと向かった。辻《つじ》馬車を拾って大通りから行ったら間に合わないところだった。近道を歩いたので、ちょうど中庭から出てきた馬車をつかまえることができたのだ。ようやく人心地がつくと、乗客は私ひとりで、防寒用の藁《わら》に膝《ひざ》まで埋もれてガタゴト揺られていた。

というのも、手紙を受け取ってからずっと、自分が自分でない心持ちだったのだ。朝の忙しさに続くあの手紙で、動揺は激しかった。ウェミックからの連絡を首を長くして待っていたのはたしかだが、完全な不意打ちとなり、午前中はばたばたしてしまった。いまさら馬車に乗っていることが不思議で、ここにいる理由はないのではないか、すぐにおりて引き返すべきではないか、匿名《とくめい》の手紙にしたがうのがそもそもおかしいだろう、などと考えはじめた。要するに、あわてて行動する人がまず逃れられない、あらゆる段階の葛藤《かっとう》と逡巡《しゅんじゅん》を経験していたのだ。それでも、プロヴィスの名前がすべてに優先した。行かないことによって彼になんらかの害が及んだら、ぜったいに自分を赦《ゆる》せなくなるという理屈を——もしそれを〝理屈〟と呼べるなら——立てた。というより、すでに無意識のうちに立てていた。

到着するころには、外は暗くなっていた。馬車のなかからはほとんど何も見えず、自由の利かない体で外の席にも移れない私にとって、旅は長くわびしかった。〈青猪《あおいのしし》〉亭は避け、町はずれの不人気な宿に泊まることにして、夕食を注文した。その準備のあいだ、サティス・ハウスに行ってミス・ハヴィシャムの具合を尋ねたが、多少は回復しているものの、まだ重態だった。

今回の宿は大昔の教会の一部で、私は洗礼盤のような八角形の小さな談話室で食事をした。ナイフを使うことができないので、つるっ禿《ぱ》げの宿の主人が代わりに切ってくれ、それをきっかけに会話が始まった。ありがたくも彼は私の話をして、愉しませてくれた。もちろん、パンブルチュークが私の最初の恩人で、わが財産の基礎を作ったという人気の逸話である。

「その若者をご存じなのですか？」私は訊いた。

「ご存じも何も！」主人は言った。「彼がこんなにちっちゃかったころから知ってますよ」

「この村に戻ってきたりしますか？」

「ええ、戻ってきますよ。ときどき友だちには会ってるようですが、お世話になった人にはなんの挨拶《あいさつ》もなしです」

「お世話になった人とは？」

「さっき話した、ミスター・パンブルチュークですよ」

「ほかにも彼は恩知らずの態度をとっているんでしょうか」

「そういう態度がとれるなら、まちがいなくとってるでしょうな。ですが、できんのです。なぜか？　パンブルチュークが、そいつに代わってあらゆることをしてやってるからですよ」

「パンブルチュークがそう言ってるんですか？」

「そう言っている！　いや、ご本人が言う必要はありません」

「でも、言ってるんですね？」

「あの人がそんなことを言ってるのを聞いたら、血が白ワインビネガーみたいになっちまいます」主人は言った。

私は、でもジョー、愛《いと》しいジョーはぜったいそんなことは言わない、と思った。苦労人で愛情あふれるジョーは、ぜったい不満を口にしない。やさしいビディも同じだ！

「お怪我《けが》のせいか、食欲がないようですな」主人が私の外套の下の吊り包帯をちらっと見て言った。「肉の柔らかいところを食べたらどうです？」

「いや、ありがとう」私は答え、体をテーブルから暖炉に向けて、考えこんだ。「もう食べられません。下げてください」

恥知らずの詐欺師パンブルチュークのことを思うにつけ、ジョーに対する自分の恩知らずな態度が、それまでにないほど胸をえぐった。パンブルチュークが偽物《にせもの》であればあるほど、ジョーは本物だった。パンブルチュークが卑劣であればあるほど、ジョーは高貴になった。

一時間かそこら火を見つめて考えるうちに、私は至極当然ながら、謙虚な気持ちになった。時計が鳴って、はっとわれに返ったが、鬱々《うつうつ》とした自責の念は消えなかった。立ち上がり、外套を首まわりで留めて外に出た。手紙をもう一度見ておこうとポケットを探ったが見つからず、馬車の藁のなかに落としたにちがいないと思って、不安になった。しかし、指定の場所は沼地の石灰窯のそばにある小さな水門小屋で、時刻は九時ということはしっかり憶えていたので、遅れないようにまっすぐ目的地に向かった。

53

囲いのある土地から沼地に入ったときには、満月が出ていながら暗い夜だった。地平線の向こうに晴れた空の帯があったが、大きな赤い月が収まるほどの幅はなく、月は数分でその晴れたところから叢雲《むらくも》の山のなかに消えてしまった。

物憂《ものう》い風が吹いていて、沼地はひどく陰気だった。よそから来た人にはとても耐えられなかっただろう。私でさえあまりに重苦しい雰囲気にためらい、引き返そうかと思いかけたほどだ。しかし沼地にはくわしく、もっと暗い夜でも道を見つけられるし、ここまで来て引き返しては言いわけが立たないので、相変わらず気は進まないが歩きつづけた。

歩いた方向は、昔のわが家があるほうでも、みなで囚人を追いかけたほうでもなかった。遠い監獄船に背を向け、かつて見た砂洲《さす》の灯火は肩越しに見えた。私は石灰窯を古い砲台と同じくらいよく知っていたが、ふたつは何キロも離れていた。それぞれの場所に明かりがともっていたとしたら、ふたつの明るい小さな点のあいだに何もない地平線が長々と延びていたはずだ。

最初はいくつか木戸をくぐって閉めたり、土手の道に寝そべる牛たちが起き上がって、うろうろと草や葦《あし》のなかへ入っていくのを待ったりしなければならなかったが、しばらくすると、平坦《へいたん》な沼地一帯に自分ひとりしかいないように思えた。

さらに三十分ほど歩くと、ようやく石灰窯があった。石灰が息の詰まりそうなにおいを発してちびちび燃えていたが、火を熾《おこ》したまま放置されていて、働く人の姿はなかった。すぐ近くの小さな石切場は私の進路にあたった。道具や手押し車が散らばっているところを見ると、その日も仕事をしたようだった。

石切場を横切る粗末な道を抜けて、また沼地に出た。古びた水門小屋に明かりがついているのが見えたので、足を早め、ドアを叩《たた》いた。返事を待つあいだ、まわりを見ると、水路は壊れて使われておらず、木造で瓦《かわら》屋根の小屋はもうすぐ雨風をしのげなくなりそうだった——かりにいまはしのげているとしても。あたりの泥は石灰に覆《おお》われ、水にも石灰がたっぷり浮いていて、窯の息苦しいにおいが幽霊さながら漂ってきた。まだ返事がないので、もう一度ノックした。やはり返事はなく、私は掛け金に触れてみた。

掛け金がはずれ、ドアが開いた。なかをのぞくと、机に火のついた蠟燭《ろうそく》がのっていて、ベンチと、マットレスを敷いたキャスターつきのベッドがあった。屋根裏部屋があったので、「誰かいますか？」と声をかけたが、返事はない。時計を見ると、九時をすぎていた。再度「誰かいますか？」と声を張り上げても、一向に返事がないので、どうしたものか決めかねて外に出た。

雨が激しく降りだしていた。すでに見たものしか見えず、やむなくまた小屋に入って、雨をよけられる戸口ぎりぎりのところに立ち、外の闇《やみ》を眺めた。少しまえまで誰かがここにいて、またすぐ戻ってくるにちがいない、でなければ蠟燭が燃えているわけがないと考えて、ふと蠟燭の芯《しん》の長さを確かめてみようと思いついた。振り返って蠟燭を手に取った矢先、何か強い衝撃で火が消え、気づくとうしろから頭上に太い輪縄を投げられ、体を締めつけられていた。

「さあ」押し殺した声が、罰当たりなことばを吐きながら言った。「捕まえたぞ！」

「なんだこれは！」私はもがいて叫んだ。「誰だ！　助けて、助けて！」

両腕を脇に押しつけられているだけでなく、怪我をしている腕に強い力が加わるので、激烈な痛みだった。屈強な男の手や胸が私の口に当たって、叫び声を封じた。熱い息がずっとそばにあった。闇のなかで暴れたがむなしく、とうとう壁のどこかに縛りつけられてしまった。「いいか」また押し殺した声が呪詛《じゅそ》とともに言った。「今度叫んだら一気に始末してやるからな！」

怪我をした腕の痛みで気が遠くなり、めまいがした。突然の攻撃に動転していたが、脅しを実行するのがいともたやすいことはわかったので、叫ぶのをやめ、腕にかかった縄をほんのわずかでもゆるめようとした。だが、縄はしっかり縛られていて、びくともしない。このまま火傷《やけど》した腕が、今度は熱湯で煮られているようだった。

ふいに月明かりがさえぎられて真っ暗闇になったので、男が鎧戸《よろいど》をしめたのがわかった。男はしばらく手探りしたあと鉄と火打石を見つけて、火を打ち出しはじめた。

私は火口《ほくち》に飛ぶ火花に眼を凝らした。男はマッチに火を移そうと火口に近づけてふうふう吹いたが、私には彼の唇とマッチの青い先端しか見えず、それもすぐに消えた。火口が湿っていて――こういう場所だから無理もない――火花は散っては消えた。

男はあわてず、火打石と鉄を何度も打ちつけた。まわりに明るい火花が散ったので、その手と顔の一部、そして机に屈《かが》みこんで坐っているところが見えた。しかし、わかったのはそこまでだった。やがてまた男の青い唇が見え、火口を吹くと、火がぱっと燃え上がって、そこにオーリックが現れた。

誰に会うつもりだったのか、自分でもわからなかったが、少なくともオーリックではなかった。彼の姿を見て、途方もない窮地に追いこまれたと感じた。私は彼をじっと見つづけた。

オーリックは火のついたマッチで慎重に蠟燭をともし、マッチを地面に落として踏み消した。私の顔がよく見えるように机の上の蠟燭を少し遠ざけ、組んだ腕を机にのせて、こちらに眼を向けた。私は屋根裏部屋に垂直にのぼる梯子《はしご》に縛りつけられていた。壁から十センチほど離れて取りつけられた、丈夫な梯子だった。

「さあ」しばらく互いにじっくり眺め合ったあとで、オーリックが言った。「捕まえたぞ」

「縄をほどけ。自由にしろ！」

「ああ！　自由にしてやるとも。ぶん殴って月にでも星にでも吹っ飛ばしてやる、そのときが来たらな」

「どうしてここにおびき寄せた？」

「わからないのか？」オーリックは凶悪な顔つきで言った。

「どうして暗闇で襲ってきた？」

「おれひとりでやるつもりだったからよ。ひとりのほうが、ふたりより秘密を守れるだろ。おまえは敵だ！　敵だ！」

机で腕組みし、ぶざまな私の恰好をうれしそうに眺めて首を振るオーリックの様子には、悪意が満ちていて、私は身震いした。黙って見ていると、彼は体の横のどこかに手を突っこんで、銃身が真鍮製《しんちゅうせい》の拳銃《けんじゅう》を取り出した。

「これ、知ってるか？」オーリックは銃で私を狙《ねら》うようなふりをした。「まえにどこで見たかわかるか？　言ってみろ、狼《おおかみ》め！」

「わかる」私は答えた。

「おまえのせいであそこを馘《くび》になったんだ。おまえのせいだ。そうだろ！」

「ほかに何ができた？」

「おまえのせいだ。ほかに何もなくても、それだけで充分だ。おれと、おれの好きな娘とのあいだでいらんことしやがって」

「いつそんなことをした？」

「いつだあ？　いつだってオーリック先輩の悪口を彼女に吹きこんでたじゃないか」

「自業自得《じごうじとく》だ。自分で招いたことじゃないか。それがなきゃ、ぼくだって何も言えなかった」

「嘘《うそ》つきめ。どれだけ金がかかろうと、どれほど苦労しようと、おれをこの土地から追い出したいんだろ、え？」オーリックは、私がビディと最後に会ったときに彼女に言ったことばをくり返した。「なあ、教えてやるよ。おれをこの土地から追い出したいんなら、今晩ほどやり甲斐《がい》のあるときはないぞ。けっ！　おまえの全財産の二十倍を、最後の一ファージングまでつぎこんだっていいくらいだ！」彼が私に分厚い手を振り、虎《とら》のようにうなると、私はそのとおりだと思った。

「ぼくをどうするつもりだ」

「どうするって」オーリックは力をこめるために立ち上がりながら、大きな拳《こぶし》で机を思いきり叩いた。「命をもらうのよ！」

　身を乗り出して私を睨《にら》みながら、ゆっくりと拳を開き、獲物を見て涎《よだれ》が出てきたように掌《て》で口をぬぐうと、また坐った。

「おまえは子供のころからいつもオーリック先輩の邪魔をしてきた。今夜でその邪魔も終わりだ。おまえはおれのまえから消える。死ぬのさ」

私は自分の墓穴の縁まで来た気がした。逃げ出すすべはないかと必死であたりを見まわしたが、何もなかった。

「それだけじゃない」オーリックはまた机の上で腕を組んで言った。「おまえの服の切れ端ひとつ、骨一本、この世には残らない。死体を石灰窯に放りこんでやる。おまえぐらいの体格なら、この肩にふたりは担《かつ》げる。みんな、おまえがどうなったかいろいろ考えるだろうが、誰にもわかりゃしない」

そうして死んだときのあらゆる結果について、私の頭は想像を絶する速さで考えた。エステラの父親は、私に見捨てられたと思い、捕らえられ、私を責めながら死ぬだろう。ハーバートでさえ、残してきたあのメモを読んだあと、私がハヴィシャム邸の門のまえにほんの少ししかいなかったことを知ったら、私を疑うだろう。ジョーとビディは、あの夜私がどれだけ後悔していたか、永遠に知ることはなくなる。私がどれほど悩み、どれほど誠実であろうと努め、どういう苦しみを味わったか、誰も知ることはない。すぐそこに迫った死は怖《おそ》ろしかったが、それよりはるかに怖いのは、死んだあとも誤って記憶されることだった。思考はすさまじい速さで駆けめぐり、まだ生まれていない世代——エステラの子供や、そのまた子供たち——に軽蔑《けいべつ》される自分が見えた。その間も、人でなしのことばは続いていた。

「狼め」彼は言った。「ほかの獣みたいにぶち殺してやるまえに——そのつもりで縛ったんだからな——おまえをじっくり眺めて、いたぶりまくってやる。おまえは敵だ！」

　助けを求めてもう一度叫ぼうかという考えが頭をよぎったが、そこが最果ての地で救出の見込みなどないことを、私ほどよくわかっている人間もいなかった。ただ、こちらを見てうれしそうにほくそ笑むオーリックに軽蔑と嫌悪《けんお》の念が湧《わ》き起こり、それが心の支えになって、私は断固口を閉ざした。何より命乞《いのちご》いだけはすまい、たとえ非力でも最後に抵抗してから死のうと心に決めた。極限まで追いつめられたことで、あらゆる人に対して温和な気持ちになり、神様に謙虚に赦しを乞うた。大切な人たちに別れを告げなかった、もはや永遠に告げられない、彼らに自分の立場を説明することも、犯したみじめなあやまちに同情を寄せてもらうこともできない、と考えて弱気になっていたが、それでもオーリックを殺すことができたなら、みずから死ぬことになったとしても殺していただろう。

オーリックは酒を飲んでいて、眼が赤く充血していた。以前もよく食べ物や飲み物を首からさげていたが、この日も錫《すず》の壜《びん》を首にかけ、それを口に持っていって、強い酒を飲んだ。酒の強烈なにおいがして、彼の顔がさっと赤くなった。

「狼め！」また腕を組んで言った。「オーリック先輩がひとつ教えてやる。おまえのガミガミ姉貴にとどめを刺したのは、おまえだぜ」

彼がゆっくりと途切れがちにそう言い終わるまえに、また想像を絶する速さで頭がまわり、姉が襲われ、その後病んで死に至るまでの記憶がすっかり甦《よみがえ》っていた。

「あれはおまえじゃないか、この悪党！」私は言った。

「おまえのせいだと言ってるんだ。おまえがいたから、ああなったんだ」オーリックはそう言って拳銃を取り、あいだの空間を切り裂くように振りおろした。「おれは今夜おまえにやったみたいに、あの女にうしろから近づいてぶっ倒した。死んだと思って放っといたんだが、あのとき、ここみたいに石灰窯が近くにあったら、また生き返ることはなかったのにな。だが、やったのはオーリック先輩じゃないぞ、おまえだ。おまえは贔屓《ひいき》されたのに、オーリック先輩はいじめられ、殴られた。いじめられ、殴られてただろ、え？　その償いをしてもらう。おまえがやったことだ。おまえが償う」

オーリックはまた酒を飲み、いっそう獰猛《どうもう》になった。壜のあおり方から、もうなかにあまり残っていないのがわかった。私を殺すために酒で勢いをつけているのはまちがいない。酒の一滴が私の命の一滴だった。少しまえに危険を知らせる守護霊のように漂ってきた蒸気に、私が溶けこんでしまったら、姉のときにもそうしたように、大急ぎで町にくり出して猫背で歩きまわり、酒場を梯子しているところを人々に見せるつもりなのだろう。すぐさま私の心は町に向かう彼のあとを追い、通りにいるその姿を思い描き、にぎやかな町の明かりや命と、寂しい沼地、そしてそこを這《は》うように漂う白い蒸気とを比べた。私はその蒸気に溶けこんでしまうのだ。

オーリックが十数語を発するあいだに、私は何十年もの出来事を思い出すことができたが、それだけでなく、彼の言うことは私にとってただのことばではなく、絵になった。興奮して暴れる脳のなかで、場所を思えばその景色が見え、人を思えばその姿形が見えた。そうした映像のあざやかさはいくら強調しても誇張にはならないが、同時に私は、ずっとオーリック自身に注意を集中していた。飛びかかってきそうな虎に集中しない者がいるだろうか。相手の指のほんのわずかな動きも見逃すことはなかった。

もう一度オーリックは酒を飲み、坐っていた椅子《いす》から立って、机を横に押しやった。

蠟燭を取り、残忍な手で火を覆ってこちらに光を投げかけ、私のまえに立って、眺めを愉しんでいた。

「狼、もっと教えてやろう。こないだの夜、おまえが家の階段のところでつまずいたのは、このオーリック先輩だ」

明かりの消えた階段が見えた。守衛のランタンが壁に映し出した、階段の重厚な手すりの影も。もう二度と見ることのない部屋も見えた——半分開いたこのドア、閉まっているあのドア、室内のありとあらゆる家具。

「なんでオーリック先輩があそこにいたか？　ついでに教えてやるよ、狼。おまえとあの女にうまく追い出されて、おれはこの界隈《かいわい》で楽な暮らしができなくなった。だから新しい仲間と新しい雇い主を見つけたんだが、そのなかに、おれが頼めば代わりに手紙を書いてくれる連中がいる。わかるか、おれの手紙を書くんだぞ、狼！　しかも五十種類の筆跡で書けるんだ。一種類しか書けない、しょぼいおまえとちがってな。おれはおまえが姉貴の葬式に来たときから、ぜったい殺してやると心に誓った。ただ、無理なく捕まえる方法が見つからなかったから、おまえのふだんの行動を調べたのよ。オーリック先輩は、〝なんとかしてあいつを捕まえてやる！〟と自分に言い聞かせてた。でもって、おまえを見張ってたら、なんとプロヴィスおじさんが見つかったってわけさ、な？」

　ミル・ポンド・バンク、チンクシズ・ベイスン、オールド・グリーン・コッパー・ロープウォーク——すべてがまざまざと眼に浮かんだ！　部屋にいるプロヴィス、もう使うことのない合図、かわいいクララ、母親のようにやさしい女性、ベッドにいるビル・バーリー老人——海に流れこむわが人生の急流に乗って、すべてが流れ去った。

「おまえにおじきがいたとはな！　おれはおまえがガージェリーの家にいたときから知ってる。あのころはほんのちっぽけな子狼で、この親指と人差し指でつまんで投げ捨ててやれるほどだったが（おまえが日曜に林のなかをぶらぶらしてたときなんか、何度そうしてやろうと思ったことか）、おまえにおじきなんかいなかった。いるもんか！　ところが、オーリック先輩が聞いた話じゃ、そのプロヴィスおじさんは鉄の足《あし》枷《かせ》をしてたらしい。オーリック先輩はその昔、ヤスリで切られた足枷をぬめ地《メッシズ》で拾って隠しておいたんだがな。それでおまえの姉貴を牛みたいに殴り倒してやった。これからおまえも殴り倒してやる。どうだ、え？——オーリック先輩の聞いた話だよ——どうなんだ？——」

　そんなふうに容赦なくなじりながら、蠟燭を私のすぐ近くまで持ってきた。私は炎に焼かれまいと顔を背けた。

「ほう！」オーリックはまた炎を近づけて、笑いながら叫んだ。「火傷した子は火が怖いってか！ おまえが火傷したことも知ってるぞ。プロヴィスおじさんをこっそり連れ出そうとしてることも。おまえの考えなんか読めるから、今晩来ることもわかってた！ もっと教えてやろう、狼め。これで最後だ。おまえにオーリック先輩という好敵手がいるのと同じように、プロヴィスおじさんにも敵がいるぞ。甥《おい》っ子がいなくなった日にゃ、おじきも連中に気をつけないとな。愛する甥っ子の服の切れ端ひとつも、骨の一本も見つからなくなったら、そいつらに注意するこった。連中は、マグウィッチが――どうだ、おれは名前も知ってるぞ――同じ土地で生きてるってことが許せない。それはぜったい認めない。マグウィッチが別の土地にいたときだって、ちゃんと確かな情報を仕入れて、やつがいきなり姿をくらまして連中に危害を加えることがないように気をつけてたんだ。筆跡が一個しかないしょぼいおまえとちがって、五十とおりに書けるのは、もしかしてその連中かもな。マグウィッチめ、コンピーソンと絞首台に注意しやがれだ！」

蠟燭の炎をいっそう近づけて顔と髪をいぶしたので、私は一瞬眼が見えなくなった。それからオーリックは大きな背を向けて、蠟燭を机に戻した。私は彼が振り返るまえに胸の内で祈り、ジョーとビディとハーバートのことを思い出した。

机と向かいの壁のあいだには一メートルほどの隙間《すきま》があった。オーリックはそこを猫背で往《い》ったり来たりした。かつてなく大きな力がみなぎっているようで、歩きながら両手を体の脇《わき》にだらりと垂らし、眼は私を睨みつけていた。もはや望みは絶たれた。頭の混乱は激しく、思考の代わりに映像が驚くべき力で次々と流れていたが、まもなく私を完全にこの世から消し去るつもりでなければ、オーリックがいまのようなことを話すはずがないということは、はっきりと理解できた。

突然彼は立ち止まり、壜のコルク栓を抜いて投げ捨てた。落ちたのは軽いコルクなのに、鉛の重りのような音がした。オーリックは壜を少しずつ傾けて、ゆっくりと酒を飲んだ。もう私のほうは見ていない。最後の数滴を掌《てのひら》に落とし、ぺろりとなめると、急に激しく動きだし、すさまじく罵《ののし》りながら壜を放り投げて屈みこんだ。その手に長く重い柄のついた砕石ハンマーが握られているのが見えた。

私の決意は揺るがなかった。むなしい命乞いのことばはひと言も発さずに、力のかぎり叫んでもがいた。動くのは頭と両脚だけだったが、それでも自分にあるとも思っていなかった力で激しく抵抗した。すると、それに応じるような叫び声がして、小屋の入口から何人かの人影とまばゆい光が飛びこんできた。騒々しい声が聞こえ、逆巻く波のようにもみ合う人群れのなかから、オーリックが抜け出し、机を一気に飛び越えて夜のなかへ逃げていくのが見えた。

空白ののち、気づくと私は同じ場所で縛《いまし》めを解かれ、誰かの膝に頭をのせて横になっていた。意識が戻ったとき、視線は壁の梯子にすえていて——眼は開いていても、見ていなかったのだ——そこでようやく気を失ったのと同じ場所にいることがわかった。

最初は何をする気も起きず、振り返って誰に頭を支えられているのか確かめるのも億劫《おっくう》で、ただ梯子を見ていたが、やがて私と梯子のあいだに顔が現れた。それはなんと、トラブの小僧だった！

「復活しましたよ！」小僧はまじめな声で言った。「でも顔が真っ青だ！」

そのことばで、私を支えてくれていた人の顔が私の顔と向き合った。それは——

「ハーバート！　ああ、驚いた！」

「落ち着いて」ハーバートが言った。「そっとだ、ヘンデル。焦《あせ》るな」

「仲間のスタートップも！」こちらに身を屈めた彼に、私は大声で言った。

「彼が手を貸してくれる計画を思い出して、落ち着くんだ」ハーバートが言った。

そのことばで私は跳ね起きたが、腕の痛みでまた倒れた。「まだ決行の日になってないんだね、ハーバート？　今日は何日だ？　ぼくはどのくらいここにいた？」長いあいだ倒れていたという奇妙な疑念が頭から離れなかったのだ。一昼夜だろうか、それとも二日、あるいはもっと？

「決行の日はまだだ。いまは月曜の夜だから」

「よかった！」

「明日は火曜。一日休める」ハーバートは言った。「けど、どうしてもうめき声が出るんだね、親愛なるヘンデル。怪我はどう？　立てるかい？」

「ああ、だいじょうぶ」私は言った。「歩けるよ。腕がズキズキするだけだ」

　彼らは私の袖をまくって、できるだけの処置をしてくれた。腕は真っ赤に腫《は》れ上がって、触れられるのにも耐えられないほどだったが、町に出て炎症を抑える薬が手に入るまでの手当として、ハンカチを裂いて新しい包帯を作り、注意深く取り替えて吊《つ》り包帯に入れてくれた。しばらくして、私たちは暗く空っぽの水門小屋のドアを閉め、石切場を抜けて引き返した。トラブの小僧は、いまや育ちすぎたトラブの若者になっていたが、ランタンを持って先頭を歩いた。小屋に飛びこんできた光は、そのランタンだった。とはいえ、私が最後に空を見たときからゆうに二時間分は月がのぼっていて、雨こそ降っているが、あたりはずっと明るかった。石灰窯の横を通ったときには、白い蒸気が私たちからゆらゆらと離れていった。私はまえに胸の内で祈ったように、今度は胸の内で感謝した。

どういういきさつで救出にきてくれたのかハーバートに尋ねたが、最初はそれより安静が大切だということで、あっさり断られた。しかし、なんとしても知りたいと頼んだところ、次のような話をしてくれた。急いでいた私は、オーリックからの手紙を開いたまま落としていた。そうして出かけた直後に、ハーバートが途中の通りで会ったスタートップを連れて戻ってきた。部屋で手紙を見つけた彼は、そのことばの調子に不安を抱き、私があわてて残した書き置きの内容と食いちがっているので、なおさら不安になった。十五分考えても、不安はおさまるどころか増すばかりだったので、いっしょに行こうと申し出たスタートップと、馬車事務所に次の発車時刻を調べにいった。午後の馬車はすでに出ており、事がうまく運ばないせいで不安は狼狽《ろうばい》に変わった。ハーバートは小型の馬車を雇って私のあとを追おうと決意した。ハーバートとスタートップは〈青猪〉亭に着き、てっきりそこで私に会えるか、せめて消息はわかると思っていたが、どちらも叶《かな》わず、ハヴィシャム邸まで行ったところで手がかりは途絶えた。しかたなくふたりは〈青猪〉亭に戻り（まさに私が自分の身の上話のローカル版を聞かされていたころ）、食事をして、沼地に案内してくれる人を探した。すると、入口近くでぶらぶらしていた人のなかに、偶然トラブの小僧がいたのだ。例によって用もないところにかならず現れる特技を披露したわけである。トラブの小僧は、私がミス・ハヴィシャムの屋敷から今回の宿のほうに歩いていくのを見ていて、案内役を引き受けた。かくして彼らは、私が避けた、町から沼地へ続く道を通って水門小屋に向かった。道中ハーバートは、ことによると私は本当にプロヴィスの安全確保のために小屋に呼ばれたのかもしれないと考えた。その場合、自分たちが割りこんではまずいことになると判断して、彼は案内人とスタートップに石切場の端で待ってもらい、ひとりで二、三度、小屋のまわりを忍び足で歩いて、なかの様子を確かめようとした。荒々しく深い声が不明瞭《ふめいりょう》に聞こえるだけだったので（私が頭を忙しく働かせていたときだ）、私はいないのではないかとさえ思いはじめたそのとき、突然私が大きな叫び声をあげたので、ハーバートはそれに応《こた》えてただちに小屋に突入し、すぐあとから残るふたりも続いたというわけだった。

　小屋のなかであったことをハーバートに話すと、彼は、夜の遅い時間だが、いますぐ町の治安判事のところに行って逮捕状を出してもらおうと提案した。しかし私は、そういう方策をとると、われわれ三人は町に引き留められるか、また戻ってくるよう命じられて、プロヴィスに命の危険を及ぼしかねないと考えていた。その可能性は否定できなかったので、オーリックをただちに追跡することはあきらめた。また、そういう状況だから、トラブの小僧にはたいした問題ではないと思わせておくのが賢明だろうということになった。小僧は、自分の介入によって私が石灰窯から救われたと知ったら、ひどく落ちこんだにちがいない。格別悪い性格というわけではなく、元気があり余っていて、誰が犠牲になろうと、変わったことや興奮することを追い求めずにはいられない性分なのだ。別れ際《ぎわ》に私は二ギニーを渡し（小僧はそれに満足したようだった）、いままで悪い印象を抱いていて申しわけなかったと謝った（小僧はこちらには無反応だった）。

水曜が迫っているので、その夜のうちに三人で馬車を雇ってロンドンに帰ることにした。一夜の冒険が町の噂《うわさ》になるまえに引きあげたかったというのもある。ハーバートが大きな壜入りの薬を手に入れ、私はそれをひと晩じゅう腕に注いで、移動中の痛みになんとか耐えることができた。テンプルに着いたときには夜が明けていて、私はそのままベッドに入り、一日寝ていた。

横になっているあいだも、病に伏して明日まともに動けなかったらどうしようという恐怖に取り憑《つ》かれ、それだけでまいらなかったのが不思議なくらいだった。そこまでの精神的疲労もあったから、翌日に向けた途方もない緊張がなかったら、本当に動けなくなっていたにちがいない。重大な結果をもたらす翌日を、不安とともに待ち望んではいたが、これほど近づいても、結局どういうふうに終わるのか、まったく予測がつかなかった。

きわめて当たりまえの用心として、当日プロヴィス自身との連絡は控えるべきだったが、そのことすら私の不安をかき立てた。何か足音や物音がするたびに、彼が見つかって逮捕されたことを誰かが伝えにきたのではないかと思い、ぎくっとした。逮捕されたのはわかっている、これはただの懸《け》念《ねん》や虫の知らせではない、逮捕はすでになされ、自分は不思議なことにそれを知っていると思いこんだ。悪い知らせがないまま一日がゆっくりとすぎ、陽が落ちて暗くなると、明朝までに病気で使いものにならなくなるという圧倒的な恐怖が私を完全に支配した。腕も頭も燃えるように熱くうずき、うわ言を口走ってしまいそうだった。正気を保つために数をたくさん数えたり、知っている散文や詩の一節を諳《そら》んじたりした。ときに疲れきった頭が休みたくなるのか、ちょっとうとうとしたり、ぼんやりすべてを忘れたりすることもあったが、すぐにはっと目覚め、「ついに意識がもうろうとしはじめたぞ」と自分に語りかけたりした。

私はまる一日安静にしていた。腕の包帯を何度も替えてもらい、体を冷やす飲み物ももらった。眠るとかならず、水門小屋で意識を取り戻したときのように、長い時間がたってプロヴィスを救う機会は失われてしまったと思いながら目覚めた。真夜中ごろ、ベッドから出てハーバートの部屋に行ったときには、二十四時間眠って水曜はすぎてしまったと思いこんでいたが、私を消耗させる焦燥感の最後の抵抗だったらしく、そのあとはぐっすりと眠った。

水曜の朝の空が明るむころ、窓から外を見てみた。橋でまたたく灯火はすでに色を失い、日の出で地平線は燃え立つ沼地のようだった。まだ暗く謎めいた川にかかる橋は冷たい灰色に変わり、そのいちばん上はところどころ空の炎に照らされて暖色を帯びている。群れ集まった家々の屋根を眺めやり、異様に澄みわたった空に突き立つ教会の鐘楼や尖塔《せんとう》を見ているうちに太陽が昇り、ベールをはぎ取られたような川の水面で、無数のきらめきが弾《はじ》けた。私自身もベールがはがれたかのように、丈夫で健康になった気がした。

ハーバートは自分のベッドで、昔の学友はソファの上で眠っていた。私はまだ自力で着替えができなかったが、燃え残っていた火を熾して、ふたりのためにコーヒーを淹《い》れた。やがて彼らも元気いっぱいに起きてきた。私たちは窓から身の引き締まる朝の空気を入れ、潮が満ちてくる川を見た。

「九時には潮が変わる」ハーバートが明るい声で言った。「ミル・ポンド・バンクの人、しっかり準備してぼくらを待ってろよ！」

54

太陽は暑いが風は冷たく、日向《ひなた》は夏で日陰は冬という、三月によくある日だった。私たちは厚手のウールのコートを着、私はカバンをひとつ持った。この世のすべての所持品のなかから、どうしても必要ないくつかだけをそのカバンに詰めた。どこへ行くのか、何をするのか、いつ戻ってくるのかはまるでわからなかったが、プロヴィスの安全を守ることで頭がいっぱいだったので、そうした問題で思い煩《わずら》うこともなかった。戸口のところで振り返って、次にこの部屋を見るときには——もしそういうことがあれば——自分を取り巻く状況はどうなっているだろうと一瞬考えただけだった。

私たちはぶらぶらとテンプルの船着場におりていき、川に乗り出そうか決めかねているというふうに、そこでもぶらぶらした。むろんボートも含めて準備は万端整えてあった。少しためらう素振りを見せたあと——といっても、見ていたのはその近辺に住む両生類のような二、三人の人だけだったが——みなでボートに乗りこんで出発した。ハーバートが船首につき、私は舵を取った。ほぼ満潮で、時刻は八時半だった。

計画は次のようなものだった。九時に始まる引き潮は三時まで続く。そこからは満ち潮に逆らって漕いでいけば、暗くなるころには、グレイヴズエンドの下流のケントとエセックスに挟まれた水域に達するだろう。幅の広い川がゆったりと曲がる寂しいところで、岸辺に住人もほとんどおらず、パブがぽつぽつと立っているだけなので、そのなかの一軒を休息所に選んで、ひと晩じっとしている。ハンブルク行きとロッテルダム行きの汽船は、木曜の朝九時ごろロンドンの港を出る。夜を明かした場所によって、それらが近づいてくる時刻がわかるから、最初に通りかかったほうに声をかける。なんらかの事情で拾ってもらえなくても、もう一度チャンスがあるというわけだ。

それぞれの船を区別する特徴はすでに調べてあった。

ようやく計画の実行段階に入ったという安堵《あんど》はあまりに大きく、数時間前の自分の状況を理解するのもむずかしいほどだった。すがすがしい空気、陽光、川を走るボートの動き、川そのものの動きによって、私は生き返ったような気持ちになり、新たな希望が湧いた。川は私たちとともに走り、同情し、活力と勇気を与えてくれる道だった。ボートの上でほとんど役立たずなのは情けなかったが、このふたりの友人ほどの漕ぎ手はめったにいない。彼らはまる一日でも続けられそうな、安定したストロークで漕いでいた。

当時、テムズ川を往き来する汽船はいまよりはるかに少なく、手漕ぎの船ははるかに多かった。艀《はしけ》、石炭輸送船、商船は同じくらいだったかもしれないが、汽船の数は、大型船も小型船もいまの十分の一か、二十分の一程度だった。この日は朝の早い時刻にもかかわらず、手漕ぎの小型ボートがたくさん出ていて、艀も引き潮とともに数多く川を下っていた。屋根なしのボートで橋から橋へ移動するのは、いまよりずっとたやすく、ありふれていた。私たちは多くの小舟や艀のあいだを縫って軽快に漕《こ》いでいった。

ほどなく旧ロンドン橋をすぎ、牡蠣《かき》船《ぶね》やオランダの漁船が繋留《けいりゅう》されたビリングズゲイト魚市場、ホワイト・タワー〔訳注　ロンドン塔の中心部の塔〕と〝反逆者の門〟〔訳注　囚人がテムズ川からこの門を通ってロンドン塔に移された〕を通過すると、大小さまざまな船が集まっているところに入った。荷物を積んだりおろしたりしている、リース、アバディーン、グラスゴーの汽船は、その横を通りすぎると、水面から高々とそそり立っているように見えた。石炭輸送船も無数に浮かんでいて、陸揚げの作業者たちが台から甲板に飛びおりては滑車とロープで石炭を吊り上げ、艀にバラバラと落としていた。翌日ロッテルダムに向かう汽船も泊まっていたので、じっくり観察した。翌日ハンブルクに向かう船もいて、その船首の下を漕ぎ進んだ。そしてようやく、船尾に坐《すわ》っていた私にミル・ポンド・バンクとミル・ポンドの船着場が見え、心臓の鼓動が早まった。

「彼はいる？」ハーバートが訊《き》いた。

「いや、まだいない」

「そうか、ぼくたちが見えるまで出てこないことになってるからね。合図は？」

「ここからはよく見えないけど、見えたような気も――あ、いた！、ふたりとも漕いでくれ、ゆっくりとだ、ハーバート。オールを上げて！」

私たちのボートは船着場の階段に軽く当たり、プロヴィスを乗せてすぐに漕ぎ出した。彼は船員マントと黒いキャンバス地のカバンを持っていて、これ以上望めないほど水先案内人らしく見えた。

「わが子よ！」プロヴィスは私の肩に腕をまわし、坐りながら言った。「さすがは信頼できる子だ！　よくやった。ありがとう、ありがとう！」

また何列も並んだ船のあいだを通り抜けた。錆《さ》びた錨鎖《びょうさ》や、すり減った麻の太い綱、浮き沈みするブイをよけ、波間に漂う壊れた籠《かご》を一瞬沈め、浮かんだおが屑《くず》や木《こ》っ端《ぱ》を左右に散らした。水に広がる石炭のかすをかき分けたり、かすめたりし、風に向かって演説をするサンダーランドのジョン（ほかの多くのジョンもそうする）の船首像や、胸元を堅苦しく整え、顔から五センチは突き出したこぶのような眼を持つヤーマスのベッツィの船首像の下を通り、造船所で鳴り響くハンマー、材木を切るのこぎり、大きな音で何かを動かしている蒸気機関、傷《いた》んだ船から水を汲《く》み出すポンプ、ものを引き上げる巻上機、海に出ていく船、舷側《げんそく》から意味不明のことばを吐き散らす水夫たちと、それに応える艀の船頭たちのなかを通り抜けると、ようやく広々とした川面《かわも》に出た。ここまで来れば、船乗りは防舷材をはずし、どさくさまぎれに舷側越しにひと儲《もう》けを企てるのもやめて、花綱で飾った帆を広げて風を受ける。

　船着場でプロヴィスをボートに乗せたときから、私はずっと誰かに怪しまれていないか、あたりに注意を払っていたが、そんな様子はなかった。どこかの船がこちらを見張っていたり、あとを尾《つ》けてきたりしたことは一度もなかった。もしそういう船があれば、ボートを岸辺に寄せてやりすごすか、相手の目的を確かめたのだが、われわれは誰にも邪魔されず、自分たちのペースで進みつづけた。

　プロヴィスは船員マントをはおって、すでに述べたとおり、あたりの景色に自然に溶けこんでいた。驚くべきことに（といっても、それまで不幸な人生を送ってきたせいだろう）、四人のなかで彼がいちばん心配していなかった。無関心というのではない。生き延びて、自分の紳士が外国でも最高の紳士になるところを見たいと言っているのだから。私が知るかぎり臆病《おくびょう》でもないし、あきらめがちな性格でもないが、中途半端《はんぱ》な危険には動じないのだった。本物の危険が到来すれば正面からぶつかるが、到来しないうちはわざわざ行動を起こしたりしない。

「わが子よ」彼は言った。「毎日毎日、四方を壁に囲まれていたあとで、こうしておまえと坐って煙草《たばこ》を吹かすのがどういう気分かわかったら、おれのことをうらやましいと思うはずだぞ。けど、わからんだろうな」

「自由になる喜びはわかると思います」私は答えた。

「ほう」彼は重々しく首を振った。「だが、おれと同じようにはわからんよ。同じくらいまでわかりたかったらな、わが子、鍵《かぎ》のかかるとこに閉じこめられないと――いや、下劣な話はしないんだった」

どれほど思い入れがあるにせよ、彼があるひとつの考えに支配されて、自由どころか己の命さえ危険にさらすというのは、理屈に合わない気がした。だが思えば、危険をともなわない自由というのは、ほかの人にはともかく、彼にとってはあまりにもふだんの生活からかけ離れていたのだろう。その考えがさほど的はずれでなかったことは、彼がしばらく煙草を吸ったあとでこう言ったことからわかった。

「あのな、わが子よ、おれはあっちにいたとき――地球の反対側ってことだが――いつもこっちを見てた。あっちは退屈でたまらなかった。金が貯《た》まっていくだけだったから。みんながマグウィッチを知ってて、マグウィッチがどこに行こうが誰も気にかけない。ここじゃそうはいかんぞ、わが子。少なくとも居場所を知られたら、そうはいかん」

「すべてうまくいったら、数時間以内にまた完全に自由で安全になれますよ」

「うむ」彼は大きく息を吸った。「だといいが」

「そう思わないんですか？」

彼はボートの横に手を伸ばして水につけ、私も慣れてきたあの穏やかな雰囲気で微笑《ほほえ》んだ。

「いや、思うことは思うよ。いまより静かで気楽な時間があったらまごつくほどだ。けどな、ボートがのどかに気持ちよく走ってるからかもしれんが、おれは煙草を吸いながら考えた。いまこうして手をつけてる川の底が見えないように、数時間後のことは見えないんじゃないかってな。この川の流れを止められんのと同じように、時の流れも止められんんだろう。おれの指のあいだをすり抜けて行っちまうのさ。ほら！」と水が滴《したた》る手を上げた。

「顔を見ていなければ、少し気落ちしているのかと思ってしまいそうです」私は言った。

「ぜんぜんそんなことはない、わが子よ！　ボートが静かに進んで、舳《へ》先《さき》に当たるさざ波が日曜に聞こえる曲みたいだったもんでな。まあ、ちょっと歳《とし》をとったせいかもしれんが」

プロヴィスはまた穏やかな表情でパイプをくわえ、すでにイギリスから出たかのように落ち着いて、満足そうに坐っていた。ただ、つねに恐怖は感じているのか、私の忠告には素直にしたがった。ビールを買おうとボートを岸に寄せたとき、彼もおりようとしたので、ボートにいたほうが安全ですよと私が言うと、「そうなのか？　わが子」と言って、またおとなしく坐った。

川の上の空気は冷たかったが、よく晴れていて陽光がとても気持ちよかった。潮の流れは速く、これを無駄にしないように舵《かじ》取りにも注意して、ボートは着実なストロークでぐんぐん進んだ。潮が弱まると、ボートが左右の泥の土手のあいだでほとんど気づかないほど少しずつ下がり、岸辺の森や丘が徐々に見えなくなったが、グレイヴズエンドを越えたときにはまだ引き潮だった。客人はマントに包まれているので、私はわざと税関の船のすぐ横を通り、移民船二艘《そう》と並んで流れに乗り、大きな輸送船の船首楼甲板から軍人たちがこちらを見おろしている下を通り抜けた。まもなく潮流がなくなりはじめ、停泊していた船が方向転換して、みな上流を向いた。上げ潮に乗ってプールまでさかのぼろうという船の一群が、いっせいにわれわれのほうに押し寄せてきた。私たちは岸に近づき、浅瀬や泥の土手を注意深く避けながら、できるだけ潮の力を受けないところを漕ぎ進んだ。

漕ぎ手ふたりは途中でときどき一、二分手を止め、たんに潮の流れに乗る休憩をとっていたので、まだ元気があり、十五分休めば充分だった。私たちはボートをすべりやすい河原に上げ、持ってきたものを飲んだり食べたりした。まわりを見渡すと、平坦で単調な土地が広がっていて、地平線が霞《かす》み、まるでわが故郷の沼地のようだった。川はくねくねと曲がり、浮かんだ大きなブイはくるくるまわっていたが、ほかのものはみな岸に打ち上げられて静止していた。すでに最後尾の船団が、私たちが最後にまわってきたところをまわりきって見えなくなり、藁《わら》を積んで茶色の帆を上げた最後の緑の艀も、続いて消えていた。あとは子供が初めて作った下手な船の模型のような砂利船がいくつか岸辺の泥に沈み、鉄骨がむき出しのずんぐりした小さな灯標が壊れかかって、竹馬と松葉《まつば》杖《づえ》で泥のなかに立ち、ぬるぬるした杭《くい》や、ぬるぬるした岩、赤い陸標や水位標識が泥から飛び出し、古い桟橋と古い屋根なしの建物が泥に埋もれているだけだ。あたりのすべてが泥まみれで停滞していた。

またボートを出して、できるかぎり進んだ。それまでとは桁《けた》ちがいの労力だったが、ハーバートとスタートップががんばり、日暮れまで漕いで、漕いで、漕ぎつづけた。そのころには少し川の水位が上がり、土手の上が見えるようになった。岸の低いところに真っ赤な太陽があり、紫色の靄《もや》に包まれていたが、あっと言う間に黒に変わった。わびしい平らな沼地が広がり、はるか遠くに丘が見える。丘とわれわれのあいだには、近場のそこここにいる憂鬱《ゆううつ》そうなカモメを除くと、生きているものはいないようだった。

急に宵闇が迫ってきて、満月をすぎた月もまだ出てこないので、私たちは今後のことを相談した。といっても、最初に見つけた人気《ひとけ》のない酒場に入ってじっと待つしかなかったので、話し合いはすぐに終わった。ハーバートとスタートップはまた漕ぎはじめ、私は家らしきものはないかと探した。そうしてほとんど口も利《き》かずに退屈な七、八キロを進んだ。とても寒くなったので、調理室で火が燃え煙が出ている石炭輸送船とすれちがったときには、快適な家のように見えた。あたりは真っ暗になっていて、これが朝まで続く。私たちに届くわずかな光は、空からというより、星影を浮かべた水面をオールが砕くときに生まれているようだった。

この憂鬱なひととき、私たちはみな、あとを尾けられているという考えに取り憑《つ》かれた。上げ潮が不規則な間隔で岸に打ち当たり、大きな音がするたびに、四人のうちの誰かがぎくりとして、そちらを見やった。流れが岸辺を浸食して入江のようになったところでは、みなあそこが怪しいと不安な視線を送った。誰かが「あの波は何だ！」とつぶやいたり、「あそこに見えるのは船か？」と言ったりもした。そのあとには死んだような沈黙ができ、私は、オールがオール受けに当たってなんてうるさいのだろうと苛立《いらだ》った。

ようやく明かりと家の屋根が見え、すぐにそのへんの石を拾って築いた土手道が現れた。私はほかの三人をボートに残して岸に上がり、明かりがパブの窓からもれていたことを確認した。充分汚い店で、密輸業者のたまり場としても通りそうだったが、台所では火が盛んに燃えていて、卵やベーコンを食べ、さまざまな酒を飲むことができた。しかもダブルベッドの部屋がふたつあり、主人は、「こんな部屋ですが」と言った。なかにいたのは、主人夫妻と、土手道で働く白髪混じりのなんでも屋《ジャック》の男だけで、この男も水位標識のようにぬるぬるして泥まみれだった。

私はその男といっしょにボートに戻り、みな岸に上がった。オール、舵、鉤竿《かぎざお》などをすべて運び出し、ボートも陸に上げておいた。台所の暖炉のそばでとても美味《おい》しい食事をしたあと、寝室を割り当てた。ハーバートとスタートップが一方、私と客人がもう一方だ。どちらの部屋からも空気が念入りに締め出され——まるで空気が命を奪うかのように――ベッドの下には、この家族の所有物とは思えないほど大量の汚れた服や帽子入れが押しこまれていた。とはいえ、われわれにしてみれば好都合だった。これ以上寂しい場所は見つけようがなかったからだ。

私たちが卵とベーコンを食べているあいだ、隅に坐っていた男は、数日前に岸に流れ着いた船員の溺死《できし》体《たい》からもらった興味深い遺品だと言って、ふくらんだ靴を見せびらかしていた。食後にみなが火のそばでくつろいでいると、その男が私に、上げ潮で川をさかのぼる四人漕ぎのボートを見たかと訊いた。見ていないと答えると、だとしたら下っていったにちがいないが、ここを発《た》ったときには「のぼっていったがな」と言った。

「けど、なんかの理由で考え直して、また下っていったんだろう」男は続けた。

「四人漕ぎと言いました？」

「四人だ。それと、あとふたり乗ってた」

「ここに上がってきたんですか？」

「七、八リットルは入る石の壺《つぼ》を持ってきて、ビールを買ってった。おれならあのビールに毒でも入れてやったんだが。それか、ピーピー下す下剤でも」

「なぜです？」

「理由はあるぜ」男は大量の泥でも呑《の》みこんだかのように、ぬかるんだ声で言った。

「こいつはね、あの人たちの仕事を勘ぐってるんですよ、ほんとはちがうのに」色の薄い眼をした、思案しがちな店主が言った。弱々しく、なんでも屋《ジャック》に頼りきっているようだった。

「自分の考えはわかってるさ」

「おまえは税関の連中だと思うんだろう、ジャック？」店主は言った。

「そうとも」

「そりゃまちがいだ、ジャック」

「言ってろ！」

その答えに無限の意味を与え、己の見解に果てしない自信を示して、なんでも屋《ジャック》はふくらんだ靴の片方を脱ぐと、なかをのぞき、台所の床にいくつか石を落として、またはいた。自分はつねに正しいのだから、どんなことをしてもいいという態度だった。

「それなら、連中はピカピカのボタンをどこへやったんだ、ジャック？」店主は気弱に迷いながら訊いた。

「ボタンをどこへやったか？　ボートから捨てたのさ。それか、呑みこんだか。種みたいに土にまいて、ちっこい芽が出てくるのを待ってるとか。けっ、ボタンをどこへやったかだと？」

「生意気言うな、ジャック」店主は沈んだ哀れな調子で抗議した。

「税関の役人は、都合が悪くなったらボタンぐらいどうすりゃいいか知ってるさ」男は最大限の蔑《さげす》みとともに、忌々《いまいま》しいことばをくり返した。「四人漕ぎのボートがもうふたり乗せて、潮に乗ってのぼったり下ったり、潮に逆らってのぼったり下ったり、あちこちうろついてんなら、裏に税関がいるのは当たりまえだろ！」と言い捨てて、軽蔑もあらわに出ていった。主人は頼りにする者がいなくなり、この話題を続けられなかった。

いまの会話で私たちはみな――とりわけ私は――不安になった。家のまわりで風が暗くつぶやき、岸に波がひたひたと打ちつけて、私は自分たちが囚《とら》われて脅されているような気がした。四人漕ぎのボートが、ふだんとちがいこれほど人目を惹《ひ》いてうろついていたというのは、まったく好ましくない事態だ。そのことが頭から離れなかった。プロヴィスを寝室に上がらせたあと、私は仲間ふたりと外に出て（スタートップにはもうすっかり事情を話していた）、また相談した。汽船が通りかかる午後一時ごろまでこの家にとどまるか、あるいは朝早くここを発つべきか。話し合いの結果、船が来る一時間ぐらいまえまでここにいたあと、船の航路に出、潮に乗って待つのがよさそうだということになった。そのように決めて家のなかに戻り、みな就寝した。

私はほとんど服を脱がずに横になり、数時間ぐっすり眠った。目が覚めると風が出ていて、〈船〉亭という宿の看板がキーキー、バンバン打ち当たるのに驚いた。客人がぐっすり眠っているので静かに起き上がり、窓の外を見た。ボートを引き上げた土手道が見え、薄月の光に眼が慣れると、ふたりの男がボートをのぞきこんでいるのがわかった。ふたりはほかのものは確かめず、窓の下を通って、がらんとした船着場のほうではなく、沼地の先のノア砂洲《さす》のほうへ歩いていった。

すぐさまハーバートを起こして、去っていく男たちを見せようかとも思ったが、家の裏手側に並んだ彼の部屋に入るまえに、ハーバートもスタートップも一日じゅう私よりずっと働いて疲れているにちがいないという考えが湧き、あきらめた。窓辺に戻ると、ふたりの男はまだ沼地にいたが、夜が明けていないのですぐに見えなくなった。私はひどく寒くなり、ベッドに入ってこのことを考えているうちに、また寝入った。

朝はみな早起きした。四人で朝食前に外をぶらぶら歩いたときに、私は目撃したことを話したほうがいいだろうと思った。ここでもまた、私たちの客人がいちばんあわてず、そいつらはほぼまちがいなく税関の役人だから、おれたちのことは何も考えていない、と静かに言った。私もそのとおりだと自分に思いこませようとした。実際に、その可能性は高かったからだ。しかし用心のために、遠くに見える突端部まで私とプロヴィスが歩いていき、正午ごろにそこか、近くの具合のいいところでボートに拾ってもらうのはどうだろうと提案すると、それがいいということになった。そこで私と彼は朝食後すぐ、宿には何も告げずに出発した。

プロヴィスは歩きながらパイプをやり、ときどき止まって私の肩を叩《たた》いた。それを見れば、危険なのは彼ではなく私のほうで、彼が私を安心させていると思われたかもしれない。道中ではほとんど話さなかった。突端部に近づくと、私は、偵察してくるから目立たないところに隠れていてほしいとプロヴィスに言った。夜のあいだにふたりの男が進んでいたのも同じ方向だったからだ。プロヴィスは了解し、私はひとりで先に行った。川にボートは見当たらなかった。近くの岸に引き上げられたボートもなく、誰かが船に乗りこんだ形跡もなかった。もっとも、潮が満ちて足跡が水の下に消えたのかもしれないが。

遠くで隠れていたところから顔を出したプロヴィスに、来てくださいと帽子を振った。彼が合流し、そこでハーバートたちを待った。コートにくるまって土手に寝転んだり、体を温めるために歩きまわったりしていると、私たちのボートが近づいてきた。そこで難なく乗りこみ、みなそろって汽船の航路へと漕ぎ出して、一時十分前には汽船の煙が見えるのを待つばかりとなった。

だが、煙が見えたのは一時半だった。すぐあとから別の汽船の煙も見えた。二隻《せき》が全速力でこちらに向かってくる。私とプロヴィスはバッグを手元に用意し、いまのうちにハーバートとスタートップに別れの挨拶《あいさつ》をした。みな互いに心をこめて握手し、ハーバートと私の眼が潤《うる》んだそのとき、四人漕ぎのボートがすぐ前方の土手の陰から飛び出し、同じ航路に割りこんできた。

川が曲がっているせいで、汽船の煙が見えたときにはまだかなり距離があったが、すでに船は姿を現し、まっすぐ近づいてくる。私はハーバートとスタートップに、潮に乗って前進し、こちらが待っていることを汽船に知らせてほしいと呼びかけ、プロヴィスには、マントにくるまってじっとしているよう指示した。彼は明るく、「いいとも、わが子よ」と応じて、銅像のように坐っていた。その間、四人漕ぎのボートは非常に巧みな操船でわれわれのまえを横切り、こちらが追いつくのを待って横に並んだ。そのままオールがぶつからないだけの幅を保ってついてきて、こちらが漕ぐのをやめればあちらもやめ、一、二回漕げばあちらも漕いできた。漕ぎ手以外のふたりのうち、ひとりは舵を取り、漕ぎ手同様、私たちを凝視している。もうひとりは、まさにプロヴィスのようにマントにすっぽり包まれて縮こまり、こちらを見ている舵手《だしゅ》に小声で何か指示しているようだった。双方のボートでしばらく沈黙が続いた。

数分後、最初に来る汽船がどちらかわかったスタートップが、向かいに坐っている私に「ハンブルク」とささやいた。それはぐんぐん近づき、水を打つ外輪の音が大きくなった。船の影が完全にわれわれを覆《おお》ったかに見えたとき、四人漕ぎのボートがこちらに呼びかけた。私は答えた。

「そこに戻ってきた流刑囚《るけいしゅう》がいるだろう」舵手が言った。「そのマントの男だ。名前はエイベル・マグウィッチ、あるいはプロヴィス。そいつを逮捕する。降伏しろ。おまえたちも協力するんだ」

同時に、漕ぎ手への指示は聞こえなかったが、舵手はボートをくっつけてきた。漕ぎ手たちが突然ひと漕ぎしたあとオールを引っこめ、われわれの斜めまえに出て、何が起きているのかもわからないうちに、こちらのボートの舷側をつかんでいた。それを見て汽船の上は大騒ぎとなり、私たちを呼ぶ声や、外輪を止めろと命じる声が聞こえた。外輪は実際に止まったが、船は惰性でそのまま迫ってきて、衝突は避けられそうになかった。そのとき、相手のボートの舵手がプロヴィスの肩をつかむのが見えた。二艘のボートは潮の力でぐるぐる回転し、汽船の甲板にいる乗組員はみな狂ったようにまえに走ってきた。また同時に、プロヴィスがぱっと立ち上がって、自分を捕らえようとする男の手をかいくぐり、相手のボートで縮こまっていた男の首からマントをはぎ取るのが見えた。瞬時にそこに現れたのは、はるか昔のあの囚人の顔だった。さらに同時に、その顔が永遠に忘れられないほど恐怖で真っ青になり、うしろにのけぞるのが見えた。汽船の甲板から大きな叫び声が聞こえ、水に何かが落ちる大きな音がして、私の足元からボートが沈んでいくのが感じられた。

　ほんの一瞬のうちに、千もの堰《せき》にぶつかり、千もの閃光《せんこう》を浴びた気がした。その瞬間がすぎると、私は四人漕ぎのボートに引き上げられていた。すでにハーバートがいて、スタートップもいたが、私たちのボートは消え、ふたりの囚人の姿もなかった。

　汽船の上からの叫び声やすさまじい汽笛の音、汽船も進むし、こちらのボートも進むしで、最初は空と川の区別もつかず、どれがどこの岸かもわからなかった。しかし、ボートの漕ぎ手はすぐに船体を立て直し、すばやく力強いストロークでまえに進むと、オールを止め、全員無言で真剣に後方の水面を見つめた。やがてそこに黒いものが浮かび上がり、潮に乗ってわれわれのほうに近づいてきた。誰も口を開かなかったが、舵手の男が手を上げると、漕ぎ手はボートをゆっくりと後退させ、黒いものの真正面にまわった。近くで見ると、それは泳いでくるマグウィッチだったが、自然な泳ぎ方ではなかった。彼はボートに引き上げられるや、ただちに手枷足枷をはめられた。

ボートは同じ場所にとどまり、みなはまた無言で川面に眼を凝らした。ところが、そこへロッテルダム行きの汽船が現れ、明らかにいま起きたことを知らないまま、かなりの速さで近づいてきた。こちらの呼びかけで完全に停まるころには、汽船は二隻とも遠くに流され、私たちは航跡の上下する波に揺られていた。波がすっかりおさまり、汽船がともに見えなくなったあとも捜索は続いたが、もはや希望が断たれたのはみなわかっていた。

ついに捜索をあきらめ、ボートは岸辺沿いに、われわれが朝あとにしてきた宿のほうへ向かった。宿の人たちは大いに驚いて私たちを迎えた。そこでマグウィッチを——もうプロヴィスではない——少し楽にしてやることができた。彼は胸に大怪我《おおけが》を負い、頭にも深い傷があった。

マグウィッチの説明によると、汽船の竜骨の下に入ってしまい、浮き上がろうとしたときに頭を打ったということだった。胸の傷は（そのせいで呼吸がとても苦しそうだった）四人漕ぎのボートの舷側にぶつかってできたようだった。コンピーソンに何をしたくて、何をしたくなかったのかは、自分でもわからないが、本人であることを確かめようと相手のマントに手をかけた瞬間、あの悪党があわてて立ち上がり、うしろによろけたので、ふたりとも川に落ちてしまった。マグウィッチが突然こちらのボートから引きずり出されて落ち、捕らえる側がそれを止めようとしたので、私たちのボートは転覆した。マグウィッチとコンピーソンは腕と腕をしっかり絡《から》ませたまま沈み、水面下でもみ合った。そのあと相手を振りほどき、殴りつけて、泳いできた、と彼はささやき声で語った。

この話が真実であることを疑う理由は何もなかった。四人漕ぎのボートで舵を取っていた警官も、ふたりが川に落ちた様子について同じ説明をしていた。

その警官に、宿で余った服を買って囚人の濡《ぬ》れた服を着替えさせてもいいかと尋ねると、即座に許可された。ただ、囚人の持ち物はすべて預からなければならないということだったので、かつて私の手元にあった彼の財布は没収された。警官は、私がロンドンまで囚人に同行することも認めてくれたが、ハーバートとスタートップには許可がおりなかった。

〈船〉亭のなんでも屋《ジャック》は、溺《おぼ》れた男が沈んだ場所を教えられ、遺体がいちばん流れ着きそうな場所を捜索するよう指示された。遺体が靴下をはいていたと聞いて、捜索にかける彼の熱意はがぜん高まったようだった。衣服を一式そろえるのには一ダースほどの水死体が必要だったのだろう。だから、彼が身につけているものの古さの度合いがいろいろちがっていたのかもしれない。

私たちは潮の流れが変わるまで宿にいた。その後マグウィッチは四人漕ぎのボートに連行された。ハーバートとスタートップはできるだけ早い陸路でロンドンに帰ることになった。ふたりに悲しい別れの挨拶をしてから、私はマグウィッチの隣に坐った。彼が生きているあいだは、ずっとそこが私の居場所という気がした。

マグウィッチに対する嫌悪《けんお》感《かん》は、いまや完全に消え去っていた。狩られ、傷つき、枷《かせ》をはめられて、私の手を握っている男は、私の恩人になろうとして、長年変わらず私に愛情を注ぎ、感謝し、寛大に接してくれた。ジョーにあんなことをした私より、はるかに立派な人間だった。

夜になるにつれ、彼の呼吸は困難で痛々しくなり、うめき声を抑えられないこともたびたびあった。私は自由が利くほうの腕に彼の頭をのせ、少しでも楽な体勢にしてやろうとしたが、怖《おそ》ろしいことに、心の底では彼が大怪我を負っていることを悲しんでいなかった。なぜなら、彼にとって死ぬのがいちばんいいことは、否定しようがないからだ。彼の身元を特定でき、喜んでそうする人間がまだ生きているのは明らかだし、これから慈悲深い扱いを受ける見込みもない。裁判で最悪の印象を与え、脱獄してまた捕らえられ、ふたたび裁かれ、終身流刑の地から勝手に帰国したうえ、逮捕の原因となったもうひとりの囚人に死をもたらしたのだから。

前日にあとにした夕陽のほうに、今度は戻りながら、私は自分たちの希望の川が逆に流れているように感じ、マグウィッチに、ぼくのために国に帰ってきてくれたことを思うと悲しくてたまらないと言った。

「わが子よ」彼は答えた。「危険を冒したことに不満はない。おまえに会えたし、おれがいなくたって、おまえは立派な紳士になれるさ」

いや、なれない。そのことについては、彼といっしょに坐っているあいだに考えていた。私は紳士にはなれない。私自身の気持ちは別として、ウェミックの仄《ほの》めかしていたことがいまようやく理解できた。マグウィッチが有罪になれば、彼の財産はそっくり国に没収されるのだ。

「いいか、わが子」マグウィッチは言った。「こうなったら、紳士はおれとかかわりがあることを知られちゃいけない。だから、たまたまウェミックといっしょになったという感じで、会いにきてくれりゃいい。おれが法廷に立つときには――何度もあったが、これが最後だろう――おれから見えるところに坐っててくれ。頼みたいのはそれだけだ」

「いっしょにいることを許されるかぎり、ぼくは決してあなたのそばを離れません」私は言った。「ああ、神様、あなたがぼくにしてくれたように、ぼくもあなたに心を捧《ささ》げます！」

　私の手を握っているマグウィッチの手が震えた。ボートの底に横になっていた彼は、顔を背けた。その喉《のど》から懐《なつ》かしい音が聞こえた。いまや本人と同じように穏やかになった音だった。マグウィッチのほうからこういう話をしてくれたのはありがたかった。おかげで、手遅れになるまえに気づくことができたからだ――私を金持ちにする願いは潰《つい》えたと彼に知らせる必要はない、ということに。

55

　マグウィッチは翌日、刑事裁判所に移送された。まず本人の身元を確認するために、昔脱走した監獄船の老いた役人を呼びにやる必要があったが、それがなければ即刻裁判にかけられるところだった。誰も彼の身元を疑っていたわけではないが、確認するはずだったコンピーソンは死んで波間を漂っているし、たまたまそのとき必要な証言ができる獄吏もいなかったのだ。私は前夜にロンドンに着くと、まっすぐジャガーズ氏の自宅を訪ね、弁護を頼もうとした。ジャガーズ氏は、マグウィッチのために何もかかわりを認めなかったが、たしかにそれが唯一《ゆいいつ》の方策なのだ。証人がいればこの件は五分で終わり、マグウィッチに不利な判決は防ぎようがないと彼は言った。

　私は、財産が没収されることをマグウィッチには知らせないという意思を話した。ジャガーズ氏は、「すくった指のあいだからこぼしてしまうとはな」と不満たらたらで、私に腹を立てた。いずれ嘆願書を提出して、多少なりとも取り戻す努力をすべきだと主張したが、没収が結局なかった事例は多いものの、状況から考えて本件はそれに該当しないだろうと率直に打ち明けた。当然だと思えた。私は罪人の血縁者ではなく、きちんと認識できるつながりもない。マグウィッチは、私に財産を譲り渡すという証書も書きつけも残しておらず、いまさら作ろうとしても無駄だった。私にはなんの請求権もない。そんな権利のために不毛な努力をして、胸の悪い思いをするのはやめようと心に決め、その後も決心を押し通した。

　溺死した情報提供者は、どうやら没収財産から報酬を得るつもりで、マグウィッチの財務状況をかなり正確に把握していたようだった。死亡現場から何キロも離れた場所で遺体が発見されたときには、ひどく腐敗しており、ポケットの中身でようやく身元が判明した。折りたたんで手持ちの財布に入れてあったメモはまだ読むことができたが、そこにはニュー・サウス・ウェールズにある銀行の名前と、大きな預金額、相当な価値のある複数の土地の情報が記されていた。どちらの財産も、獄中にあったマグウィッチが私に譲るつもりでジャガーズ氏に託した目録に入っていた。哀れにも、彼が真実を知らなかったことが最後に役立った。彼は、ジャガーズ氏の助けで私が確実に財産を受け取ると信じて疑わなかったのだ。

　検察が待っていた監獄船からの証人が三日後に到着すると、すぐに手続きはすみ、マグウィッチは一カ月後の開廷期に裁判を受けることになった。

　わが人生のこの暗い時期、ハーバートがある夜帰宅して、ひどく落ちこんだ様子で言った。

「親愛なるヘンデル、残念だけど、もうすぐきみと別れなきゃいけなくなった」

　彼の共同経営者から話は聞いていたので、私はハーバートが思っていたほど驚かなかった。

「カイロ行きをこれ以上延期したら、会社が貴重な機会を逃してしまう。だから、きみがぼくをいちばん必要としているこのときに行かざるをえない」

「ハーバート、ぼくはいつでもきみを必要としているよ。つねにきみが大好きだから。でも、必要なのは、いまもほかのときも同じだ」

「きみはきっと寂しくなる」

「寂しがってる暇はないさ。時間が許すかぎり彼といっしょにいるからね。可能なら一日じゅう。離れてるときだって彼のことを考えてる。わかるだろう?」

マグウィッチが置かれた怖ろしい状況にふたりともおののいていたので、これ以上はっきりとは言えなかった。

「親愛なるきみ」ハーバートは言った。「もうすぐ来る別れを口実にして――本当にすぐなんだ――きみにとって煩わしい質問をさせてもらうよ。自分の将来について考えたことはある?」

「いや、将来のことを考えるのは怖いから」

「でも、考えないわけにはいかない。本当に、親愛なるヘンデル、眼をつぶっちゃだめだ。いま、友だちとして二言三言話せるといいんだけど」

「いいとも」

「わが社の支店にぜひとも必要なのが、ヘンデル、その――」

いつものやさしい気配りで直接的なことばを避けているのがわかったので、私は代わりに言った。「事務員だね」

「そう、事務員だ。ただ、いずれ共同経営者になる可能性も大いにあると思う(きみの知り合いの事務員がそうなったように)。そこでだ、ヘンデル――要するに、親愛なるきみ、わが社に来ないか？」

重要な商談をもったいぶって切り出すときのように「そこでだ、ヘンデル」と言ったあと、急にその口調を捨てて誠実な手を差し伸べ、学生のように話しだすハーバートの態度は、魅力的で親しみにあふれ、心惹かれた。

「クララと何度も、何度も話し合ったんだ」ハーバートは続けた。「愛《いと》しい彼女は、ついさっきも眼に涙をためて、ぼくに訴えた。きみがぼくたちといっしょに来て暮らすなら、きっと幸せになってもらう、夫の友だちが自分の友だちでもあることがわかるように、精いっぱい努力するから、そう伝えてほしいってね。三人ですごくうまくやっていけるよ、ヘンデル！」

私はクララと彼に心から感謝したが、その親切な提案に即答はできないと言った。第一に、そのことをしっかり考える心の余裕がなく、第二に——そう、第二に、私の考えのなかにぼんやりと漂う何かがあったのだ。それは、このささやかな物語が結末に近づいたときに明らかになる。

「でも、ハーバート、もし仕事に支障のない範囲で、しばらくこの問題を保留にしておいてもらえるなら——」

「しばらくどころか」ハーバートは大声で言った。「六カ月でも、一年でもかまわない！」

「いや、そんなにはかからない。せいぜい二、三カ月だ」

ハーバートはこの取り決めに大喜びして私と握手を交わし、これでやっと、たぶん今週末には出発しなければならないことを伝える勇気が湧《わ》いたと言った。

「クララは？」

「愛しい彼女は、父親が生きているかぎり最後までしっかりと世話をする。もう長くはないよ。ミセス・ウィンプルも、これはまちがいないと言ってた」

「冷たいことは言いたくないけれど、彼はいなくなるのがいちばんだ」

「残念だが、それは認めざるをえない。そしたら、ぼくは彼女を迎えに戻ってきて、ふたりでひそかに最寄りの教会へ歩いていく。いいかい、ヘンデル、ありがたいことに彼女は立派な家柄じゃない。貴族名鑑なんて見たこともないし、お祖父《じい》さんが誰だったかも知らない。あの母の息子にとって、なんという幸せだろう！」

その週の土曜、私は港行きの郵便馬車に乗ったハーバートに別れを告げた。彼は希望に満ちていたが、別れが悲しくて名残《なごり》惜しそうだった。私はコーヒーハウスに入って、クララ宛《あて》に、ハーバートがあなたに何度も愛を捧げながら旅立っていきましたという短い手紙を書いたあと、寂しい家に帰った——もしそこをまだ家と呼べるなら。

その部屋は私にとってもう家ではなく、私の家はどこにもなかった。

階段でウェミックとばったり出会った。部屋をノックしたが誰もいないので、おりてくるところだったという。逃亡計画が大失敗に終わってから、彼とふたりきりで会ったことはなかった。ウェミックは内々の個人的な立場で、その大失敗に関して釈明するために来たのだった。

「死んだコンピーソンは、今回の〝業務〟の実態を調べ、少しずつ答えに近づいていました」ウェミックは言った。「私は、面倒に巻きこまれている彼の仲間から（いつも仲間の誰かが面倒に巻きこまれているので）話を聞いたのです。聞こえないふりをして聞いていたら、コンピーソンがロンドンにいないという情報が入ってきたので、いまこそ計画実行のときだと考えました。いま思うと、あれも非常にずる賢いあの男の策略で、仲間にもつねづね嘘《うそ》の情報を流していたんですな。私を責めないでいただけるとありがたいのですが、ミスター・ピップ。誠心誠意あなたの役に立とうと相務めたんです」

「よくわかっています、ウェミック、あなたと同じくらい。あなたの心配りと友情に感謝してもしきれません」

「ありがとうございます、本当に。しかしまあ、ひどい不手際《ふてぎわ》でした」ウェミックは頭をかきながら言った。「これほどつらい思いをしたのはまったく久しぶりです。これだけの動産が犠牲になったと思うと、いたたまれません。なんてことだ！」

「ぼくがいたたまれないのは、その動産の持ち主のことです」

「ええ、そうですね。もちろん、あなたが彼を気の毒に思うことには反対いたしません。解放してやれるのなら、私が五ポンド払ってもいいくらいです。けれど、私はこう考えます。いまは亡《な》きコンピーソンが彼の帰国を事前に知っていて、官憲に引き渡そうと決意していた以上、彼が救われる見込みはなかったと思うんです。一方、動産のほうはまちがいなく救うことができた。そこが財産と所有者とのちがいです。わかりますか？」

　ウォルワースに歩いて帰るまえに部屋でラムの水割り《グロッグ》でもいかがですか、とウェミックを誘うと、うかがいましょうとついてきた。彼はちびちびとグロッグを飲みながら、どことなくそわそわしていたが、なんの前触れもなくこう言った。

「月曜に私が休みをもらうと言ったら、どう思われます、ミスター・ピップ？」

「なんと。休みをとるのはこの十二カ月で初めてじゃありませんか？」

「十二年といったほうがいいくらいです。そう、休みをもらいます。それだけじゃない。散歩をします。まだある。あなたにその散歩につき合っていただきたいのです」

そのときの私はとうてい散歩相手に向かなかったから、断ろうとしたが、ウェミックは機先を制した。

「用事があるのはわかっています。がっかりされているのも。ですが、ミスター・ピップ、もし私の願いに応《こた》えていただけるなら、恩に着ます。長い散歩じゃありませんし、早いうちに終わります。そうですね、朝食を入れて八時から十二時くらいです。いかがでしょう。むずかしいところをなんとかお願いできませんか」

ウェミックは折に触れて力を貸してくれたから、お礼として散歩など微々たるものだった。私は、なんとかできる、なんとかしますと答えた。その答えにウェミックはたいへん喜び、見ている私もうれしくなった。こうして私はウェミックの特別な要望に応え、月曜の朝八時半に〝城〟を訪ねる約束をして、その日は別れた。

月曜の朝、約束どおりの時間に〝城〟の呼び鈴を鳴らすと、ウェミック自身が迎えに出てきた。私は彼がいつもより緊張して、しゃれた帽子をかぶっているのに気づいた。家のなかに入ると、ラムのミルク割りのグラスとビスケットが、ふたつずつ用意してあった。お年寄りはヒバリといっしょに起床したにちがいない。奥にある彼の寝室にちらっと眼をやると、ベッドは空《から》だった。

ラムのミルク割りとビスケットで元気を出し、準備が整ったところでいざ出発しようとしたら、ウェミックが釣り竿を肩に担《かつ》いだので私は面食らった。「まさか釣りに行くわけじゃありませんよね？」と訊くと、ウェミックは、「行きません。ですが、これを持って散歩に出たいんです」と答えた。

奇妙だと思ったが、私は何も言わなかった。ふたりで外に出、キャンバーウェル・グリーンのほうへ歩いた。そのあたりまで来ると、ウェミックがいきなり言った。

「おや！　こんなところに教会がある！」

教会があっても驚くにはあたらないが、彼がすばらしい考えを思いついたように活気づいて、「入りましょう！」と言ったので、私はまたしても面食らった。

私たちは教会に入り——ウェミックは釣り竿をポーチに置いた——なかを見まわした。ウェミックはコートのポケットに手を入れ、包み紙から何かを取り出した。

「おや！　こんなところに手袋が！　では、はめますかね」

それは白い仔《こ》ヤギの手袋で、郵便ポストの投函口《とうかんぐち》もめいっぱい広がっていたので、私にもだいたい見当がついた。お年寄りが脇《わき》の入口から女性をエスコートしてくるのが見えて、それは確信に変わった。

「おや！」ウェミックが言った。「ミス・スキフィンズだ！　では、結婚しますかね」

控えめな乙女はいつもどおりの恰好《かっこう》だったが、ここで緑の仔ヤギの手袋を白い手袋に替えた。お年寄りもまた、ヒュメナイオス〔訳注　ギリシャ神話に出てくる結婚の神〕の祭壇に礼儀を示そうとしたが、なかなか手袋をはめることができず、ウェミックが彼の背中を柱に押しつけ、自分は柱のうしろにまわって、手袋を引っ張らなければならなかった。私は老紳士の腰に腕をまわして支え、ウェミックの力が安全かつ均等にかかるようにした。この創意に富んだ共同作業で、お年寄りの手袋は完璧《かんぺき》にはまった。

書記と牧師が出てきて、私たちは運命の手すりのまえにきちんと並んだ。ウェミックは式が始まるまえに、すべてが準備なしでおこなわれているという演技をあくまで続けて、チョッキのポケットから何かを取り出し、「おや！　指輪があった！」とひとり言をつぶやいた。

私は花婿《はなむこ》のうしろ盾、または付添人を務めた。ミス・スキフィンズのほうは、赤ん坊用に見える柔らかい帽子をかぶった小柄で足の悪い座席案内人が、腹心の友のふりをした。花婿に花嫁を引き渡す役目はお年寄りにまかされたが、これによって牧師は思いがけず憤慨することになった。こういうことがあったのだ。牧師が「この女をこの男に娶《めと》らせるのは誰であるか」と問うたとき、式の進み具合をまったく理解していない老紳士は、きわめて上機嫌に顔を輝かせて、十戒を読んでいた。そこで牧師は、「この女をこの男に娶らせるのは誰であるか」とくり返したが、それでも老紳士は称賛すべき無意識状態だったので、花婿がいつもの大声で、「ほら、年寄り父さん、誰が引き渡すかわかってるでしょう」と言った。するとお年寄りは、自分が引き渡すと言うまえに、意気揚々と、「いいとも、ジョン。いいとも、せがれや！」と答えたのだ。牧師はむっつりと黙りこみ、私は一瞬、この調子で今日じゅうに結婚できるのだろうかと思ったほどだった。

　だが、式はつつがなく終わり、ウェミックは教会から出るときに洗礼盤の覆いを取って、白い手袋をそこに入れると、また覆いをかけた。将来のことにもっと気を配るウェミック夫人は、白い手袋をポケットに入れ、また緑の手袋をはめた。「さて、ミスター・ピップ」ウェミックが外でまた誇らしげに釣り竿を担《かつ》いで言った。「これが結婚式の一行だと想像する人がいると思いますか？」

　二キロほど先、キャンバーウェル・グリーンを越えた丘の上にある心地よい小さな宿に、朝食が用意されていた。部屋のなかには、みなが厳粛な式のあとでくつろぎたくなった場合に備えて、バガテルボードが置いてあった。ウェミック夫人が、体にまわされたウェミックの手をもう拒まず、ケースに入ったチェロのように壁際の背もたれの高い椅子《いす》に坐《すわ》って、楽器と同じように抱かれたままになっているのは、いかにも微笑ましかった。

それはすばらしい朝食で、テーブルに出てきたものを誰かが断ると、ウェミックが「予算にすべて含まれていますから、どうぞ遠慮なく！」と言った。私は新郎新婦に乾杯し、お年寄りに乾杯し、〝城〟に乾杯し、去り際には花嫁に敬礼して、できるだけ明るくふるまった。

ウェミックが戸口まで送りにきてくれた。私はまた握手し、彼を祝福した。

「ありがとうございます！」ウェミックは両手をこすり合わせながら言った。「想像できないでしょうが、鶏を飼育する彼女の腕前はすごいんです。今度、卵を召し上がって、ご自身で確かめてください。それから、ミスター・ピップ！」と私を呼び戻して、小声で言った。「これは完全にウォルワース的な感情ですから、よろしくお願いします」

「承知しました。リトル・ブリテンでは口外無用ですね」私は言った。

ウェミックはうなずいた。「先日、あなたが実情をもらしたあとですからね、ジャガーズ先生には内緒にしたほうがいいでしょう。私の頭がふにゃふにゃになったと思われるかもしれない」

56

マグウィッチは投獄されてから開廷期になるまで、ずっと重態で寝たきりだった。肋骨《ろっこつ》が二本折れて片方の肺が傷ついたので、呼吸がたいへん苦痛で困難となり、それは悪化の一途をたどった。怪我のせいでほとんど聞き取れないほどの声しか出ず、彼はめったに話さなくなった。一方、私の話はとても聞きたがったので、彼が知っておくべきことを知らせたり、読んで聞かせたりするのが日々の第一の責務になった。

容態が悪すぎて一般の監房には置いておけず、彼は捕らえられたほとんど初日に病棟に移された。おかげで、私はふつうでは考えられないほど彼のそばにいることができた。しかも、大怪我ゆえに枷もはめられなかった。とにかく執拗《しつよう》な脱獄囚である。ほかにどう見なされていたかは知る由《よし》もない。

彼には毎日会っていたが、面会時間は短かったので、定期的に長く離れることになり、容態の変化が何かしら顔に出ればすぐにわかった。快方に向かう変化は一度も見なかったと思う。彼は監獄に閉じこめられてからずっと憔悴《しょうすい》し、日ごとに少しずつ弱くなり、病んでいった。

マグウィッチの示した従順さとあきらめは、まるで疲れ果てた男のようだった。そんな態度や、唇からもれるささやき声のわずかなことばから、もっとましな境遇だったら、自分ももっとましな人間だったかもしれないと本人がくり返し考えているような印象を受けた。しかし、彼は決してそういうことを仄めかして自分を正当化することも、永遠に変わらない過去をねじ曲げようとすることもなかった。

私が付き添っていたときに、複数の看護人の口からそれとなくマグウィッチの悪評が出てきたことが二、三度あった。すると彼は笑みを浮かべ、信頼あふれる眼差《まなざ》しを私に向けた――はるか昔の子供のころにも、私が彼のなかに小さな取り柄を見つけていたと信じきっているかのように。ほかのときにはつねに謙虚で、改悛《かいしゅん》の情を示し、不満はいっさい言わなかった。

開廷期が来ると、ジャガーズ氏は彼の裁判を次の開廷期まで延期するよう申請した。命がそこまでもたないと確信してのことだったが、申請は却下された。裁判はただちに開かれ、被告席でマグウィッチは椅子に坐ることを認められた。私が被告席のすぐ外側に立って、彼が差し出した手を握っていても、反対の声はあがらなかった。

裁判はごく短く、誤解の余地はなかった。いまは勤勉な習慣を身につけ、法にしたがって立派に成功していることなど、マグウィッチについて主張すべきことはすべて主張されたが、流刑地から戻ってきて判事と陪審のまえにいるという事実は、打ち消しようがなかった。その点で彼を裁いて無罪の判決を下すことは不可能だった。

当時は開廷期の最終日をまる一日、刑の宣告にあて、死刑宣告で締めくくるという習慣があった（私はそれをあの怖ろしい開廷期で知った）。このことばを書き綴《つづ》っているいまでさえ、眼前に見ているように記憶から消えないあの光景がなければ、三十二人の男女が宣告を受けるために裁判長のまえに並ばされたことが、とうてい信じられないほどだ。三十二人の先頭にいたのが彼だった——命を絶やさぬよう、呼吸だけはできるように坐らされて。

ここでまた、あの光景全体が、法廷の窓についた四月の雨粒が四月の陽光に輝いているところまで、あざやかな色とともに甦《よみがえ》ってくる。被告席に閉じこめられた三十二人の男女——私はまた被告席の端のすぐ外に立って彼の手を握っている——のなかには、ふてぶてしい者、恐怖に打たれた者、すすり泣く者、泣きじゃくる者、顔を覆う者、暗い眼つきであたりを睨《にら》んでいる者がいる。女性の囚人からは金切り声があがったが、黙らされて、静寂が続いている。におい消しの花をつけ、大きな鎖を持った看守たち、ほかの見かけ倒しの役人や怪物ども、廷吏、案内人、そして劇場の大観衆よろしく傍聴席を埋め尽くす人の群れが見守るなか、三十二人と裁判長は厳《おごそ》かに向かい合った。裁判長が彼らに話しはじめた。いまここにいるみじめな者たちのなかに、特別な説明を加えなければならない男がひとりいる。幼いころから法を破ってきて、度重なる投獄と刑罰ののちついに長年の流刑を言い渡されたが、暴力ずくで大胆にも脱走したあげく、改めて終身流刑となった男である。この罪人はいっとき、犯行の国から遠く離れた地で己のあやまちを認め、平和で正直な暮らしをしていたようだが、ある運命の瞬間に、長いこと社会に厄災をもたらしたその性向と激情にまたしても身をまかせ、安息と改悛の土地から出て、禁じられた母国に戻ってきた。ほどなく告発され、それでもしばらくは巧みに官憲の手を逃れていたところ、ついに国外逃亡の途上で逮捕され、その際にも抵抗し、彼の生涯の悪事を知る告発者を死亡させた。それが意図的な計画だったのか、やみくもに暴れた結果だったのかは、本人しかわからない。追放された国に戻ったことに対する処罰は死刑であり、本件の凶悪さに鑑《かんが》みても、この男は死を覚悟しなければならない。

法廷の大きなガラス窓から、輝く雨粒越しに陽光が降り注ぎ、三十二人と裁判長のあいだに幅の広い光の帯を作って、両者を結びつけた。それを見た傍聴人のなかには、判事も囚人もいずれ分け隔てなくこの世を去り、あやまつことのない全知の神の審判を受けるのだと思い出した者がいたかもしれない。説示を受けた被告は短いあいだ立ち上がり、光の帯に顔をくっきりと照らされて、「裁判長、おれはもう神様に死を宣告されてますが、裁判長の宣告にもちゃんとしたがいます」と言って、また坐った。沈黙ができたあと、裁判長は引きつづき、残りの全員に刑を言い渡した。みな公式に命運を断たれ、支えられて出ていく者もいれば、やつれた顔でも勇ましくぶらぶらと出ていく者もいた。数人は傍聴席にうなずき、二、三人は握手し、別の者たちは消臭のために廷内にまかれた甘いハーブをちぎって嚙《か》みながら出ていった。マグウイッチは最後に退廷した。椅子から立たせてもらって、ゆっくりと歩かなければならなかったからだ。ほかの者がみな出ていき、傍聴人が立ち上がって（教会などでやるように服を整えながら）犯罪者をあれこれ指差しているあいだ、彼はずっと私の手を握っていた。人々が指差すのはたいてい彼と私だった。

　私は、裁判官の報告書ができあがるまえに彼が亡くなることを切望し、祈ったが、生き延びる怖れもあったから、その夜、内務大臣宛の嘆願書を書きはじめた。彼について知っているかぎりのことと、私のために国に帰ってきたいきさつを、できるだけ熱意をこめて切々たる文章で記した。書き終えて投函すると、次にこの上なく慈悲深そうな有力者たちにも別の嘆願書を送り、国王陛下にも奏上した。彼が刑の宣告を受けてから数日は、椅子で寝るほかには休息もとらず、嘆願書の作成に没頭した。すべて送ってしまったあとも、それらが届いた場所から離れていられなかった。送付先の近くにいればそれだけ希望が増え、絶望が減るような気がしたのだ。この不合理な焦燥感と心の痛みを抱えて、私は夜の街を徘徊《はいかい》し、嘆願書を提出した役所や家のまわりをうろついた。寒くて埃《ほこり》っぽい春の宵に、厳《いか》めしく門を閉ざした邸宅が立ち並び、街灯が長々と連なるロンドンのウェストエンドの界隈《かいわい》は、あのときのことを思い出すので、いまもまだ私にとって憂鬱《ゆううつ》な場所である。

私の毎日の面会時間は短縮され、彼はいっそう厳重に監視されるようになった。彼に毒を運んでいると疑われているのがわかったので――あるいは気のせいかもしれないが――私は付き添うまえに身体検査をしてほしいと願い出、いつもそこにいる役人に、隠れた意図がないことを納得してもらうためならなんでもすると言った。マグウイッチにも私にも、つらく当たる人はいなかった。職務は果たさなければならず、実際に果たされたが、それも厳しい態度ではなかった。役人は会うたびに、彼の病状は悪くなっていると請け合った。ほかの病気の囚人や、看護人として彼らの世話をしている囚人たちも（同じ犯罪者だが、神の思《おぼ》し召《め》しで親切な心を持っていた）、いつも口をそろえてそう報告していた。

日がたつにつれ、彼は穏やかな表情で白い天井を見つめていることが多くなった。

光が消えた顔は、私が何か言うと一瞬明るく輝くが、また生気を失っていく。ほとんどか、まったく口が利《き》けなくなることもあって、そういうときには、返事代わりに私の手を軽く押す。そのうち私は彼の言いたいことがよくわかるようになった。

　そんなふうに十日がすぎたころ、彼にそれまで見たことのない大きな変化が現れた。眼がドアのほうを向いていて、私が部屋に入ると、ぱっと輝いた。

「わが子よ」彼はベッド脇に坐った私に言った。「今日は遅れるかと思ったよ。おまえが遅れるはずはないとわかってたが」

「時間どおりでしたよ」私は言った。「門が開くのを待ってましたから」

「いつも門のとこで待っててくれるのか？」

「ええ、一刻も無駄にしたくないので」

「ありがとうな、わが子、ありがとう。神様が祝福してくれますように！　おまえは最後までおれを見捨てなかった」

　私は黙って彼の手を押さえた。見捨てようとした時期もあったことが忘れられなかったからだ。

「とにかくうれしいのはな、太陽が輝いてたときより黒雲に覆われたいまのほうが、おまえが気安くそばにいてくれることだ。それがいちばんだ」

彼は仰向《あおむ》けに寝て、ひどく苦しげに息をしていた。どれほど努力しても、どれほど私を愛おしく思っていても、その顔からはたびたび光が消え、白い天井を見つめる穏やかな表情に紗幕《しゃまく》がかかった。

「今日はずいぶん痛みますか？」

「文句は言わんさ、わが子」

「あなたは文句を言ったことがない」

それが最後のやりとりだった。彼はにっこりと微笑《ほほえ》んで私の手に触れた。私の手を自分の胸に置いてほしいという意味だとわかったので、そうすると、彼はまた微笑み、その上に自分の両手を重ねた。

そうしているあいだに面会時間が終わった。だが、振り返るとすぐそばに刑務所長が立っていて、「まだ行かなくていい」と私にささやいた。私は心から感謝して、「彼に話しかけてもかまいませんか？　聞こえるかもしれないので」と訊《き》いた。

所長は脇にどき、部下にも手を振って下がらせた。音は立たなかったが、その変化で、白い天井を見つめる穏やかな顔から紗幕が取り去られ、彼は愛情のあふれる眼で私を見た。

「親愛なるマグウィッチ、話さなければならないことがあります。とうとうその時が来ました。ぼくの言うことがわかりますか？」

　手がそっと押された。

「あなたには子供がいた。あなたはその子を愛していたけれど、失ってしまった」

　まえより強く押された。

「彼女は生き残りました。有力な友人を何人も見つけて、いまも生きています。とても美しいレディになっていて、ぼくは彼女を愛しています！」

　最後のなけなしの力を振り絞って――私がそれに応じて手伝ってやらなければ、その力すらなかったが――彼は私の手を自分の唇に持っていった。そしてまたそっと胸の上に置き、自分の両手を重ねた。白い天井を見つめる穏やかな表情が戻ってきて、去り、彼の頭は胸のほうに静かに倒れた。

　いっしょに読んだ本のことを憶《おぼ》えている私は、神殿に祈りにいったふたりの男の話を思い出した。彼のベッド脇で唱えるのに、これよりふさわしいことばはなかった――「神よ、罪人なる彼を憐《あわ》れみたまえ！」〔訳注　ルカ伝福音書第十八章第十三節の〝我〟を〝彼〟に置き換えている〕

57

完全にひとりきりになった私は、賃貸契約の満了時にテンプルの部屋を明け渡し、それまでは又貸ししたいという意思を家主に伝えた。すぐさま窓に広告を貼《は》り出したのは、借金がかさみ、手元に現金がほとんどなくて、自分の財務状況を真剣に憂慮しはじめていたからだった。重い病気になりかけているということ以外に、なんらかの真実をはっきりと知覚する体力と集中力があったなら、かならず憂慮していたはずだ、と書くべきかもしれない。このところの緊張で病気を先延ばしにすることはできていたが、追い払うことはできず、いまやそれが襲いかかってくるのがわかった。ほかにわかっていることはなきに等しく、どうでもいいという気さえしていた。

一日か二日、ソファでも、床でも、たまたま倒れたところに横になっていた。頭が重く、手足も痛く、何かの当てもなく、力も出なかった。そしてある夜、恐怖と不安に満たされて、いつまでも夜明けが来ないように思われ、朝ベッドに起き上がって考えても、何をしたか思い出せなかった。

私は本当に夜中にガーデン・コートにおりていって、そこにあるはずのボートを手探りしたのだろうか。いつベッドから出たのかもわからずに、階段ではっとわれに返り、恐怖におののいたことが二、三度あったのだろうか。彼が階段を上がってくるのに明かりが吹き消されているという考えに取り憑《つ》かれて、気づくとランプに火を入れていたのだろうか。誰かの取り乱した話し声や、笑い声、うめき声に、言いようもなく悩まされながら、じつはすべて自分が発した声ではないかと疑ったりしたのだろうか。部屋の暗い隅に扉の閉まった鉄の炉があって、そのなかでミス・ハヴィシャムが燃えていると、本当に誰かがくり返し叫んでいたのだろうか。私はその朝ベッドに横たわり、こうした疑問に答えて頭のなかを整理しようとしたが、石灰窯《いしばいがま》の蒸気が割りこんできて、すべてをぐしゃぐしゃにしてしまい、最後にその蒸気を通して、ふたりの男がこちらを見ているのがわかった。

「なんの用です?」私は驚いて尋ねた。「あなたたちは誰ですか?」

「つまりですね」ひとりが屈《かが》んで私の肩に触れながら言った。「あなたを拘束します。すぐに借金を返済してくださるとは思いますが」

「借金はいくらです?」

「百二十三ポンド十五シリング六ペンスです。宝石店の支払いでしょうな」

「どうすればいいんです」

「わが家に来ていただきます」男が言った。「じつに快適な家がありましてね」〔訳注　債務者監獄を指す〕

私は服を着替えようとした。次に彼らに眼を向けると、ベッドから少し離れて立ち、こちらを見ていた。私はまだベッドの上で起き上がれなかった。

「このとおりです。行けるなら行くのですが、どうにも体が動かなくて。ここから連れ出されれば、途中で死んでしまうでしょう」

おそらく彼らは返事をしたか、反論したか、自分で思っているほど悪くはないのだと私を励まそうとした。いまにも切れそうな細い糸で記憶の端に引っかかっているだけなので、彼らが何をしたのかは思い出せない。ただ、私を連行しないでいてくれた。

私は高熱を発し、人々から避けられた。非常に苦しみ、何度も正気を失い、その時間が永遠に続きそうで、自分が何かありえないものになってしまった気がした。たとえば、家の壁の煉瓦《れんが》になり、建築者がはめこんだ眼のくらむほど高い場所から取り出してくれと懇願している。あるいは、巨大な蒸気機関の鋼鉄のシャフトになって、深い穴の上で轟音《ごうおん》を立ててまわっているが、今度は本来の姿の自分が、その機械を止めて部品である自分をハンマーで叩《たた》き出してくれと頼んでいる。いま記憶をたどると、病気のさまざまな段階を経ていたのだとわかる。当時もある程度わかっていた。現実の人を殺人者だと思いこんで、もみ合ったこともあった。そのうち突然、彼らが介抱に来てくれたことに気づき、相手の腕のなかにぐったり倒れて、寝かせてもらった。そういうこともわかっていた。しかし、何よりはっきりとわかっていたのは、彼らの全員につねにひとつの傾向があることだった。病気がとりわけ重かったとき、人々の顔はあらゆる種類の奇天烈《きてれつ》なものに変わり、実際よりずっと大きく見えたが、そのすべてに共通する不思議な特徴として、遅かれ早かれそれらがジョーの顔に似てくるのだ。

　病気が峠を越したあと、ほかの症状はみな変わるのに、この特徴だけは一貫して変わらないことに気づいた。誰が近くに来ても、しまいにはジョーになる。夜中に眼を開けると、ベッド脇の大きな椅子にジョーが坐っている。昼間に眼を開けると、ブラインドをおろして開けた窓のそばに坐ってパイプを吹かしているのは、やはりジョーだ。熱冷ましをくださいと頼むと、飲ませてくれるのは愛しいジョーの手。飲んだあとで枕《まくら》に頭を沈めると、希望のあふれるやさしい表情で私を見ているのは、ジョーの顔だった。

　ついにある日、私は勇気を出して訊いた。「本当にジョーなの？」

　すると、懐かしいわが家の声が答えた。「ああ、そうだよ、相棒」

「ああ、ジョー、胸が張り裂けそうだ！　ぼくを見て怒って！　殴って、ジョー。恩知らずだと責めてほしい。お願いだ、そんなにやさしくしないで！」

ジョーは私に気づかれたのがうれしくて、枕の私の頭の横に自分の頭をのせ、腕を私の首にまわしていたのだ。

「愛しいピップ、相棒。おまえとおれはずっと友だちだった。いっしょに馬車に乗れるくらい、おまえがよくなったら——とびきり愉《たの》しいぞ！」

そのあとジョーは窓辺に行き、私に背を向けて、眼をこすりながら立っていた。私は体が弱りすぎ、起きて彼のところに行くことができなかったので、ベッドに寝たまま懺悔《ざんげ》のことばをつぶやいた。「ああ、神様、彼を祝福してください！　このやさしいキリスト信者に祝福を！」

次にジョーがそばに来たとき、彼の眼は赤かった。しかし、私は彼の手を握っていて、ふたりとも幸せだった。

「どのくらいたったの、ジョー？」

「つまり、ピップ、どのくらい病気だったのかということかい？」

「そうだよ、ジョー」

「今日で五月は終わりだ、ピップ。明日は六月一日だ」

「いままでずっとここにいてくれたの、ジョー？」

「そんなとこだな。おまえが病気だって知らせが来たときに、おれはビディに言ったんだ。その手紙を届けてくれた郵便配達夫は、まえは独身だったんだが、いまは結婚してる。あんだけ歩きまわって靴の底を減らしても給料は安いんだ。けど、あいつにとって《オン・ヒズ・パート》人生の目的は金持ちになることじゃなくて、結婚こそが心から《オヴ・ヒズ・ハート》の望みだった――」

「ジョーの声を聞くのは本当にうれしいよ！　でも、話の途中で申しわけないけど、ビディになんて言ったの？」

「ああ、それな。おまえのまわりは見ず知らずの人間ばっかりじゃなかろうか、おれとおまえはずっと友だちだったんだから、こういうときに訪ねれば、お呼ばれでない《アナクセプタボッブル》ってこともなかろう、と話したんだ。そしたらビディは、〝行ってあげて、早く〟と言った」ジョーは裁判官のような口調でまとめた。「それがビディのことばだった。〝行ってあげて〟と言った。〝早く〟って。要するに――」そこで眉根《まゆね》を寄せて少し考え、つけ加えた。「彼女のことばは〝一刻も早く〟だったかな。だとしても、おまえをこっぴどくだますことにはならんよ」

　そこでジョーはふいに口をつぐみ、話は控えめにしなければならない、私は食欲があろうとなかろうと、言われた時間に栄養のあるものを少しずつ頻繁にとり、彼のあらゆる指示にしたがわなければならないと言った。私はジョーの手にキスをし、静かに横になった。ジョーはビディに宛てて、私からの親しい挨拶《あいさつ》も含めた手紙を書くということだった。

ビディは明らかに、文字の書き方をジョーに教えていた。誇らしげに仕事に着手する彼を、弱った体でベッドから見ていた私は、またうれし泣きに泣いた。私のベッドはカーテンをはずされ、私をのせたまま居間に運ばれていた。カーペットもはずされ、部屋は一日じゅう清潔で健康的だった。私の書き物机は隅っこに押しやられ、その上に邪魔な小さな罎《びん》が並んでいたが、ジョーはそこについて坐り、いざ偉業に取りかかろうと、まずペン皿からペンを選び――箱から大きな道具を取り出すような手つきだった――まるで鉄梃《かなてこ》か大槌《おおづち》でも振るうように服の袖《そで》をまくり上げた。書きはじめるまえに、左肘《ひじ》で机をしっかり押さえ、右足をかなりうしろに出して踏ん張る必要があった。実際に書きだすと、線が下に向かうときには、かならず二メートルは引けそうなほどゆっくりと時間をかけ、上に向かうときには、かならずペン先がインクを盛大にはね散らす音がした。おかしなことに、ジョーはインク壺《つぼ》が自分のすぐ横にあると思っていて、ペンをしょっちゅう空中に浸しては、結果にすこぶる満足しているようだった。ときどき単語の綴りでつまずいて先に進めなくなることもあったが、全体としてはじつに順調に進んだ。ジョーは署名をして、仕上げに便箋《びんせん》のインクの染《し》みを両手の人差し指で頭のてっぺんに移すと、立ち上がって机のまわりをうろうろし、机上の作品の出来映えをあらゆる角度から確かめて、かぎりなくうれしそうだった。

　たとえたくさん話せたとしても、話しすぎてジョーを心配させてはいけないので、ミス・ハヴィシャムのことを訊くのは翌日にした。そして翌日、彼女は回復したかと訊くと、ジョーは首を振った。

「亡くなったの、ジョー？」

「いやな、相棒」ジョーはたしなめるような口調で、少しずつ答えに近づいていった。「そこまではっきり言うのはな。事が事だから。けど、あの人はもう——」

「生きていない？」

「そっちのほうが近いな。もう生きてない」

「長く苦しんだの？」

「おまえが病気になってから、そう、言ったら一週間てとこかな」

「ジョー、あの人の財産がどうなったか聞いた？」

「うむ、あれはな、ほとんどミス・エステラに譲られたようだ。つまり、遺言書で決まってた。ところが、あの事故の一、二日前に、ご本人が遺言ホソクショってのを書いてた。大枚《クール》四千ポンドをミスター・マシュー・ポケットに遺《のこ》すって内容だった。でまあ、わかるか、こともあろうにピップ、その大枚四千ポンドを遺す理由が〝当該マシューに関するピップの報告により〟だとさ。ビディから、そう書いてあったと聞いた」ジョーは、くり返すと途方もない恩恵があるかのように、法的な言いまわしをくり返した。「〝当該マシューに関するピップの報告により〟大枚四千ポンドだぞ、ピップ！」

四千ポンドの温度を巷《ちまた》の人々がどう考えているかについて、ジョーが誰に教わったのかはわからなかったが、大枚《クール》と言えば額が大きくなると思っているらしく、嬉々《きき》としてそのことばをくり返した。

話を聞いて私は大いに喜んだ。私の唯一《ゆいいつ》の善行が完了したからだ。ほかの親戚《しんせき》も遺産をもらったようなことを聞いていないか、尋ねてみた。

「ミス・セイラ」ジョーは言った。「彼女は気むずかしいのを治す薬を買うために、年に二十五ポンドもらう。ミス・ジョージアナは、一回きりの二十ポンド。ミセス――あのこぶのある動物の名前はなんだっけ、相棒？」

「ラクダ《キャメル》？」

ジョーはうなずいた。「ミセス・キャメルだ」カミラのことだとわかった。「夜目が覚めたときに気落ちしないようにって、灯心草の蠟燭《ろうそく》に五ポンド」

ジョーの説明が正しいことは明らかだったので、私はすっかり納得した。「さて」彼は言った。「おまえはまだ充分回復してないから、今日はあとシャベル一杯にしておこう。あのオーリックだが、人の家に押しこみ強盗に入ってな」

「誰の家に？」

「たしかに、あの人が偉そうにふるまいがちなのは否定しないよ」ジョーは弁解するように言った。「けど、イギリス人の家は城みたいなもんだし、城に押し入っていいのは戦争んときだけだ。それに彼は、人として《オン・ヒズ・パート》欠点は多々あれど、心のなか《イン・ヒズ・ハート》は穀物種苗商《しゅびょうしょう》だったんだから」

「つまり、押し入られたのはパンブルチュークの家だった？」

「そういうことだ、ピップ。犯人たちは現金箱も金庫も盗み出し、家にあったワインを飲み、食いもんを食い、彼の横っ面《つら》を張り倒し、鼻を引っ張り、ベッドの支柱に縛りつけた。それから十発ほど殴り、彼が叫べないように一年草の種を口いっぱい詰めこんだ。だが、彼はオーリックを知ってたから、オーリックはいま郡の監獄にいる」

こんなふうに、私たちはなんの気兼ねもなく話せるようになった。私が体力を回復するのには時間がかかったが、それでもゆっくりと、着実に元気になり、ジョーはずっとそばにいてくれた。私はまた幼いピップに戻った気がした。

というのも、ジョーのやさしさは、まさに私のためにあつらえたかのようで、私はさながら世話をされる子供だったのだ。ジョーはベッドの横に坐り、昔どおり親しみのこもった素朴な口調で話しかけてくれた。昔どおり押しつけがましいところのない、守ってくれるような話し方なので、あの懐《なつ》かしい台所を離れてからの人生は、熱病とともに消えた精神錯乱のような気がしたほどだった。ジョーは家事以外のすべての世話をしてくれた。家事のほうは、到着すると同時に洗濯女を解雇して、代わりに雇ったとても品のいい女性にまかせていた。「おれはたしかに見たんだ、ピップ」ジョーは自分のその判断について、たびたび説明した。「あの女、樽《たる》からビールを出すみたいに予備のベッドを叩いて、出てきた羽毛をバケツに受けて売っ払おうとしてた。そのうちおまえが寝てるこのベッドも叩いて、羽毛を抜き出したことだろうよ。おまけに石炭も、スープ壺や野菜皿に入れてちょっとずつ持ち出してた。ワインや強い酒はおまえのウェリントン・ブーツに入れて」

私たちは、かつて年季奉公が始まるのを心待ちにしたように、私が馬車に乗って出かけられる日を待ちわびた。とうとうその日が来て、無《む》蓋《がい》の馬車がミドル・テンプル・レーンに入ってくると、ジョーは私をコートで包み、腕に抱えて階段をおり、馬車に乗せてくれた。頼りない小さな子供だった私に、彼があふれんばかりの愛情を惜しみなく注いでくれたあの時代に戻ったかのように。

ジョーが隣に坐って、私たちの馬車は、木々や草花が早々と夏の豊かな生長を見せ、大気に夏の心地よい香りが満ちている田舎へと走った。その日はたまたま日曜だった。まわりの美しい景色を眺めるにつけ、哀れな自分が熱にうなされもだえていたあいだに、日ごと夜ごと、太陽の下でも星の下でも、その美しさが広がって姿を変え、小さな野の花が育ち、鳥の声が力強くなっていたのだと思った。苦しかった時期が心の平和に影を落としたが、日曜の鐘の音を聞き、あたり一面の美しさを見渡すうちに、自分には感謝の気持ちが足りないと感じ――感謝するにはまだ体が弱りすぎていた――私はジョーの肩に頭をのせた。ずっと昔、ジョーに市《いち》のようなところに連れていってもらい、幼心に興奮してくたびれたときにそうしたものだった。

少したつと気持ちも落ち着いてきた。私たちはかつて砲台跡で草の上に寝そべって話したように、馬車の上で話した。ジョーはあのころとちっとも変わらなかった。昔私の眼に映った彼そのままに、いまも眼のまえにいて、ひたすら誠実で、正しかった。

テンプルに戻ると、ジョーはまたいとも軽々と私を抱え上げ、庭を通って、階段をのぼった。私は彼におぶってもらって沼地を進んだ、あの物々しいクリスマスの日を思い出した。私の運命がどう変わったかについては、互いにまだひと言も話していなかった。私の最近の状況をジョーがどこまで把握しているのかもわからなかった。自分のことが信頼できず、ジョーをかぎりなく信頼していたので、彼が口にしないのに私のほうからそのことを切り出すのは憚《はばか》られた。

「もう聞いた、ジョー？」私はその夜よくよく考えた末に、窓辺でパイプを吹かしているジョーに尋ねた。「ぼくの恩人が誰だったか」

「聞いたよ」ジョーは答えた。「ミス・ハヴィシャムじゃなかったってな、相棒」

「じつは誰だったか聞いた、ジョー？」

「そうだな。〈陽気な艀《はしけ》乗り〉亭でおまえに金を渡した男を送りこんだ人だったと聞いたが、ピップ」

「そうだったんだよ」

「たまげたな！」ジョーはまったく動じずに言った。

「彼がもう死んだって聞いた、ジョー？」私はさらにためらいながら訊いた。

「どっちだ？　金を届けさせたほうか、ピップ？」

「そう」

ジョーは長く考えこみ、私の視線を避けるように窓際の椅子を見て答えた。「たしか、そういう方向にどうやら進んだらしいってことは聞いたな」

「彼がどういう人だったかは聞いた、ジョー？」

「いや、とくに」

「もし聞きたかったら、ジョー——」私が話そうとすると、ジョーは立ち上がって私のいるソファまで来た。

「いいか、相棒」ジョーはこちらに屈んで言った。「おれたちは親友だな。だろ、ピップ？」

私は恥ずかしくて答えられなかった。

「いいだろう」ジョーは私が答えたかのように続けた。「それはいい。お互いわかってることだ。だったら、相棒、どうしておれたちのあいだで話す必要もないことを話さなきゃならない？　そういうことを話さなくたって、話題はいくらでもあるぞ。だよな！　おまえのかわいそうな姉さんのあの剣幕のこととか！　くすぐり棒《ティックラー》を憶えてるか？」

「もちろん、ジョー」

「いいか、相棒。おれは、おまえとティックラーをできるだけ離しておこうとしたけど、思ったほど力が及ばなかったこともあった。おまえの気の毒な姉さんがおまえを責め立てようとしたとき――」ジョーは得意の理屈っぽい口調になった。「もしおれが反対したら、あいつはおれにも食ってかかるが、それよりおまえをもっと責め立てただろう。おれにはわかってた。小さな子が折檻《せっかん》されるのに口出ししなかったのは、頬ひげを引っ張られるとか、一、二度揺さぶられるのが嫌だったからじゃない（そんくらいのことなら、喜んで姉さんにやらせたさ）。頬ひげを引っ張られたり、一、二度揺さぶられる代わりに、その小さな子がなおさら折檻されるなら、ふつうの男はこうつぶやく。〝おまえはどんないいことをしてるんだ？　悪いことはわかる。だが、いいことは見えないぞ？　いいことがあるんなら指差してくれ〟って」

「そうつぶやく？」ジョーが何か言われるのを待っていたので、私は訊いた。

「つぶやくよ。どうだ？　その男は正しいかな？」

「愛《いと》しいジョー、彼はいつも正しいよ」

「そうか、相棒。なら、そのことばにしたがってくれ。その男が正しいんなら（たいていまちがってることのほうが多いけど）、こう言っても正しいな――おまえが小さい子供だったとき、ちょっとしたことを自分の胸にしまっといたとしたら、それはたいがい、おまえとティックラーを離しておこうというジョー・ガージェリーの力が思いどおりに働かないのを察してたからだ。だから、おれたちふたりのあいだで、そんなことを考えるのはやめようじゃないか。つまらんことを話し合うのはよそう。ビディは、おれの出発前にえらく苦労して（なんせおれは頭がどうしようもなく鈍いから）、こんなふうに考えて、それをこんなふうに説明しなさいって教えてくれたんだ。どっちもいまやったから」と自分の論理的な説明にすっかり満足して、「親友としておまえに言うぞ。つまりだ。がんばりすぎちゃいかん。ちゃんと夕食を食べて、ワインの水割りを飲むんだ。そしてしっかり寝ること」

　こうして話を終わらせたジョーの細やかな気配りと、彼にその準備をさせたビディ――女性らしい知恵でたちまち私という人間を知った――の分別とやさしさは、私に強い印象を残した。だがジョーは、私の大いなる遺産が、太陽にさらされた沼地の霧のように消えてしまい、私がどれほど貧乏になったのか知っているのだろうか。そこはわからなかった。

　もうひとつ、ジョーについて、最初に兆《きざ》したときには理解できなかったが、すぐにわかって悲しくなったことがあった。つまり、私が回復して元気を取り戻すにつれ、ジョーがよそよそしくなったのだ。私が弱って彼に頼りきりだったときには、愛しいジョーは昔の調子に戻って、懐かしいことばで呼びかけてくれた。「ピップ、相棒」

という呼びかけは、私の耳には音楽のように響いた。私も昔の話し方に戻って、彼がそうさせてくれることに感謝し、幸せだった。ところが、私はそのままだったのに、ジョーはそうと気づかないほど少しずつ、そんな調子から離れていった。最初は不思議だったのだが、ほどなく原因はこちらにあり、私がすべて悪いのがわかってきた。ああ！　私はジョーに誠実さを疑われるようなことをしなかっただろうか。裕福になれば彼を冷たくあしらって見捨てると思わせる理由を与えなかっただろうか。ジョーの無垢《むく》な心は、私が強くなるほどに自分の及ぼす力は弱くなるのだから、私が無理やり離れるまえに解放してやったほうがいいと考えたのではないか。知らず知らずそう感じさせる原因を、私は作ったのではなかろうか。

　ジョーの腕につかまって、テンプルの中庭を三度目か四度目に散歩していたときに、彼の変化がはっきりとわかった。私たちは明るく暖かい日差しのなかに坐り、川を見ていた。ふたりで立ち上がりながら、私はたまたまこう言った。

「ねえ、ジョー、もうしっかり歩けそうだ。帰りはひとりで歩くから見ていて」

「がんばりすぎないようにな、ピップ」ジョーは言った。「でも、回復したのを見られるのは幸せですよ、サー」

最後のことばが嫌だった。だが、どうしてジョーを責められるだろう。私は歩くのは庭の門までにして、実際より疲れたふりをし、ジョーに助けを求めた。彼は腕を貸してくれたものの、考えこんでいた。

私も考えこんだ。ジョーのなかで起きているこの変化を止めるには、どうすればいいのか。後悔の念に苛《さいな》まれつつ考えたが、戸惑うばかりだった。自分がどういう立場で、どれほど落ちぶれてしまったのかを打ち明けるのが恥ずかしかったのは確かだ。しかし、その逡巡《しゅんじゅん》は無価値でもなかったと思いたい。打ち明ければ、ジョーは少ない貯金をはたいて私を助けようとしただろう。彼はそうすべきでなかったし、私としても、そうさせるべきでないことは承知していた。

ふたりとも考えに耽《ふけ》った夜だった。けれども就寝前に私は、翌日を黙ってやりすごそうと決意した。翌日は日曜だったので、新しい週から新しい進路をとろうと思ったのだ。この変化についてジョーに話すのは、月曜の朝にしよう。最後に残った遠慮を取り払って、自分の考えていること（まだ結論が出ていない、あの〝二番目のこと〟）と、ハーバートのところへ行く決心がつかなかった理由を話すのだ。そうすれば、ジョーの変化も永遠に消え去るだろう。私の気分がすっきりすると、ジョーも気が晴れたらしく、似たような心の働きで何かの決意をしたようだった。

日曜は穏やかにすごした。私たちは馬車で田舎に出かけ、野原を歩いた。

「ぼくは病気になったことに感謝してるんだ、ジョー」私は言った。

「愛しいピップ、相棒、もうほとんど回復しなすった、サー」

「記憶に残る出来事になったよ、ジョー」

「こっちも同じです、サー」

「いっしょにすごした時間は、ジョー、忘れられない。しばらく忘れてた日々も、なかにはあるけれど、今度のことはずっと忘れない」

「ピップ」ジョーは少しあわてて困ったように言った。「とびきり愉しい日々でしたよ。親愛なるサー、あれはたしかに、おれたちのあいだにあったことでした」

その夜、私が寝室に引きあげたあとで、ジョーが様子を見に入ってきた。私の回復期にはいつもそうしてくれていた。ジョーは、朝と同じくらい元気かと訊いてきた。

「元気だよ、ジョー、とても」

「いまもずっと回復してるんだな、相棒？」

「そうだね、ジョー。着実に」

ジョーはその善良な大きい手で、私の肩にかかったベッドの上がけをポンポンと叩き、しわがれたように聞こえる声で、「おやすみ！」と言った。

翌朝、さらに晴れやかな気分で力も回復して目覚めた私は、いますぐジョーにすべてを話そうと決意した。朝食前に話してしまおう、すぐに着替えて部屋に行き、びっくりさせようと思った。この日初めて早く起きることができたからだ。さっそく彼の部屋に行くと、ジョーはいなかった。いないだけでなく、荷物もなくなっていた。

朝食をとるテーブルに急ぐと、手紙が置いてあった。そこには短くこう書かれていた。

じゃまになるから帰るよ　おまえはまた元気になったし　ピップ　おれなしのほうがいい　　ジョー

追伸　おれたちはずっと親友だ

その手紙に同封されていたのは、私の拘束の理由となる借金と経費の領収書だった。私はその瞬間まで、てっきり債権者が取り立てをあきらめたか、病気が治るまで手続きを保留にしていると思っていたのだ。ジョーが立て替えてくれたとは夢にも思わなかった。しかし、ジョーは実際に払っていて、領収書の宛先《あてさき》は彼の名前だった。

かくなる上は、ジョーのあとを追ってあの懐かしい鍛冶場《かじば》に戻り、彼に心の内を明かし、悔い改めながらも支払いに抗議して、頭のなかをぼんやり漂う考えとして始まり、やがて確固たる目的となった、あの未解決の二番目のことをすっかり告白してしまうしかないではないか。

その目的とは、ビディに会い、私がどれほど後悔して謙虚な気持ちで帰ってきたか、どんなふうにかつて望んだすべてのものを失ったかを説明し、私が初めて不幸になった時期の親密な関係を思い出してもらうことだった。そして彼女にこう言う。「ビディ、きみは昔、ぼくのことがとても好きだったと思う。あのころからずっと、ぼくのさまよう心は、きみから離れていたときでさえ、きみを思っているといちばん落ち着いて善良だった。もしきみがあのときの半分でもぼくを好きになってくれるなら、あれこれ欠点も失望も抱えたぼくを認めてもらえるなら、そして赦《ゆる》された子供のように受け入れてくれるなら（実際、ビディ、ぼくは子供みたいに反省して、なだめてくれる声と慰めてくれる手を求めているんだ）、たぶんぼくはまえより、きみにとって価値のある人間になっていると思う――ものすごくというわけじゃなくて、ほんの少し。それとビディ、ぼくが鍛冶場でジョーと働くか、この国で何か別の仕事をやってみるか、それともきみといっしょに遠い場所に行くかは、きみ次第だ。じつはひとつ働き口を提案されていて、どうするかはきみの返事を聞くまで待ってもらってる。愛しいビディ、もしきみがぼくと世の中に出ていってくれるなら、ぼくにとって世の中はまちがいなくいまよりよくなるし、ぼく自身も世の中にとっていい人間になる。ビディにとってもいまよりいい世界になるように、ぼくは精いっぱい努力する」

　これが私の目的だった。さらに三日を回復に費やしてから、私はこの目的を遂行するために懐かしの村へ帰った。あと語るべきことは、それがどういう結果になったかだけだ。

58

　私の大いなる財産があえなく消散したという知らせは、私が着くまえに生まれ故郷とその近辺に伝わっていた。〈青猪《あおいのしし》〉亭にも情報は入っていて、主人の態度も大きく変わった。財産が手に入るときには下にも置かぬ歓待で私の機嫌をとっていたのに、財産を失ったいまは、冷たいことこの上なかった。

　宿に着いたのは夕方だった。それまで何度も易々《やすやす》と旅してきたが、今回はひどく疲れた。いつも泊まっていた部屋は、先客がいて使えないと主人に言われ（おそらく財産が得られそうなほかの客がいたのだろう）、中庭の奥にある、鳩《はと》の巣や馬車小屋に囲まれたかなりみすぼらしい部屋をあてがわれた。しかし、私はそこで〈青猪〉亭の最高級の部屋と同じくらいぐっすりと眠れ、見た夢も最上の部屋の夢とほとんど変わらなかった。

　翌朝早く、朝食が準備されるまでのあいだに、私はサティス・ハウスのまわりを歩いた。門や、窓から垂れ下がった絨毯《じゅうたん》には、翌週に家具調度の競売があると印刷されたビラが貼られていた。家自体も取り壊し、中古の建築材として売られることになっていた。醸造所には水漆喰のひん曲がった文字で〝物件1〟と書かれていた。長く閉ざされたままの母屋《おもや》の一部には〝物件2〟とあり、ほかのいろいろな場所にも番号が振られていた。文字を書くために壁のツタは引きはがされ、多くは地面に垂れてすでにしおれていた。開いた門から少しだけなかに入り、なんのかかわりもない他人のような気まずさであたりを見まわすと、競売の担当者が樽の上を歩きながら、目録を作る係に情報を伝えていた。目録係はペンを持ち、私がオールド・クレムを歌いながら何度押したか知れない車椅子《くるまいす》を机代わりに使っていた。

　朝食をとりに〈青猪〉亭のコーヒールームに戻ると、パンブルチューク氏が主人と話していた。私を待っていたパンブルチューク氏は（先日の夜の事件のせいで見映えはいまひとつだったが）さっそく声をかけてきた。

「お若いの、あんたがここまで身を落としたのは残念だが、まあ、これも最初からわかっていたことだ！　わかっていたとも！」

　彼はすばらしく寛容な態度で手を差し出した。私は病気で弱って言い返す気力もなかったので、その手を取った。

「ウィリアム」パンブルチューク氏は給仕に言った。「マフィンをくれ。しかし、こんなことになるとはな！　こんなことに！」

　私は眉をひそめて朝食の席についた。パンブルチューク氏はこちらを見おろすように立ち、私がティーポットに触れるまえにお茶を注いでくれた。最後まで恩人らしくふるまおうと決めているような雰囲気だった。

「ウィリアム、塩をくれ」パンブルチューク氏は悲しげに言った。「幸せな時期には」と私のほうを向いて、「砂糖を入れてたかな？　ミルクも？　入れてたな。砂糖とミルクを。ウィリアム、クレソンを頼む」

「どうも」私はあっさり言った。「でも、クレソンは食べないんです」

「食べないのか」パンブルチューク氏はその答えを予期していたかのように、また、クレソンを食べないことが私の凋落《ちょうらく》に寄与したと言わんばかりに、何度もため息をつき、首を振った。「なるほど。大地の素朴な賜物《たまもの》なのに。いらんそうだ、ウィリアム、クレソンはいい」

　私は食事を続けた。パンブルチューク氏は相変わらず立ったまま、魚のようにどろんとした眼で、うるさく息をしながら私を見おろしていた。

「骨と皮までに痩《や》せてしまって！」パンブルチューク氏は考えていることを口にした。「故郷を発《た》ったときには（私の祝福を受けて、と言ってもいい）、私も働きバチみたいにささやかな蓄財をふるまってやったが、あんなに丸々と太っていたのにな！」

　そのことばを聞いて、財産が得られるとわかったときに、彼がやたらと手を差し出して「よろしいですか」と言った卑屈な態度と、いま同じ五本の太い指でこれ見よがしに寛大さを示す態度の驚くべきちがいに、改めて気づかされた。

「ああ！」彼はバターつきのパンを私によこしながら続けた。「これからジョゼフのところへ行くんだな？」

「だからもう！」私は思わず激しい口調で言い返した。「ぼくがどこへ行こうと関係ないでしょう。そのティーポットを離してください」

　私はいちばんしてはいけないことをしてしまった。まさにパンブルチュークが望んでいた機会を与えてしまったのだ。

「よかろう、お若いの」彼は問題の品の把手《とって》から手を離し、テーブルから一、二歩下がって、戸口にいる宿の主人と給仕に聞こえよがしに言った。「ティーポットを離してやろう。あんたは正しい、お若いの。今回は珍しいことに正しい。あんたの朝食に気を遣った私がどうかしていた。放らちな贅沢三昧《ぜいたくざんまい》の悪影響で弱り果てたその体に、祖父伝来の健全たる栄養で活を入れてやろうとしたんだがな。それにしてもだ」パンブルチュークは主人と給仕のほうを向き、腕を思いきり伸ばして私を指差した。「幸多き幼年時代に私があれほどかまってやった者のなれの果てがこれだからな！ そんなことはありえないと言わんでくれ。これが彼なのだ！」

ふたりがぼそぼそと答えた。ことに給仕は感心したようだった。

「これが彼だ！」パンブルチュークは言った。「私の馬車に乗せてやった子、手で育てられるのをこの眼で見守った子、その姉が婚姻によってわが姪《めい》になった子のなれの果てだ。姉の名は母親と同じジョージアナ・マライアだった。さあ、否定できるものなら否定してみろ！」

給仕は私が否定できないと確信し、だからこそこの件はいっそう罪深いと思っているようだった。

「お若いの」パンブルチュークは、昔と同じく私に向かって首をネジのようにひねった。「あんたはジョゼフのところへ行く。私には関係のないことだと言うが、ならばどう関係するか教えてしんぜよう。あんたはジョゼフのところへ行く」

給仕が咳《せき》払いをした――言い返せるものなら言い返してみろと私に水を向けるように。

「いいか」パンブルチュークは、美徳の名のもとに完璧《かんぺき》に説得力のある決定的なことを教えるような、鼻持ちならない態度で言った。「ジョゼフにこう伝えるのだ。ここに当地で尊敬される名士、〈青猪〉亭のスクワイヤーズがいる。そしてまた、ウィリアムもいる。私の憶えちがいでなければ、彼の父親の名前はポトキンズだ」

「憶えちがいではございません」ウィリアムが言った。

「この両人の面前で、ジョゼフに伝えるべきことを教えてやろう、お若いの」パンブルチュークは続けた。「こう言うのだ。〝ジョゼフ、ぼくは今日、ぼくの最初の恩人で、幸運の礎《いしずえ》を築いてくださったかたに会いました。名前は申し上げませんが、ジョゼフ、町ではみなあのかたのことをそう呼んでいます。そのご本人に会ったのです〟と」

「そんな人には会っていません」私は言った。

「それも言ってやるがいい」パンブルチュークはやり返した。「そう言ってやれば、あのジョゼフでさえ驚きを隠せんだろう」

「あなたはジョーを誤解している。ぼくにはちゃんとわかっています」

「こう伝えるのだ」パンブルチュークは続けた。「〝ジョゼフ、ぼくはあのかたに会いました。あのかたはあなたになんの悪意も持っていません。ぼくにもです。彼はあなたの性格を知っています、ジョゼフ、あなたが頑固で無知であることを。ぼくの性格も知っています、ジョゼフ、ぼくが恩知らずであることを。そうです、ジョゼフ〟」ここで私のほうに首と手を振った。「〝あのかたは、ぼくが、人たるものみな持っている謝うんの情に欠けることを知っています。あのかたは、ジョゼフ、余人のあずかり知らぬことを知っておられます。あなたは知りません、ジョゼフ、知る必要もなかったので。ですが、あのかたは知っているのです〟」

　口先ばかりの愚か者だとしても、私に面と向かってよくもこんなことを言えたものだと心底驚いた。

「こう伝えろ。〝ジョゼフ、あのかたからひとつ伝言があります。それを伝えます——ぼくが落ちぶれたとき、あのかたには神の指が見えました。あのかたは、ジョゼフ、神の指を見たら、そうとわかります。その指差す先には、ジョゼフ、最初の恩人で幸運の礎を築いたかたへの忘恩の報いと書いてあった。ですが、あのかたは、自分のしたことは悔いていないとおっしゃいました、ジョゼフ。まったく悔いはないと。ああするのが正しかったし、親切だし、慈悲深かった。これからもきっと同じことをするだろうと〟」

「残念ですね」私は邪魔された朝食を終えると、あからさまに軽蔑《けいべつ》して言った。「そのかたが何をしたのか、どんな同じことをきっとするのか、言わなかったのは」

「〈青猪〉亭のスクワイヤーズ！」パンブルチュークは主人に呼びかけた。「それと、ウィリアム！　おまえさんたちがそうしたいなら、町のあちこちで、〝ああするのが正しかったし、親切だし、慈悲深かった。これからもきっと同じことをするだろう〟と言ってもらってかまわんぞ」

そう言うと、詐欺師《さぎし》はわざとらしくふたりと握手して出ていった。あとに残った私は、結局何だかわからない彼の〝したこと〟に喜ぶどころかあきれ果てていた。パンブルチュークが去ってさほどたたないうちに、私も宿をあとにした。本通りを歩いていくと、彼が自分の店の入口で、選り抜きの集団に滔々《とうとう》とまくし立てていた（まちがいなく同じ話をしていたのだ）。私が通りの反対側を歩いたときには、彼らから、ありがたくもたいそう冷たい視線をちょうだいした。

ただそのせいで、ビディとジョーに会いにいくのがなおさら愉しみになった。あの鉄面皮の偽善者と比べることで、ふたりのかぎりない寛大さが、（そんなことが可能なら）いっそう輝いて見えた。まだ脚が頼りなく、歩き方はゆっくりだったが、彼らに近づくにつれて安心感が増し、傲慢《ごうまん》や不誠実はますますうしろに遠ざかっていく気がした。

　六月の天気は最高だった。空は青く、ヒバリは緑の麦畑のはるか上空を舞い、田舎の景色は、それまで知っていたどんなときより美しく平和だと思った。これからここで送る人生と、そばで導いてくれる人が私の性格に与えるすばらしい影響について、あれこれ思い描いていると、道中も心が弾んだ。その人の素朴な誠実さと家庭的な利発さは、すでに証明ずみである。やがて胸にやさしい感情が芽生えた。帰郷で心が和らぎ、その変化によって、長年遠い地をさまよったのち裸足《はだし》でとぼとぼと帰ってきた旅人のように感じられた。

　ビディが教師をしている学校は見たことがなかったが、静けさを求めて少し遠まわりになる道から村に入ったので、その学校のまえを通った。あいにく休日で、子供はひとりもおらず、ビディの家も閉まっていた。彼女に見つかるまえに、いそいそと日課の仕事をしている姿を見られればと期待していたのだが、それは叶《かな》わなかった。

　もっとも、鍛冶場はそこからすぐだった。甘い香りのする緑のリンデンの下を、そちらへ歩き、ジョーのハンマーのトンカチいう音に耳をすましたが、とっくに聞こえるはずのところまで来ても、聞こえたと思って空耳だったところからなお近づいても、あたりは静まり返っていた。リンデンはそこにあり、白いサンザシも、栗《くり》の木もある。立ち止まって耳をすますと、それらの葉がサラサラと音楽を奏《かな》でたが、真夏の風はジョーのハンマーの音を運んでこなかった。

鍛冶場を目にするのが、なぜだか怖くなってきた。ついに見えてきた鍛冶場は、閉まっていた。炎の輝きも、飛び散る火花のきらめきも、ふいごの咆哮《ほうこう》もなく、完全に閉ざされて、しんと静まっていた。

けれど、家には人の気配があった。いちばん上等の客間が使われているらしく、白いカーテンが揺れ、開いた窓にきれいな花が飾られていた。そっと近づいて、その花越しになかをのぞくと、ジョーとビディが腕を組んで私のまえに立っていた。ビディが私の幽霊でも見たかのように、きゃっと叫んだが、次の瞬間には、私は彼女を抱きしめていた。ビディを見ると泣けてきた。ビディも私を見て泣いた。私が泣いたのは、彼女がとても生き生きとして美しかったから、彼女が泣いたのは、私がとてもやつれて青白いからだった。

「愛しいビディ、なんてきれいなんだ！」

「そうなのよ、愛しいピップ」

「それにジョーも、なんてかっこいい」

「ああ、そうだな、ピップ、相棒」

私がふたりを代わる代わる見ていると――

「わたし、今日結婚したの」ビディが喜びを爆発させて言った。「ジョーと結婚したのよ！」

私はふたりに連れられて台所に入り、昔懐かしい樅《もみ》のテーブルに頭をのせた。ビディは私の手を取って唇に持っていき、ジョーは力づけるように私の肩に触れた。「まだしっかり回復してないから、おまえ、驚かしたらいけなかったんだよ」ジョーが言った。ビディが応《こた》えて、「そうだったわね、愛しいジョー。でも、あんまり幸せだったものだから」と言った。ふたりは私に会えて大喜びし、誇らしく思い、わざわざ会いにきてくれたと感動し、偶然にせよこれで今日という一日が完璧になったと大いにうれしがった。

最初に私が感じたのは、潰《つい》えたこの最後の希望をジョーに打ち明けなくて本当によかったという感謝の念だった。病気でジョーがそばにいてくれたあいだ、何度それを口にしかけたことか。あと一時間でもいっしょにいたら、ジョーに知られて、取り返しのつかないことになっていた！

「愛しいビディ」私は言った。「世界一すばらしい旦那《だんな》さんができたね。ジョーがぼくを看病してくれるところを、もしビディが見ていたら――いや、いま以上に彼を愛することはできないか」

「ええ、できないわ」ビディが言った。

「それに、愛しいジョー。世界一すばらしい奥さんができたね。善良で気高いジョーにふさわしい幸せをもたらしてくれる！」

ジョーは私を見て唇を震わせ、服の袖をそっと眼に当てた。

「ふたりとも、今日は教会に行って、慈悲の心と愛情で世のあらゆる人と結ばれたから、ふたりがぼくのためにしてくれて、まだぜんぜんお返しができていないことへの謙虚な感謝の気持ちを受け取ってほしい。ぼくはこれから一時間もたたないうちにいなくなる。すぐに外国に行くから。ジョーが立て替えてくれたおかげで監獄に入らないですんだ借金の分だけ稼いで、ジョーに送るまでは、休まずに働くよ。愛するジョーとビディ、たとえその千倍の額を返したって、ふたりへの借りが一ファージングも減るとは思っていないし、借りをなくせるとしても、なくしたいとは思わない。そのことは信じてほしいんだ！」

私のそのことばにふたりは涙して、それ以上言わないでくれと頼んだ。

「いや、言わなきゃならない。愛しいジョー、ふたりに愛する子供ができることを祈ってる。冬の夜、そのかわいい子がここの暖炉の隅に坐《すわ》ったら、もう二度とその場所に坐ることのない別の子供のことを思い出してほしい。でもジョー、どうかその子には、ぼくが恩知らずだったとは言わないで。ビディ、その子にぼくが心の狭い厄介者だったと言わないで。どうか、ぼくがふたりを尊敬していたことだけを伝えてほしい。ふたりは本当に善良で、誠実だから。そんなあなたたちの子供なら、ぼくよりずっと立派な大人に育つのは当たりまえだ――ぼくがそう言っていたと伝えて」

「そんなこと、わが子に言うわけないだろ、ピップ」ジョーが袖の奥から言った。「ビディだって言わんさ。誰も言わん」

「そして最後に、ふたりがそれぞれ親切な心のなかですでにそうしてくれてるのはわかってるけど、どうか、ぼくを赦すと言ってほしい。ふたりからそのことばを聞かせてほしい。ぼくがその響きを胸に抱いて立ち去れるように。そしたら、いずれ自分は信頼してもらえ、いい人間だと思ってもらえると信じることができるから！」

「ああ、愛しいピップ、相棒」ジョーが言った。「おれがおまえを赦すのは神様もご存じだ！　何か赦すべきことがあったらだけど」

「アーメン！　わたしが赦すのも神様がご存じよ！」ビディも続いた。

「じゃあ、二階に上がって懐かしいぼくの部屋を見てくる。そこでしばらく休んでから、いっしょに食事をしよう。そのあと道しるべのところまで送ってもらえるかな。愛しいジョーとビディ、そこでお別れだ！」

私は所有していたものをすべて売り払い、できるだけの金額を債権者に返済して――彼らは完済までに充分な時間の猶予《ゆうよ》をくれた――出国し、ハーバートの事業に加わった。一カ月以内にイギリスを発ち、二カ月以内に〈クラリカー商会〉の事務員となり、四カ月以内に初めて単独の責任者になった。というのも、ミル・ポンド・バンクの居間の天井の梁《はり》が、ビル・バーリー老人のうなり声で震えるのをやめて平穏になり、ハーバートがクララと結婚するために帰国したので、彼が戻ってくるまで、残った私が中東支店のすべてをまかされることになったのだ。

長い年月がすぎ、私は同社の共同経営者になった。とはいえ、ハーバート夫妻との暮らしに満足し、慎《つつ》ましく生き、借金を返済して、ビディとジョーとはしょっちゅう文通をしていた。会社で三番目の地位についたとき、初めてクラリカー本人がハーバートに私のことを打ち明けた。ハーバートが共同経営者になった秘密の背景については長く心の重荷になっていて、もはや話さずにはいられなくなったということだった。

クラリカーの話を聞いたハーバートは、驚くと同時に感動し、秘密にしていたことで彼と私の友情が損なわれることはなかった。ここで言明しておくが、〈クラリカー商会〉は決して大会社ではないし、大儲《おおもう》けをしていたわけでもない。大事業は展開しないけれど、評判はよく、利益もあがって経営は順調だった。それはハーバートのいつも明るく勤勉な性格と、手まわしのよさに負うところが大きかったので、私はよく、どうして彼を無能と見なしていたのだろうと思ったものだ。しかしあるとき、無能だったのは彼ではなく自分だったのだと思い至り、やっと腑《ふ》に落ちたのだった。

59

十一年間、ジョーとビディをこの眼で見ていなかった——ただ、中東にいる私の物思いにふたりは何度となく登場していた——が、十二月のある夕方、陽が落ちて一、二時間たったころに、私はあの懐かしい台所のドアの掛け金に手を触れた。そっとそれを動かして、誰にも聞かれず、見られもせずに家のなかをのぞいた。台所の暖炉脇《わき》の昔ながらの場所に、少々白髪はあるが相変わらず強そうでたくましいジョーが坐り、パイプを吹かしていた。そしてジョーの脚で隅に囲われ、私が使っていた小さな腰かけに坐って火を見ているのは——私だった！

「おまえにちなんで、ピップと名づけたんだ、愛しい相棒」ジョーは、子供の横にあった別の腰かけに私が坐るのを見て言った（私はその子の髪をくしゃくしゃにしなかった）。「ちょっとでも、おまえみたいに育ってくれるといいなと思ってたんだが、そうなったみたいだ」

私もそう思った。翌朝その子を散歩に連れ出し、ふたりでありとあらゆることを話して、完璧に理解し合った。それから彼を教会の墓地に連れていき、ひとつの墓石にのせた。彼はその高いところから、当教区の故フィリップ・ピリップ、およびジョージアナ、上の者の妻の墓石がどれか、教えてくれた。

「ビディ」私は食事のあとで、小さな娘を膝《ひざ》で寝かしているビディに言った。「いつかピップをぼくにもらえないかな。せめてしばらく預からせて」

「だめ、だめ」ビディはやさしく言った。「あなたも結婚しないとね」

「ハーバートとクララにも言われるけど、結婚はしないと思うな、ビディ。彼らの家に落ち着いてるから、いまさら結婚というのもね。もうだいぶ歳《とし》をとったひとり者だし」

ビディは膝の娘に眼を落とし、その小さな手を唇に持っていくと、今度は娘に触れたその母親らしい心地よい手を、私の手のなかに置いた。彼女のその動作と、軽く押しつけられる結婚指輪の感触は、何かを雄弁に物語っていた。

「愛しいピップ」ビディは言った。「あなたは本当にもうあの人のことで悩んでいない？」

「そうだね、悩んでないと思う、ビディ」

「昔からの友だちとして教えて。彼女のことはすっかり忘れたの？」

「愛しいビディ、ぼくは人生でいちばん大切な場所にあったものは決して忘れないよ。どの場所にあろうと、たいていのことは忘れないから。でも、昔自分で〝哀れな夢〟と呼んでいたものは、ビディ、完全に消え去った。消え去ったんだ！」

しかし、そう言いながらも、私はその夜、彼女のためにひそかにひとりで古い屋敷の跡を訪ねるつもりだった――そう、まさにエステラのために。

エステラが夫と別れてとても不幸な人生を送っているという話は聞いていた。夫は彼女を残酷にこき使い、見栄《みえ》と貪欲《どんよく》と暴虐《ぼうぎゃく》と卑劣の塊として悪名を轟《とどろ》かせていたが、その彼が馬の扱いをしくじって起きた事故で死んだことも聞いていた。そうして彼女は二年ほどまえに解放され、おそらく再婚していると私は思っていた。

ジョーの家の夕食が早かったので、時間は充分にあり、ビディとの会話を急がなくても暗くなるまえに昔の場所に歩いていけた。とはいえ、途中で寄り道したり、古いものを見て思い出に浸ったりしていたので、目的地に着いたときには日が暮れかけていた。

　そこにもう家はなく、醸造所もほかの建物も取り壊されて、古い庭の壁が残っているだけだった。空き地は粗末な柵《さく》で囲ってあり、それ越しになかを見ると、古いツタが新たに根を張り、静寂に包まれた廃墟《はいきょ》の低い塚の上に緑を添えていた。柵の木戸が開いていたので、私は押してなかに入った。

　暮れ方の大気に冷たい銀色の霧がベールのようにかかり、月もまだそれを追い払っていなかった。しかし、霧の向こうには星が輝き、月も出てきて、暗い夜ではなかった。かつて屋敷がどこにあったか、醸造所や門や樽がどこにあったか、私はすべて見て取ることができた。そうして確かめながら、荒涼とした庭の小《こ》径《みち》を眼でたどっていると、そこにぽつんと人影が見えた。

　私が進み出ると、その人影は気づいた様子だった。こちらに歩いてきていたが、足を止めた。近づいてみると、女性だとわかった。もっと近づくと、人影は踵《きびす》を返そうとしてふと止まり、私が寄っていくのを待った。そして驚愕《きょうがく》したようにたじろいで、私の名を口にした。私は叫んだ――

「エステラ！」

「わたし、ずいぶん変わったでしょう。もうわからないんじゃない？」

たしかに彼女のみずみずしい美しさは失われたが、言い知れぬ威厳と魅力は残っていた。そうした魅力は、昔も見たことがあった。見たことがなかったのは、かつて誇り高かった眼に浮かぶ悲しげな柔らかい光だった。そして、感じたことがなかったのは、かつて無頓着《むとんじゃく》だった手の親しげな肌触りだった。

近くにあったベンチにふたりで坐って、私は言った。「長年音沙汰《おとさた》がなかったあとで、エステラ、こうして最初に出会った場所でまた会うなんて不思議ですね。あなたはたびたびここへ？」

「あれから一度も来たことがなかった」

「ぼくもです」

月が昇りはじめ、私は白い天井を見つめるいまは亡《な》き人の穏やかな表情を思い出した。月が昇りはじめ、私は、彼が地上で最後に聞いた声を自分が発し、手をそっと押されたあの感触を思い出した。

ふたりのあいだにできた沈黙を次に破ったのは、エステラだった。

「何度も戻りたくなって、戻ってくるつもりだったんだけど、なかなか都合がつかなくて。ああ、かわいそうな昔のわが家！」

月の最初の光が銀色の霧を柔らかく照らし、同じ光が彼女の眼から落ちた涙にそっと触れた。私に見られたとは気づかず、彼女はそれを抑えようとしながら静かに言った。

「ここを歩きながら、どうしてこんなことになってしまったんだろうと思った？」

「思いました、エステラ」

「この土地はわたしのものなの。私が手離さなかった財産はこれだけよ。ほかのものはみな少しずつ、私のもとを去っていったけれど、これだけは残した。長年のみじめな生活で、最後までただひとつ守りきったの」

「また家を建てるんですか？」

「ようやくね。変わってしまうまえに最後に見ておこうと思って来たの。あなたは——」と放浪者にとっては心打たれる興味を示して、「あなたはまだ外国にいるの？」

「います」

「うまくやっているのね？」

「まずまずの生活をするために懸命に働いている。だから——そう、うまくやっています」

「わたし、あなたのことをたびたび考えた」エステラは言った。

「そうなんですか？」

「とくに最近はしょっちゅう。長かったつらい時期には、価値がわからず捨ててしまったものの思い出を自分から遠ざけていた。でも、思い出しても自分のやるべきことに支障が出なくなってからは、心のなかに大切にしまってあるの」

「ぼくは、いつもあなたを心のなかに大切にしまっていた」私は答えた。また沈黙ができ、彼女がそれを破った。

「ここにお別れをしにきたら、あなたにも別れの挨拶《あいさつ》ができるなんて、思ってもみなかった。とてもうれしいわ」

「また別れるのがうれしいんですか、エステラ？　ぼくにとって別れはつらい。ぼくに言わせれば、最後に別れたときの記憶はいつまでも悲しくて、胸が痛む」

「でも、あなたはわたしに言った」エステラは熱心に応じた。「〝あなたに神様の祝福とお赦しがありますように！〟って。あのとき言えたなら、いまだってためらいなく言えるはずよ。苦しみがほかのどんな教えよりわたしにものを教えてくれたとき、あなたが昔どんな気持ちだったか、理解できた。これまでわたしはねじ曲げられ、傷つけられてきたけれど、それもよりよい人間になるためだったのではないかと思う。どうか昔みたいに、わたしにやさしい気配りをしてね。わたしたちは友だちだと言って」

「友だちですよ」彼女がベンチから立ち上がったので、私も立って彼女のほうへ身を屈《かが》めた。

「離れていても、ずっと友だちでいて」エステラは言った。

私は彼女の手を取り、ふたりで廃墟の敷地から出た。はるか昔、初めて鍛冶場をあとにした朝に霧が晴れ上がったように、いまも夕霧が晴れようとしていた。見渡すかぎり広がる静かな光のなかに、彼女との別離の影は少しも見えなかった。

完

訳者あとがき

没後百五十年となる十九世紀イギリスの文豪、チャールズ・ディケンズは、一八一二年、ポーツマス郊外で生まれ、少年時代に家族とロンドンに移り住んだ。生活は貧しく、靴墨工場の労働者、法律事務所の下働き、法廷速記者などの職業を経て、二十代初めに新聞記者になったが、雑誌に投稿していたエッセイが一八三六年に処女作『ボズのスケッチ集』（*Sketches by Boz*）として出版され、続く『ピクウィック・クラブ』（*The Posthumous Papers of the Pickwick Club*）、『オリヴァー・ツイスト』（*Oliver Twist*）で小説家として確固たる地位を築いた。

その後、『荒涼館』（*Bleak House*）、『二都物語』（*A Tale of Two Cities*）などの名作を次々と発表。小説執筆だけでなく、雑誌の編集、自作の朗読会、講演、慈善事業なども精力的におこなっていた。そういうなか、みずから創刊して編集長を務めていた週刊誌《オール・ザ・イヤー・ラウンド》に一八六〇年から六一年にかけて連載したのが本書、『大いなる遺産』（*Great Expectations*）である。

長篇としては『二都物語』の次に位置し、このあとには『互いの友』（*Our Mutual Friend*）と、未完に終わった『エドウィン・ドルードの謎《なぞ》』（*The Mystery of Edwin Drood*）しかない。『大いなる遺産』はディケンズの作風や技巧のいわば集大成であり、しかも物語として抜群におもしろいから、翻案も含めて、くり返し映画やドラマや舞台の原作に使われているのもうなずける。

あらすじを簡単に紹介しよう――生後すぐに両親を失い、テムズ川沿いの沼地に住む姉夫婦に育てられた主人公ピップ。幼い彼が教会の墓地にいたところ、いきなり足《あし》枷《かせ》をつけた脱獄囚が現れ、ピップは脅されて食べ物とヤスリを家から持ち出し、その男に渡す。ほどなく男はもうひとりの脱獄囚とともに兵士たちに捕らえられ、監獄船に戻される。ピップは姉の夫のジョーらとともに、その派手な捕り物を見物する。

ジョーは鍛冶屋《かじや》で、貧しいながらも誠実な男だった。ピップは近くの町の屋敷に住むミス・ハヴィシャムという老婦人から呼び出され、彼女の相手をするために屋敷にかようことになる。そこにはエステラというきれいで気位の高い娘がいた。

やがてピップはジョーのもとで年季奉公を始めるが、突然、素性のわからない人物から大金を譲られることになる。その遺産のおかげで新たな世界が開け、彼はひとり故郷の村を離れて大都会ロンドンに出ていく。

ここまでが第一幕で、全体のほぼ三分の一だ。ピップはロンドンで友人を作り、次々と新しい体験をするが、そこで青天の霹靂《へきれき》のような出来事があって、否応《いやおう》なしに大きな事件に巻きこまれていく。『大いなる遺産』は、ピップの成長を描いた教養小説《ビルドゥングスロマン》であり、恋愛小説、ミステリー小説、犯罪小説、そして冒険小説でもある。今回訳してとくに感じたのは、テムズの川下りの場面が思いがけず長く丹念に描かれていることだった。冒険小説の人気の舞台のひとつは海洋だが、川でもこれだけ読者をワクワクさせることができるのだ。

ディケンズの小説は、登場人物や細かいエピソードに華があり、大きなプロットはやや弱いと評されることもある。週刊誌での連載という条件に影響された面もあるかもしれないが、『大いなる遺産』のプロットにそういう心配は無用だ。遺産をめぐる謎を中心に巧みに構築され、伏線も効果的で、全体のバランスもいい。一見本筋となんの関係もなさそうな劇中劇も、囚人の逃亡の暗喩《あんゆ》になっているなど（47章）、目配りが行き届いている。

もちろん、登場人物のバラエティや個性にも抜かりはない。善人代表のジョーとビディ、俗物代表のパンブルチューク、威厳の戯画のような弁護士ジャガーズや、その下で働きながら自宅で裏の生活を愉《たの》しむウェミックなど、ディケンズの自家薬籠《やくろう》中のキャラクターと言っていい。しかし、本書でもっとも異彩を放っているのは、花嫁衣装のまま時を止めて屋敷にこもったミス・ハヴィシャムだろう。登場人物の性格を説明したいとき、多くの作家はその人物の過去の行動や発言を並べて類推させる手を使うが、ディケンズはそんなまだるっこしいことをせず、ほんの数行の外見描写でやってのける。たとえば、ピップが初めてミス・ハヴィシャムに会ったときの描写を思い出されたい（8章）。あるいは、鍛冶職人オーリックの初登場の場面を（15章）。ミス・ハヴィシャムの部屋の異様さなども、一読忘れられなくなるほどの印象を残す。

その屋敷で育てられた娘エステラは、なんとも謎めいている。善人にしろ悪人にしろ、比較的わかりやすいキャラクターが多いディケンズ作品のなかで、例外的な存在かもしれない。結局エステラはピップのことが好きだったのか嫌いだったのか。ミス・ハヴィシャムとの関係はじつのところどうだったのか。自分の生い立ちや、ピップの遺産をめぐる顛末《てんまつ》について、どの時点でどこまで知っていたのかなど、あえてあいまいに書かれているように思える。

それと関連して、じつは当初この作品には別の結末が用意されていた（以後しばらく結末に触れるので、気になるかたは本文読了後にお読みください）。ディケンズが発表前のゲラを小説家の泰斗エドワード・ブルワー＝リットンに見せたところ、これでは読者を失望させると助言され、現行のバージョンに書き直したのだという。採用されなかったその旧バージョンでは、八年後にピップがビディと再会し、その二年後にエステラと会う。エステラはドラムルと別れたあと（ドラムルはその後死亡）、シュロップシャーの医師と再婚しているという設定だ。参考までにその場面を訳してみよう。

> 私はイギリスに戻っていた――ロンドンに。小さなピップといっしょにピカデリー通りを歩いていると、うしろからひとりの使用人が追いかけてきて、馬車にいるレディがあなたと話したがっているので来ていただけないかと言った。それはポニーに牽《ひ》かれた小さな馬車で、女性自身が手綱を握っていた。彼女と私は悲しみを覚えながら互いに見つめ合った。
>
> 「わたし、ずいぶん変わったでしょう、わかってる。でも、あなたもエステラと握手がしたいんじゃないかと思ったの、ピップ。その子を持ち上げて。キスするから！」（彼女はきっと私の子供だと思ったのだろう。）

私はその出会いをあとで振り返って、満ち足りた気持ちになった。あの顔と声、やさしい手つきから、彼女がミス・ハヴィシャムの教えより厳しい苦難を経て、かつての私の心を理解する心を持ったことがはっきりとわかったからだ。

この旧バージョンでは、ピップとエステラが結ばれる見込みはほぼない。一方、現行バージョンは表現があいまいで希望も感じられるが、幾通りかの解釈の余地がある。たとえば、ふたりが結婚せず友人同士で終わるとも読めようし、この先もう会わないという読解も可能だろう。現行バージョンでは、こうしたあいまいさとともに、エステラの謎めいた存在感も増しているようだ。

『大いなる遺産』に小説としての深みがあるもうひとつの理由は〝語り〟である。主人公の一人称という叙述法は、自伝的要素の強い『デイヴィッド・コパフィールド』でも採用されたが、『大いなる遺産』では、大人になったピップの視点からたびたび昔の出来事を振り返り、若い自分の行動に対する感想を挿入している。それが大きな効果を発揮するのは、財産を得たあとにつれなく接してしまったジョーとビディに対する悔悟で（27章、57章など）、語りに内省的、多層的な味わいがある。ジョーやビディとたんに仲がいいだけでなく、諍《いさか》いも不和も織り交ぜながら離別と再会を描いているところに、お伽噺《とぎばなし》ではない小説としての奥深い魅力が生まれている。

今回、翻訳の底本にはシャーロット・ミッチェル編集のペンギン・クラシック版を使用し、注釈が充実しているノートン版も参考にした。訳者としては、『二都物語』、『オリヴァー・ツイスト』に続いて、ディケンズ三作目の翻訳となった。ふつう三作も訳せば、その作家の口跡、癖のようなものが少しわかってきて翻訳も楽になるものだが、ディケンズにそれはあたらず、相変わらず苦労の連続だった。幸い代表作中の代表作だから、解釈の参考となる書籍や論文は数多くある。たとえば、『チャールズ・ディケンズ『大いなる遺産』——読みと解釈』（英宝社）には、コヴェント・ガーデンのホテルで大いに金を遣った〝森のツグミ〟たちは（34章）夜の女性との遊びに耽《ふけ》っていたのだという推理や、オーリックにメアリー・シェリー作『フランケンシュタイン』のイメージを重ねる読解などがあり、興味深かった。インターネット上の情報としては、定番のディケンズ・フェロウシップ日本支部のサイト（http://www.dickens.jp）のほか、『二都物語』と同様、スタンフォード大学のDiscovering Dickens（http://dickens.stanford.edu/dickens/archive/great/expectations.html）などが役に立った。

また、これまでどおり諸先輩の既訳からも大いに学ばせてもらった。とりわけ原文解釈の深さと日本語の愉しさという点で、佐々木徹氏の訳業（河出文庫）に敬意と謝意を表したい。手の遅い訳者に辛抱強くつき合ってくださり、貴重な指摘と提案をたくさんいただいた新潮社の皆さんにも心から感謝する。

『大いなる遺産』は、ディケンズ・ファンはもちろん、これまで『クリスマス・キャロル』（*A Christmas Carol*）にしか縁がなかった読者にもぜひ読んでもらいたい作品だ。世に送り出すいまは、読者の皆さんがこの古典を存分に愉しんでくださることだけを願っている。

二〇二〇年三月

加賀山卓朗

本書は訳し下ろしです。本作品中には、今日の観点からは差別的表現ともとれる箇所がありますが、作品の持つ文学性ならびに芸術性、また、歴史的背景に鑑み、原書に出来る限り忠実な翻訳としたことをお断りいたします。（新潮文庫編集部）

ディケンズ
加賀山卓朗訳

オリヴァー・ツイスト

オリヴァー8歳。窃盗団に入りながらも純粋な心を失わず、ロンドンの街を生き抜く孤児の命運を描いた、ディケンズ初期の傑作。

ディケンズ
村岡花子訳

クリスマス・キャロル

貧しいけれど心の暖かい人々、孤独で寂しい自分の未来……亡霊たちに見せられた光景が、ケチで冷酷なスクルージの心を変えさせた。

ディケンズ
加賀山卓朗訳

二都物語

フランス革命下のパリとロンドン。燃え上がる激動の炎の中で、二つの都に繰り広げられる愛と死のロマン。新訳で贈る永遠の名作。

ディケンズ
中野好夫訳

デイヴィッド・コパフィールド（一～四）

逆境にあっても人間への信頼を失わず、作家として大成したデイヴィッドと彼をめぐる精彩にみちた人間群像！　英文豪の自伝的長編。

H・ロフティング
福岡伸一訳

ドリトル先生航海記

すべての子どもが出会うべき大人、ドリトル先生と冒険の旅へ――スタビンズ少年になりたかったという生物学者による念願の新訳！

S・モーム
金原瑞人訳

月と六ペンス

ロンドンでの安定した仕事、温かな家庭。すべてを捨て、パリへ旅立った男が挑んだものとは――。歴史的大ベストセラーの新訳！

Title : GREAT EXPECTATIONS (vol. II)
Author : Charles Dickens

大《おお》いなる遺《い》産《さん》(下)

新潮文庫　テ - 3 - 2

令和二年五月一日発行

訳者　加《か》賀《が》山《やま》卓《たく》朗《ろう》

発行者　佐藤隆信

発行所　株式会社 新潮社

郵便番号　一六二―八七一一
東京都新宿区矢来町七一
電話 編集部(〇三)三二六六―五四四〇
　　 読者係(〇三)三二六六―五一一一
https://www.shinchosha.co.jp

価格はカバーに表示してあります。

乱丁・落丁本は、ご面倒ですが小社読者係宛ご送付ください。送料小社負担にてお取替えいたします。

印刷・株式会社光邦　製本・株式会社大進堂

ISBN978-4-10-203016-5 C0197